彩雲国物語

十三、黎明に琥珀はきらめく

雪乃紗衣

角川文庫
22750

目次

今年は雪が降りすぎる、と誰かがいった。

このままでは春には川が氾濫《はんらん》し、水害が起こるだろう。

『では、やはり？』

『そうだな、子供を一人、山の神におくろう』

場が暗くなることはなかった。誰の子供にするか、言い出す者もいなかった。

『今年はよかったな。籤《くじ》を引く必要もない。よそものの子供がいる』

ああ。そのとおりだ。いつもどこか遠くを見ている奇妙な子供。

そうして、村の集会は何ごともなく終わった。


子供は真冬の最中《さなか》、山に運ばれ、逃げぬよう神木にくくりつけられた。

『おとなしくしてるんだぞ。明日になったら迎えにくる』

明らかに嘘だとわかる猫なで声でも、子供は素直に頷《うなず》いた。抵抗もしなかった。

役に立たなければ捨てられる。理由もなく優しくされることなどないことを知っていた。

寒さに凍えながらも、ぼんやりと顔を上げ、遠くを眺める。物心ついたころから気づけば癖になっていたことで、子供自身もどうしてこんな癖がついたのか、自分がどこを見ているのか、不思議になることがあった。

夜になり、足の裏は凍った土にはりついて、次第に地面と区別がつかなくなっていった。寒さで手足の感覚も、縄目の痛みもなくなった。木立の上から月が昨日の雪を静かに照らしていた。風は途絶え、何の物音も聞こえない。今夜は不思議と雪が降らなかった。ぼくが山の神に捧《ささ》げられたからだろうか。少しは役に立ったのだろうか。村の人は喜んでくれているだろうか……それなら、いいのだけれど。

夜の中に自分がとけだし、混ざりこんでいく。ふぅっと意識が遠のいていく。

耳の近くで、小さな鳥の羽ばたきが聞こえた気がした。

不意に、木の下闇から声がかけられた。

「……お前は何を待っているんだ？」

月明かりをまとったその人を見て、山の神だと思った。こんな立派な身なりの人など、あちこち売られたり捨てられたりして過ごした中でも、一度も見たことがなかったので。

なんだか不機嫌そうな顔をした山の神だな、と子供は思った。

「お前は何を待っている、と訊《き》いている」

もう一度、その若い山の神が訊いた。ものすごく偉そうだった。さすが神様。

子供はゆっくりと目を瞬いた。奇妙な問いだった。別に、何も待ってなどいない。助けなどこないことを知っていたし、明日になっても迎えはこないことも知っていた。子供は孤児《みなしご》だった。次々人買いに売っぱらわれ、自分でもどこの誰ともしれない。浮浪児になってうろつきながら、物乞いをして糧を得る。そんな自分がもっているのは名前くらいなもので、待つ人などいない。

　何も待ってません、と答えようとし——頭ではなく心のどこかで、それが嘘だとわかった。

　——何を待っている？

　言われて初めて子供は気づいた。そう——自分は誰かを待っていた。ずっと待っているのだ。

　何を。誰を。忘れてしまった。見知らぬ土地から土地へ、ひもじさを抱えてあてどなくさまよいながら、気づけば目は遠くを見る。何かをさがして。何を？　日々を生きることに精一杯で、何もかも忘れてしまった。忘れてしまったことさえ、忘れ果てて。でも、確かに自分は何かを、誰かを待っていたのだと強く思った。

　彼方に埋もれてしまった記憶。

　わかりません、と答えた。何を待っているのか、自分でもわからない。

　初めて、子供は泣いた。それが自分にとってかけがえのないものだったことを知って。

　自分にも大切なものがあったのに、それが何かも忘れてしまった。自分はどこまで愚かなのだろう。そうして、死んでいくのだ。それがひどく悲しかった。

「お前の名前は」

少年は嗚咽しながら答えた。たった一つだけもっていた名を。

「コウ」

どこかで、また鳥の羽ばたきが聞こえた。

序章

静かな夜だった。

木の葉が窓を叩《たた》いて去っていく音に、絳攸《こうゆう》は筆を止めた。耳をすませば、風が渡る音が微《かす》かに聞こえる。虫たちがきれいな声を響かせる。夏も終わりだった。

奇妙な心地がした。……いったい、今まで木の葉や風の音に筆を止めたことがあったろうか？　虫の音など、気にしたことがあったろうか？

ふいに足音が、聞こえた。

ゆったりと、自信に満ち、まっすぐに吏部侍郎《りぶじろう》室へ向かってくる。

絳攸は扉の向こうに近づいてくる足音を、ぼんやり聞いた。

……何が起こっているのか、頭の片隅ではわかっていたけれど、連日の徹夜で心身ともに疲弊しきっていた絳攸の思考は、考えることを拒否した。

扉がひらくまでの間、絳攸がしたことといえば、ただ筆を擱《お》いたことだけだった。

擱いた瞬間、腕が痙攣《けいれん》した。絳攸は自嘲《じちょう》気味に笑った。よくこんな腕で仕事をしていたものだ。

と、絳攸はさっき感じた奇妙さのわけに気づいた。……ああ、そうか。

いつも誰かれ騒がしい吏部で、風や虫の音など気にする暇もないのに。

今日は誰の声もしない。静かすぎるほど静かななかで、侍郎室の扉がひらいていく。

その向こうに立っていた青年を、絳攸はよく知っていた。その姿を絳攸が見るのは、本当に久しぶりだった。

「……楊修《ようしゅう》？」

官吏の査定をする筆頭覆面官吏として、楊修はあらゆる官位をこなす。官位の昇降格に関《かか》わる仕事は、顔を知られると収賄など面倒が起きやすい。ゆえに吏部の考課《こうか》官《かん》は短期で代わるのが通例だが、楊修だけは例外だった。役者のように、官位に合わせて自分の印象を七変化させる。どんな役柄も官職もたやすくこなしながら、平凡な一官吏にまぎれこんでしまう。真の彼は誰も知らないと言われるゆえんだ。

「ええ、そうですよ。私です」

楊修はにっこりした。楊修の髪はうなじでばっさり短く切られていた。鼻の先にしゃれた細工の眼鏡がのっている。ずっと昔その眼鏡をかけた楊修を、絳攸は見たことがあった。

「……髪はどうした」

「先日、友人にむりやり切られましてね」

「……なんか髪の色が途中から違うが」

ばかなことを言っている、と絳攸は思った。本当に馬鹿みたいだ。

軒《のき》をパラパラと何かが打ち、まもなく叩きつけるようになった。

雨が降りはじめたようだった。

　まったくどうでもいい会話にも、楊修は付き合った。

「変装に髪染めを使っていたら色が落ちたんですよ。だから毛先が茶色で、新しく伸びてきたのが黒。短いと手入れが簡単で私は気に入ってますよ」

　楊修は髪をかきまぜた。その不思議な色合いは、妙に楊修に似合っていた。

　いま秀麗《しゅうれい》が彼と会っても楊修とは気づかないだろう。あの査定のとき、漂わせていた凡庸さはカケラもない。造作は同じだが、表情も雰囲気もまるで違う。深遠な眼差《まなざ》し、少し皮肉げに微笑む薄い唇、隙のない貴族的な物腰、冷めていてもどこか人を惹《ひ》きつける声、何もかも別人だ。端々に才気があふれている。今の楊修とすれ違い、振り返らない者はいるまい。

（ああ、そうか……）

　絳攸は文鎮の傍に鎮座する吏部侍郎の刻印を見おろした。使い慣れた印章は手にしっくり馴染《なじ》む。もう自分のものだと思っていた。でも、違ったのだ。

「……この印を、とりにきたのか？」

「ええ。他に何を？」

　楊修はあっさり肩を竦《すく》めてみせた。いつものように。ただ眼鏡につった細い鎖が鳴る音だけが、いつもと違った。雨音が、聞こえる。そして楊修のいつもの冷めた声が。

「その椅子に座るべきは、紅黎深《こうれいしん》を甘やかすだけのお守《も》り役ではなく、吏部侍郎です」

……『吏部官らしい吏部官』のときとも、違う。一目見れば誰もが記憶に残す鮮やかな容姿で、堂々と吏部侍郎室に入ってきた。すべての紗《しゃ》を剝《は》いだ本来の楊修の姿で。

絳攸が抜擢《ばってき》されなければ、吏部侍郎になっていたはずの男。

もうお前ではだめだと、いうのだ。

だから自分が代わる、と。そのために、二度と考課官に戻るつもりのない姿でやってきた。

「今の君は吏部侍郎ではない。ただハンコ押してるだけのヒトですよ。馬鹿でもできる。それは王も同じですがね。類は友を呼んだのか、朱に交わったのか。どうでもいいが」

侮蔑《ぶべつ》はふくまれていなかった。事実をのべているだけといった淡々とした言葉には、楊修が幾度か水を向けてもまったく動こうとしなかった吏部侍郎に対しての、もはやなんの期待ももたない見限りだけがあった。

「紅黎深のお守りは及第です。一生懸命あやしてなだめすかして尻《しり》ぬぐいに奔走して。金魚のフンのように、よく頑張ってくっついて回っていましたね。でも紅黎深のお守りと後始末が、吏部侍郎の仕事ではないんですよ」

絳攸は反論できなかった。……そのとおりだった。

黎深が岩のように動かなくなってから、何をすべきか、どうしていいかもわからなくなった。積み上げられていく仕事をこなしていくことしかできなかった。

「……どうしていいかわからない？　違いますね。考えたくなかっただけでしょう。何をすべきかはわかっていたはずだ。君は今まで、ちゃんとそれをしてきたはずですからね。どうして相手が紅黎深だと、できないんでしょうねぇ」

　ぎくりとした。つづく言葉を聞きたくなくて、絳攸は吏部侍郎の印を投げつけた。

「──それをとりにきたんだろう！　勝手にもってけばいい」

　沈黙が落ちた。楊修の視線を感じたが、絳攸は顔をあげられなかった。

　楊修と初めて会った時を、絳攸は覚えている。

　黎深相手に一歩も退《ひ》かず、歯に衣《きぬ》着せぬ舌鋒《ぜっぽう》で怒濤《どとう》の猛喧嘩《もうげんか》を繰《く》り広げていた吏部官。

　楊修は仕官の挨拶にきた絳攸に気づくと、かけていた眼鏡を外し、ちょっと皮肉げに口角をつりあげた。

『ああ、ようやく黎深と違って使えるのがきたかな。ま、せいぜい長くいてくれ』

　楊修に吏部の仕事を一通り叩き込まれ、あちこちを飛び回る彼に仕事を押しつけられるようになり、やがてそれが絳攸の仕事に変わり、ある日彼の官位を追い越した。

　工部《こうぶ》の管尚書《かんしょうしょ》と欧陽《おうよう》侍郎のように、万年喧嘩をする二人になるだろうと冗談の種にされるほど確定していた楊修の吏部侍郎就任人事。それが直前でなぜか覆り、若すぎる絳攸が侍郎として認められたのは、ひとえに楊修本人が反対しなかったからだ。

『ふ……せいぜい私をうまく使える上司になってほしいものだ。少しは待ってあげてもいい。君の査定を出すまでは、ちゃんと敬語をつかって差し上げますよ、吏部侍郎』

　楊修は今日、絳攸の査定を出したのだ。

　雨の音の合間に、かしゃんと小さな音がした。眼鏡を外し、鎖の鳴る音を絳攸はうつむいたまま聞いた。楊修がどんな顔をしているのかはわからない。

「……君は、他にいうべきことがないんですか？　いまこのとき」

　いまこのとき、という言葉が、連日の激務で疲れ果て、思考も感覚も鈍った絳攸の心に、他人事のように落ちた。

　王はまだ藍州《らんしゅう》から帰っていない。その間隙《かんげき》をついてやってきた楊修が、吏部侍郎の印章を渡せという。ふざけるなと怒鳴るべきだった。吏部侍郎の座は、そう簡単に明け渡せるような職責ではないはずだった。何よりもそれは『紫劉輝《しりゅうき》』がもっている、数少ない力。なのに絳攸はいともたやすく印章を放り投げた。『勝手にもっていけ』と叫んだ。

　絳攸の口から漏れたのは、心身ともに疲れ切ったひと言だった。

「……ありません」

　吏部侍郎の印を投げつけたとき、一緒に王の信頼も投げ捨てたのだ。楸瑛《しゅうえい》や、秀麗や——絳攸を信頼してくれていたすべての者を、裏切った。

　たった一人のひとと引きかえに。

　くたくただった。

　どうするべきか、心の底では気づいていても、それに向き合いたくなかった。

　岐路に気づかないフリをしていれば、前と同じ場所に留《とど》まっていられると思った。

黎深が『何もしない』道を選んだことにも目を瞑《つぶ》り、ズルズルと先延ばしにした。待っていれば、何かが起これば——たとえば邵可《しょうか》様や悠舜《ゆうしゅん》様が説教をしたり、王が帰ってきたりすれば——また今までのように。

同じままではいられないとわかっていながら目を背け、何かを変えられるはずだった時間を、すべて無為にした。そうして、楊修のほうから切り捨てられた。

長い静寂ののち、口を開いたのは楊修でも絳攸でもなかった。

「もうそろそろ、よろしいですか？　楊修殿。私も暇ではないので」

いつからいたのか、扉に若い官吏がもたれていた。年齢と言動で絳攸は察した。

——監察御史《かんさつぎょし》・陸清雅《りくせいが》。

異名《ふたつな》を『官吏殺し』。絳攸を見る眼差しに、一片の敬意とてない。

絳攸はのろのろと椅子から立ち上がった。これ以上楊修の前にいたくなかった。なんでもいいからこの場から立ち去りたかった。

楊修は短く訊《き》いた。

「そんなに呆気《あっけ》なくあきらめるのか、君は」

楊修から一切の敬語が消え失《う》せた。これが本当に最後通牒《さいごつうちょう》だと、なけなしの理性で、なんとなくわかった。これに答えれば、何かが変わったかも知れなかった。けれど絳攸はもう何もかも、考えることそのものを拒否していた。

絳攸は一言も答えなかった。楊修の顔も見ず、扉へよろめき歩いた。

「無様だな」

すれ違う時、楊修が冷ややかに呟《つぶや》いた。

清雅が扉から背をもたげた。彼の肩越しに開いた扉の向こうに、御史台所属らしき見知らぬ武官らが待ち構えていた。

「――李《り》絳攸殿、吏部の内情についてうかがいたいことがあるため、貴殿を一時拘束させて頂きます」

重い音を立てて、吏部侍郎室の扉が閉まる。絳攸は楊修を振り返った。けれど楊修は二度と振り返らなかった。まるで絳攸など最初から存在しなかったかのように、吏部侍郎室が楊修を迎えるのが見えた。その瞬間、絳攸の居場所は消え失せたのだった。

吏部から、そして尊敬し、信頼していた楊修の中からも。


――その日、絳攸は取り調べという名目のもと、投獄された。

＊　＊　＊

紅州《こうしゅう》――紅本家で、彼女は義弟《おとうと》に差し出された書翰《しょかん》に目を通した。
女性の年頃は三十半ばほど。美しい磨墨《するすみ》の髪と、頰に影を落とす長い睫毛、瞳《ひとみ》に見え隠れする思慮深さと意志の強さが印象的な美女だった。臈《ろう》たけた面差しをし、どことなく中性的な雰囲気を感じさせる。

すぐそばでは、彼女の義弟が気難しい顔で待ちうけている。

読み終わった彼女は嘆息した。すかさず義弟が返事を求めてくる。

「……百合《ゆり》義姉《あね》上《うえ》」

「はいはい、わかってる。若いんだから、眉間《みけん》の皺《しわ》を消しなさい玖琅《くろう》」

義姉上と呼ばれた彼女は、玖琅の眉間を人さし指でぐりぐりもみほぐした。玖琅は眉間をさすったが、皺は消えなかった。

黎深の妻であり、絳攸の養い親である彼女もまた、憂いを浮かべた。

「……藍《らん》家といい、中央といい、一気にコトが進んだわね。黎深の出方次第で、いくらでも時間稼ぎができたのに。追い込まれたわね。……まあ、あの政事に無関心な黎深が動くわけがないけど……」

「兄上は王家が嫌いですから」

言葉にださなくても百合には玖琅の苦衷が感じとれた。本当は玖琅のほうが官吏になるべきだったのだ。彼なら官吏として、紅一族として、己の立場と責務を自覚し、王の傍で国と民のために尽くしただろう。でも、そんなことを今さら言っても仕方がない。百合だって、黎深が国試を受けるとき、大丈夫かコイツと思っても止めなかったのだから。

それぞれが、見て見ぬふりをしてきたツケを払う時がきたのだ。それは百合自身も。

「玖琅、しばらく私が紅家の仕事をしなくても大丈夫ね？」

「はい。……黎兄上と絳攸を、どうかお願いします」

深々と頭を下げた玖琅に、百合の胸がつまった。

誰よりも紅一族を愛し、二人の兄を愛し、黎深と百合が養育した血の繋《つな》がらない絳攸をすぐに甥《おい》として認めた玖琅。三兄弟で、いちばん優しく、情も懐も深い青年だと、百合は知っている。

誰より玖琅こそが、今すぐ貴陽《きよう》へ飛んでいきたいと思っているだろうに。

「……バカね。私の旦那《だんな》と息子のことだもの。当然よ。お願いしますなんて言わないの。……さあ、すぐに貴陽に発《た》つわ。でないとあの二人、ひとりぼっちになっちゃう」

自分の言葉が、思いがけず百合に重くはね返った。

二人一緒だからいいだろうと、黎深と絳攸を放って紅家を取り仕切っていたけれど。

――ずっと一緒にいるべきだったかもしれない。百合は強い後悔に襲われた。

あの二人は、二人でいても、一人のままだったのかもしれない。

それぞれ、愛することも、愛されることも、下手くそな二人だったから。

愛することに自信がもてず、相手に強く依存する。思いの証《あかし》を立てないとダメだと思っている。

いつまでも、自分のことよりそのひとを先にする。

(お願い王様、悠舜さん。私が行くまで、二人を切り捨てないで。いらないって、いわないで)

大事な人に捨てられること、好きな人に置いてけぼりにされること。一人になることを、いちばん恐れている二人だから。

＊　＊　＊

政事堂の中では、すでに旺季《おうき》やリオウ、羽羽《うう》、霄太師《しょうたいし》や宋太傅《そうたいふ》が待っているはずだった。

劉輝は悠舜を伴い、中へ入った。

瞬間、劉輝はひりつくような威圧を感じた。

居並ぶ全員が劉輝を見ていた。先王が「まず顔を見せろ」と政事堂での跪拝《きはい》を禁じてから、劉輝はこの室《へや》に入るときはいつも、こうして皆の視線に出迎えられてきた。けれど初めて、その視線を意識した。

大官たちがいかなる考えで臨んでいるか、自分はどんな王に映っているのか、何を求められているのか。それをまったく気にしなかった今までの自分を恥ずかしく思うほどに、重臣らの十人十色の眼差しは隠れようもなく劉輝をとらえ、切り子の如くそれぞれ別の劉輝を映していた。彼らはずっとこうして劉輝を見ていたけれど、劉輝の目は彼らを素通りしていたのだった。

劉輝はリオウに目を留めた。相変わらず夜の森のようなしんしんと深い黒瞳《こくとう》だった。

この夜の森で、劉輝は迷子になった。

『王としてか、紫劉輝としてか』

あれ以来の宰相会議だった。

「……今、戻った。藍州行きの件では余が無理を言った。玉座を空け、悠舜をはじめ朝廷百官に負担をかけたことを申し訳なく思う。二度と軽率な振る舞いはしない」

宋太傅は少し目を和ませた。リオウもまた、王がいなくなってから感じていた得体の知れない不安感が薄れていくのを感じた。どうしてか、リオウは王がもう戻ってこない気がしていたのだ。

口火を切ったのは、旺季だった。

「……まずはご無事のお戻り、何より。十三姫《じゅうさんひめ》を筆頭女官にするそうですな」

「あ、ああ！　そ、そうなのだ。それで――」

「それだけ聞けば結構。で、藍州での収穫は？　藍姓官吏はいつ戻ってくるのですか」

劉輝は言葉に詰まった。

「それは――」

「藍家当主と会って何か話は交わしたのでしょうな？」

「――――」

「藍楸瑛は藍本家から勘当されたそうですが、事実ですか」

「そ――」

旺季は劉輝の返事を待つまでもなく、次々と答えをすくいだした。

「……まったくの手ぶらですか。なんのために藍州まで行ったのか、あなたは」

「楸瑛を――」

「馬鹿馬鹿しい。今や無官で藍家を勘当された一般人が、朝廷にとって何の価値があります。〝花〟を返上して自分からやめたあげく、藍家を懐柔するような手土産ももたずに出戻ってきて。まさか復職させるおつもりではないでしょうな」

　リオウも夜の森のような瞳を沈ませた。

「……藍家直系の高官が中央から誰もいなくなったか……藍本家との繋《つな》ぎが完全に切れたな」

　劉輝は藍家を帰順させるつもりで行ったわけではなかったが、口に出せば単なる言い訳にしか聞こえない。急ぎ貴陽に帰ることを優先したが、やはり藍家当主と会って話をすべきだったかもしれない。だがそれでは玉座が空いたままになる――。

　リオウは王の立つ瀬のない顔に気がついた。

「……まあ、藍家があてにならないのは今に限ったことじゃない。気にするな。だが藍楸瑛をあんたの力で将軍職に戻すのはやめたほうがいい。寵愛《ちようあい》人事になる。……あんたは少し、自分の好きな人間に気をとられる傾向がある。少しずつでいいから、直した方がいい。好き嫌いがあるのは仕方ないが、嫌いな方のとりこぼしが多くなるのはあまりいいことじゃない。あんたの仕事は、なるべく多くを掌《てのひら》にのせることなんだから」

耳に痛い言葉だった。本当に、どちらが王だかわからない。いったいリオウは、そうしたことをどうやって学んできたのだろう。

「皆様は性急にすぎまする。陛下のご無事のお戻りだけで喜ぶべきことでございましょう」

羽羽がちょこちょこと劉輝に近づいた。劉輝はホロリと涙が出そうになった。が。

「それに藍家当主は妹姫を陛下へくださったのですぞ。陛下、藍州にて十三姫とは仲良くなれましたか？　筆頭女官でなく、妃《きさき》になさらないのですか」

「ううっ」

劉輝はまたもや答えに窮した。今までの自分から変わろうと決心して臨んだのに、出端《でばな》をくじかれるどころか、相も変わらず打ち込み稽古用の人形の如く打たれっぱなしである。藍州で秀麗に伝えたとおり、その覚悟も半分決めてある。けれど劉輝はまだ、一縷《いちる》の望みに賭《か》けてみたかった。

「も……もう少し……考える時間をくれ」

「そうですか……。ところで陛下……藍州にて、何か変事なぞございませんでしたか？」

劉輝は縹瑠花《ひょうるか》に九彩江《きゅうさいこう》で殺されかけたなどとは言えなかった。リオウはもとより、羽羽もまた縹家とは関係が深い。劉輝の記憶では、羽家は確か縹門一族のはずだった。

「いや……たいしたことは、何もなかった」

羽羽は真っ白な眉毛《まゆげ》で覆われた目で、じっと劉輝を見上げた。それでも劉輝が何も言わないとわかると、ややあって、ゆるゆると頭《こうべ》を垂れた。

「……陛下は……本当にお優しゅうございまするな」

羽羽は劉輝の手をとった。と、劉輝の体にかすかな痺《しび》れのようなものが走った。劉輝が気のせいかと片づける内に羽羽は手を離した。

「では宰相会議に移りましょう」

悠舜は、王が不在の間、碧歌《へきか》梨《りん》に依頼した新貨幣鋳造の意匠が決まったことを短く話したあと、絳攸が御史台によって拘束された件の詳細を報告した。

*　　*　　*

宰相会議が終わったあと、旺季は葵《き》皇毅《こうき》を執務室に呼び、人払いをした。

「……まったく甘いな、あの王は。いや、主従そろって甘すぎる」

旺季は呟《つぶや》いた。宰相会議にて、王は攻守が逆転するほどの駒をもっていながら、打たなかった。旺季は九彩江で何があったか、司馬《しば》迅《じん》からの報告で知っていた。

羽羽の問いに答えて九彩江で縹瑠花が王を殺すよう命じたことをあの場ではっきり告げ、御史《ぎょし》大夫《たいふ》の皇毅に捜査を命じれば、王殺しだ。李絳攸の件など比ではない。結果、縹一族であるリオウや羽羽の首は文字通り胴から離れるだろうが、縹瑠花の行為からすれば当然だ。失態つづきの王にとって貴重な時間稼ぎになる上、李絳攸を救い出せる機会さえあったかもしれないのに、あの王は情を優先した。

（だが、前よりはマシな顔になったか）

顔つきから甘ったれたところが少し抜けたと旺季は思う。

（……それにしても、縹瑠花の言動は危うすぎる……）

彼女の行動如何で旺季の目算も狂ってしまいかねない。

とにもかくにも藍家は藍楸瑛を切り、王や朝廷と一線を画した。

次の的はもう一つの筆頭名門。

「このまま李絳攸を落とせ。あとは楊修に任せろ。うまくやるはずだ」

「はい」

旺季の耳もとに、時の彼方《かなた》から、過ぎ去ったはずの声が響いてくる。

『俺が王だ。俺に跪《ひざまず》き、俺に従え。それが気に入らなければ、お前が玉座を奪うんだな』

覇王と呼ばれた男が逝《い》ってから、もう何年経つだろう。

「……皇毅、なぜお前を御史大夫に据《す》えたのか、わかっているな？」

「ええ」

「ならいい。お前はお前のするべきことをしろ。さあ、もう行きなさい」

皇毅は一度出て行ったが、すぐに戻ってきた。何やら皿や壺《つぼ》を抱えている。旺季が訝《いぶか》しげに眉《まゆ》を顰《ひそ》める前で、皇毅はちゃくちゃくと壺から皿に何かを盛った。旺季はそれに見覚えがあった。藍鴨《あいがも》のタマゴの漬物《つけもの》だ。藍鴨のタマゴは滋養があるので有名だった。

「どうぞ。このごろ、食が細いとのことでしたから」

「年のせいだ」

「そうですか。理由はどうでも、召し上がるまでここにいますので」

　皇毅の威圧が増した。旺季は顔を引きつらせた。やるといったら皇毅はやる。三日でも四日でも食べるまでタマゴの漬物をもってあとをくっついてくるはずだ。

　想像した旺季はいやになった。マヌケすぎる。しぶしぶ箸《はし》に手を伸ばした。久しぶりに食べた藍鴨のタマゴは、懐かしい味がした。

「……これは、あの娘《むすめ》が藍州からもって帰ってきたものか？」

「ええ。これなら召し上がるだろうと孫陵王《そんりょうおう》殿が」

「ばかもの。あいつの戯言《たわごと》など右から左に聞き流せ。余計なことしか言わん」

　旺季はますます渋い顔をした。箸をすすめる傍らで、皇毅が白湯を注ぐ。

　この室《へや》を出れば、皇毅はまた御史大夫に戻らねばならない。皇毅はぽつっと言った。

「……ゆっくり召し上がってください。喉《のど》に詰まってポックリ逝かれても困りますので」

　旺季はガクッとした。無表情にいうな。

「…………霄太師あたりにいってやれ。せっかくのタマゴがまずくなる」

「なぜ。霄太師がぽっくり逝くのは望むところです。そんな親切をする気はありませんね」

　皇毅はムッとした。本当に親切だと思っているらしい。相変わらず少しずれている。そんなところが旺季にはおかしい。

縹瑠花がでてきたことが、旺季は妙に気にかかっていた。縹瑠花は自分本位に動くにせよ、タチの悪いことにバカではない。手段を選ばず、あらゆる隙を見逃さぬ女。

（……そういえば昔――）

「……皇毅。李絳攸は無事なんだろうな？」

「無事、とは？　牢に放りこんであるだけで、拷問など一切しておりませんが」

「わかっている。ただ、縹家が動きはじめたことが少々な。……お前は知るまいが、昔、こういうときにあの家がよく使った手がある。……まさかとは思うがな……」

「暗殺ですか」

「それがいちばん手っとり早いと思っているのは確かだろうが、邪魔な官吏を表舞台から片づけたい時、縹家にとっては殺すより簡単な方法がある」

旺季は箸をカラになった皿に置き、簡潔にその方法を伝えた。

「精神を壊す。もしくはそれに近い精神状態にする。……やるかもしれん」

皇毅は御史大夫の顔に戻り、しばらく考えた。ややあって、薄い色の双眸《そうぼう》を笑ませた。

「もしそうなら、むしろ都合がいいですね。清雅には伝えておきましょう」

＊　　＊　　＊

「羽羽……九彩江で、本当に伯母上《おばうえ》は王に何もしなかったと思うか？」

羽羽を負ぶって仙洞省《せんとうしょう》に戻りながら、リオウは背中越しに羽羽へそう訊《き》いた。

王と秀麗が無事に帰ってきたことにリオウはホッとしていたが、同時に正体のわからぬ不安があった。あの権謀術数に長《た》けた伯母が、やすやすと帰したことが気にかかる。王が藍都　玉龍《ぎょくりゅう》に行かず、九彩江の神域に入ったらしいことは、藍州府の仙洞官を通じて報告があがってきていた。詳報はまだリオウの手元には届いていない。王が神速の藍家水軍で帰還したため、情報のほうが遅れているのだ。

「……でも、ここは貴陽だしな……いくら伯母上でもたいしたことはできないはずだ」

リオウは自分に言い聞かせるように呟いた。そうであってほしいと思う自分を、リオウは奇妙に思った。この感情はなんなのだろう。自分は縹家の駒にすぎないはずなのに。

その時、リオウの背で羽羽がハッと息をのんだ。リオウの後頭部に、真っ白な長い髭《ひげ》がふれた。

リオウは嫌な予感がした。

「……羽羽、何か思い当たることがあるのか？」

「そういえばいま……李侍郎殿が牢《ろう》に囚《とら》われておりまするな……」

リオウは首を傾げた。李侍郎？　なぜ李侍郎の名が出てくるのか。

「……それがどうしたんだ？　あれは別に不当に拘束されたわけではないだろう」

羽羽の脳裏に、昔の忌まわしき記憶がかすめた。それをリオウに伝えるのは情けなく、つらいことだった。

それを瑠花が画策したかどうかは、まだわからない。けれど、もしそうであれば、事前に防ぐのはもはや不可能だった。羽羽は重たい口をひらいた。

瑠花のくすくすという笑声が聞こえるような気がした。

第一章　紅の火種

秀麗は亡き母の眠る小さな山の中から、貴陽を見おろしていた。

藍州へ行っている間に夏が終わり、母の命日も過ぎてしまった。

墓は、静蘭《せいらん》が綺麗《きれい》にしてくれていて、手摘みの花と線香が供えられていた。

一緒にきた邵可は先に帰り、いま秀麗の傍には静蘭と燕青《えんせい》だけがいた。

秀麗は母の墓前に、道すがら摘んだ吾亦紅《われもこう》の花を手向けた。それから貴陽を見渡せるその場所で、いつまでもただ立ちつくしていた。秀麗は二人に声をかけようともしなかったし、実際、そこにいることさえ時々本当に忘れた。

それこそ影の長さが変わるほどの時間がたって、秀麗は唐突にいった。

「ね、二人とも覚えてる？　二年前の夏、今日みたいに一緒にお墓参りしたわよね」

燕青は一本の木の根本に座って目を閉じていた。静蘭も同じ木に背を預けていた。二人が視線を向けても、腕組みする秀麗の横顔しか見えない。

秀麗の視線は二人を見ることなく、貴陽にそそがれたままだった。

――二年前の夏。あのときの燕青はまだ茶州州牧《さしゅうしゅうぼく》で、秀麗は男装して戸部《こぶ》の侍僮《じどう》として走り回っていた。

国試を受けたかったけれど、女の子は受けられなくて。それでもあきらめきれずに絳攸に師事して毎晩書物をめくっていた。そんな秀麗に邵可と静蘭が夜食におにぎりをにぎってくれ、燕青が届けてくれた。秀麗は夢と現実の狭間にいて、胸のうちを燕青へぽつりぽつりとこぼしたものだ。

たった二年前のことなのに、もう遠い昔のような気がする。

あの夏、女人国試が許可されて、秀麗は官吏になった。

この母の墓前で、一度だけ与えられた機会を頑張りぬくと決めた。

そしてもう一人――。

必ず同じ場所まで行くと誓ったひとがいる。秀麗が目指す先にいた人。

秀麗に、叶《かな》わなかったはずの道をひらいてくれたひと。

その人の背を見、教えを受け、その人のあとを追いたいと思った。上にあがったその先で、必ず待っているといってくれた。

――必ず。

「静蘭、さっきの話、本当なのね？　絳攸様は御史《ぎょし》台《だい》に拘束されたのね」

「はい。お嬢様たちが帰還される少し前に」

「藍将軍の次は李侍郎さんか。慌ただしいなー」

燕青がボソッと言った。

藍州に行く前、御史台ですれ違った清雅が、秀麗を見て嗤《わら》った意味がわかる。

次々と先手を打ってくる。でも、まだ間に合う。

「――今から登城してくるわ」

＊　＊　＊

劉輝は城を留守にしていた間にあがってきた奏上に目を通していた。仕事に集中しようとしたが、ともすれば絳攸のことを考えてしまう。無意識に言葉がこぼれた。

「余がもう少し早く帰っていれば――……」

傍で輔佐《ほさ》をしていた悠舜が、やわらかに訊いた。

「いれば？　絳攸殿を王の力で助けましたか？」

劉輝は口ごもった。

「吏部は……今の吏部は、絳攸なしではやっていけないだろう。絳攸が拘束されたら吏部の機能が」

自分でも言い訳がましく聞こえ、途中でやめた。

劉輝は悠舜と目を合わすことができなかった。悠舜の小さな溜息《ためいき》が耳に響いた。

「……だから、御史台が動いたのですよ、我が君」

尚書がいるのに、侍郎の絳攸なしでは吏部が機能しない。

それは異状以外のなにものでもない。御史台は正規の手順を踏み、取り調べに値する証拠を積んで、悠舜に吏部侍郎の拘束許可を求めてきた。劉輝でも拒否はできなかったろう。

本当はわかっている。それでも劉輝の口からは、あきらめの悪い批難がもれてしまった。

「でも、今まではほったらかしにしてきたくせに……」

「どちらが？　その状態をずっとほったらかしにしてきたのは吏部ですか、御史台ですか？」

劉輝は言葉を失った。悠舜が尚書令《しょうしょれい》として着任するまで、何一つ変わらなかった吏部。

悠舜はやわらかい声で、けれどきびしく追及した。

「主上は、吏部は今のままでいいと思っていらっしゃる、ということですか？」

藍州で、瑠花という女にいわれたことが劉輝の脳裏をめぐる。

『今のままで充分と、与えられたものを与えられたまま。ただ玉座に座り、日々机案《つくえ》に積まれる仕事をただ惰性でこなしておっただけ』

それは——それは絳攸もそうだと、いうのだ。そして侍郎だけでなく、尚書も。

「……悠舜は、今のままではいけないと、いうのだな」

「ええ。そう思います」

「……相手が黎深殿でも？」

悠舜はたったひと言で答えとした。

「私は尚書令なのです、主上」

悠舜は相変わらず優しげに微笑んでいる。

けれどなぜだろう。いつもと変わらないはずの微笑が、悲しげに見えた。

(悲しくないわけがない)

劉輝は手をのばし、その頰にふれた。

「……すまなかった。余が……何もしなかったから。つらいことをさせる」

悠舜は驚いたような顔をした。束の間、どういう顔をするべきか逡巡《しゅんじゅん》する表情がよぎったが、それは劉輝が気づく前のほんの一瞬のことだった。

「つらくはありません。主上……私は多分、主上が思うほど優しくなどないのですよ。優しいだけの人間に、政事はつとまりません。尚書令もね」

そんなことはないと劉輝は思ったが、言葉には出さなかった。

「……絳攸は、どうなる？　もう葵長官の決定は覆らないように見える」

「投獄されたとはいえ、逮捕されたわけではありません。まだ取り調べ段階です。もともと絳攸殿は有能実直で知られていますし、収賄などのわかりやすい罷免材料もない。刑罰ではなく、絳攸殿の侍郎の資質の有無を問う、という方向でくるでしょう。事の行方は絳攸殿と、秀麗殿次第です」

悠舜は秀麗の名を挙げた。

「御史台主導の捜査で、担当が官吏殺しの異名をとる陸清雅殿では、確かに決定をひっくり返すことは難しいですが、御史台には秀麗殿がおります」

臣を育てることもしなかった、と劉輝は藍州で縹瑠花に言われた。その通りだ。いつだって劉輝はすでに官吏として完成している誰かに頼るばかりだった。

けれどたった一人。劉輝のために官吏になってくれた者がいる。

この二年、自分のしたことで何か実を結んだものがあるとしたら、秀麗を官吏にしたことかもしれない。それは皮肉にも、秀麗が劉輝を拒絶しつづけたゆえの結果でもあった。

……官吏としての秀麗は、劉輝の予想より遥《はる》かに有能で、使いやすすぎた。

劉輝が秀麗を使えば使うほど、官吏としての彼女がなくてはならないものになっていく。

それでも、劉輝の答えはたった一つしかなかった。

「そうだな……秀麗しかいないな」

悠舜はまじまじと劉輝を見つめた。からかうように訊く。

「主上、一度も絳攸殿に会いにいくとおっしゃりませんね？」

「行く。――溜《た》まっている仕事をすべて片づけたら。でないと、行っても絳攸に怒られる」

悠舜は微笑み、頷《うなず》いた。ふと窓を見た。

昊《そら》は墨を流したように渦を巻いていた。白雲に黒い筋がまざっていく。

「……雨になりそうですね」

悠舜は小さく眼を細めた。

悠舜を尚書令室まで送った劉輝は、帰ろうとして、おや、という含み笑いを聞いた。

次の間を凌晏樹《りょうあんじゅ》が向こうからやってくる。劉輝を見て笑っていた。

「主上は本当に、宰相殿がお気に入りですね。仲がよろしくて、微笑ましいことです」

「凌黄門《こうもん》侍郎……」

そのやわらかな声音にも、微笑にも、何の含みもない——ように見える。

劉輝は先日の藍州行きを謝った。

「このあいだは……軽率な振る舞いをした」

「確かに、そうですね。でも、宰相殿がお許しになったのでしょう？」

「そうだが……」

「では、宰相殿の責任、ということです」

「それは違う！　余が勝手に——」

「陛下」

晏樹が微《かす》かな溜息をついた。何も知らない子供を諭《さと》すような苦笑が滲《にじ》んでいた。

「陛下は鄭《てい》悠舜について、どのくらいご存じなのです？　仕官する前、彼がどこで、何をしていたか、ご存じではないでしょう。抹消されてますからね」

「え……？」

「彼は確かに有能です。悪党の裏をかくらいたやすいほどに。それは茶州での実績が証明しています。でもね、陛下。悪党の裏をかくのは、賢くて優しいだけの人間には無理です。同じ悪党でなければね」

いったい凌晏樹は何を言い出すのかと思った。

「少なくとも、単なる優しいだけの人間には、第一線の政治家は到底務まりません。茶州で十年、筋金入りの悪党どもを向こうに回して攻略し、茶州府を建て直すことも不可能です。でなければ先王陛下も、彼を選んで茶州に送り出したりはしませんよ。そうではありませんか？」

晏樹は影のように笑った。

「……あまり彼の意を用いすぎて、あとでとんだことになっても知りませんよ、ということです。藍州に行ったのは間違いだったというなら、それは宰相殿の判断が間違っていたということです。彼が何を思って藍州行きを許可したのかはわかりませんが、そのせいで主上が現在どういう状況に陥っているのかは、一度考えるべきでしょう」

晏樹の表情から束の間、いつもの謎めいて人をからかうような微笑が消えた。

「陛下、貴族制も壊れかけ、古き良き時代の、ただ王であるというだけで、忠誠を誓ってくれる股《こ》肱《こう》が集う時代は終わろうとしています。国試制がはじまり、実力主義となった今、隙があれば誰かに蹴《け》落《お》とされます。今の李絳攸殿のようにね」

常日頃は雲をつかむような凌晏樹の本音を、劉輝は初めて聞いているように思えた。

「強く、綺《き》麗《れい》な魂のまま、信念と正義をもってあなたに忠誠を誓ってくれる味方がほしければ、あなたがそれを見極め、守らなくてはなりません。また、あなた自身が、そんな臣下が集う主君にならなくてはなりません。そうでなければ、いつのまにか私みたいな悪党ばかりしか残らない……ということになりますよ」

「凌黄門侍郎……？」

「おやおや。我ながら、ずいぶんとらしくないことを申し上げたものです」

晏樹は、ふ……と苦笑いした。

「……今のは、私がこの世でいちばん愛する人の口癖ですよ。もう二度と言いませんがね」

＊　＊　＊

楸瑛は久しぶりに朝廷にあがった。腰には〝花菖蒲《はなしょうぶ》〟の剣を佩《は》いて。貴陽に帰還してすぐ、王から返されたのだ。

思わず胸に熱いものがこみあげた。楸瑛は膝《ひざ》をつき、剣を戴いた。

今度は身一つの藍楸瑛として。

船で一緒に貴陽まできた龍蓮《りゅうれん》はまたどこぞへフラフラ出かけたが、その際、楸瑛に呟いた。

『……楸兄上の友……気をつけたほうがいい』

（やっぱり絳攸は間に合わなかったか……）

牢の絳攸に会いにいくまえに、楸瑛には行くべき場所があった。

楸瑛が羽林軍《うりんぐん》将軍職を辞したことはなぜかあまり知られていないようで、実は無職の身にもかかわらず、衛士《えじ》は楸瑛の顔を見てすんなり通してくれ、意外と楽にその室の前まで辿《たど》り着くことができた。

「――孫兵部《へいぶ》尚書、藍楸瑛です」

ピコピコと、楸瑛を小バカにするように目の前で煙管《きせる》が揺れる。

この人にはあんまり会いたくなかった、と楸瑛は内心ぶつぶつぼやいた。

「さーて、何の用かね？　藍家の坊ちゃん。……じゃ、なくなったんだっけな。仕事やめたあげく家戻ったら勘当されて惚《ほ》れた女にも振られて、無職で文なし宿なし。貴公みたいにぷ〜らぷらしてる今どきの若いモンを穀潰《ごくつぶ》しっつーんだぞ。くくく。かっちょわりー。恥ずかしー」

楸瑛は返す言葉が何もなかった。

（……しかし昔と全っ然変わってないなこのひとは……）

孫尚書が藍州州牧だった頃から、楸瑛は孫尚書がちょっぴり苦手だった。今まで周囲にいた『大人』とあまりにもかけ離れていたからだ。少年時代の楸瑛と迅に散々くだらない嘘をふきこみ――梅《ウメ》の実を食ったときは「ウメー」っていわないと女にもてないんだぜとかいわれて茶屋で実行したら、女の子が誰もいなくなったのは忘れられない――楸瑛が憤然と抗議にいったらまたもやおちょくられた。藍本家を訪れてもまったく動じない濃ゆい顔のヘンなオジサン。それが藍州州牧と知ったときは、この国は終わりだ、ぼくがなんとかしなくちゃと本気で思ったものだ。

「……もういい歳な上に兵部尚書なんですから、もうちょっと威厳を取り繕ったらどうですか」

「アホか。取り繕わんと漂わん程度の威厳なんざ、すかしっ屁《ぺ》みたいなもんだ。あったら周りの迷惑。ないほうがマシってな。俺の醸しだす威厳がわからんやつは半人前だぜ、ボーヤ」

にや、と煙草の入っていない煙管を噛《か》む姿は実にいなせでかっこいい。ものすごく悔しいが、楸瑛が同じことをしても全然サマにならないだろう。確かに孫尚書は威厳がないわけではない。むしろどんな言動をしても綺麗《きれい》にはまる。彼の気ままな言動はよくうるさがたから苦言を呈されるが、彼一流の風格と立ち居振る舞いは、それこそ生粋の貴族である旺季と並んでもまったく見劣りがしない。現に楸瑛も負けている。

楸瑛がわざわざ彼を訪ねたのはもちろん理由がある。

「私が藍州で惚れた女性に振られたなんてよくご存じですね」

「おいおいなんだ、本当に振られてたのかお前。あはははは!!」

楸瑛は屈辱を味わった。楸瑛が珠翠《しゅすい》に振られた――でもまだ告白してないから別に振られたわけではないのだ――ことを知っているとすれば、あの場にいた司馬迅と孫陵王が、なにがしかの関《かか》わりがあるという証になるのに。

が、孫陵王は少しも尻尾を出さない。あけっぴろげに見えて、決して肚《はら》のなかを読ませない。

「孫尚書」

「ハイハイ、ダメダメ。ボーヤはおうちに帰んな」

「まだ何もいってませんよ！」

「将軍職返せっつーんだろ。ばかいうな。お前、自分からやめたくせに、ノコノコ戻ってきてまた再就職させてくださいなんて、この世知辛い今の世の中でンな甘い話通ると思ってんのか。甘い。甘すぎる。この杏子《あんず》の飴玉《あめだま》のほうがよっぽど酸いも甘いもかみわけてる」

孫尚書は琥珀色《こはくいろ》の飴玉を楸瑛に放り投げた。楸瑛は反射的につかんでぱくっと食べた。藍州州牧だったころ、孫陵王は楸瑛と迅に、よくこうして飴玉を放り投げてきたものだった。池の鯉の餌やりみたいでおもしれーと笑いながら。

あの頃と同じ笑顔で、けれど目だけは鋭い光を灯《とも》し、孫尚書は楸瑛を見ている。その目には覚えがあった。かつて藍州州牧だった彼が、三人の兄と対峙《たいじ》していたときと同じ。

「一人の藍姓官吏も連れて帰らず、勘当されて出戻ってきたお前なんぞ、必要ない」

楸瑛はぎゅっと眉《まゆ》を寄せた。

「いーかボーズ。うぬぼれるなよ。なんでお前を将軍に据《す》えたかって、そりゃただ単にお前が唯一の藍家直系だったからにすぎん。お前を将軍に据えときゃ、上層部も安心する。王位争いからこっち、官吏どもは紅藍両家の動きを神経質に気にしてたからな。ゴキゲン損ねたらどーしよう、また見捨てられたらどーしようってな。アホらしい」

　孫尚書は刻み煙草の箱を手にとった。慣れた仕草で空の煙管に煙草をつまみいれる。火をつけると、独特の香りとともに、ふんわりと紫煙がくゆる。

「だから、藍家の名前が使えなくなったただの楸瑛ちゃんは必要なし。用無し。そんなに戻りたきゃ、王様に『また将軍になりたーい』って泣きつけ。きっと叶《かな》えてくれるぞ。勅命なら俺も逆らえん。またまた王様のバカっぷりが露呈するがな」

　もうひとつぶはじかれた飴玉を、楸瑛はやけっぱちに口中に放りこんだ。

　ここまでコケにされても無言のままの楸瑛を見て、孫尚書の笑顔が少し変化した。

「ふーん。ここらへんでしょんぼりするか俺がバカでしたってスゴスゴ引き下がるかと思ったんだがなぁ。なに、帰ってきた楸瑛ちゃんはちょっとは大人になったのかな」

　飴玉が二個入った口をリスのようにモゴモゴさせ、楸瑛は孫尚書を睨《にら》んだ。

「別に。もらえるものはもらっとこうと思ってるだけですよ。飴も情報も。孫尚書のいうとおり、無職で文なし宿なしで、もってるのは顔と頭と若さだけですから」

「ぷぷぷ。かわいそー。ろくなもんもってないねぇ。オジサン涙がちょちょぎれちゃうよ」

　こんなことなら真っ正直に将軍職返上しないで、あとでどうとでもなるよう弟の龍蓮が危篤で一時里帰りしますとかにすればよかったと、楸瑛は今さらながらぶちぶち後悔した。

　紫煙の向こうで、孫尚書は言った。

「まったく、お前は頭いいくせに全然使わないねぇ。ほんっと小賢《こざか》しい小細工ってもんができない性格っつーか。それがお前の微笑ましい欠点でもあるがな」

「……全然弁護になってません」

「まあしばらく家に引っ込んで謹慎してろ。そんなに仕事したいなら、ほとぼりが冷めたころにどこぞの州の武官に任命してやる」

楸瑛は切り札を出した。トアル小箱をすらりと掲げた。

「孫尚書、これは藍州原産の最高級煙草です。年二十箱限定生産、愛煙家垂涎《すいぜん》の幻の刻み煙草、通称〝藍の夢〟」

煙草のけむりまで動きを止めた。

「……マジか？」

「マジです」

「……見せてみろ」

「職と引き替えでお願いします」

孫尚書は唇の端を持ち上げた。

「必死だな。相当みっともないぞ、楸瑛」

「必死ですよ。みっともなかろうがどうだっていいです」

楸瑛は頭を下げた。

「孫尚書、私は羽林軍にも将軍職にも戻して欲しいなんて一度もいってません。いちばん下っ端で構わないんです。どんな職でも結構です。――この城にいられるなら」

孫尚書はしばし楸瑛を見つめた。その顔からは、今までの子供を相手にするような軽薄さは消え失《う》せていた。楸瑛自身を検分するような深い眼差《まなざ》しだった。

ややあって、孫尚書は煙管をひる返し、燃え尽きた灰を灰入れに捨てた。

「藍家直系で、国試榜眼《ぼうげん》及第の俊英、将軍職まで務めた男が、どんな職でもいいか。落ちたモンだな。家も仕事も捨てて、果ては誇りまでどこぞのどぶに捨ててきやがったか？」

楸瑛の心はいささかも動じなかった。自分でも不思議に思うほどに。

何がいちばん大事なのか、楸瑛はもう知っている。

「捨てたのではありません。選んだだけです。家名や官位とは別のものを。私の誇りは、そこにあります」

頭を下げたままの楸瑛には、孫尚書がどんな顔をしているのかわからなかった。

ややあって、筆を執る音がした。さらさらと、筆のすべる音が微《かす》かに響く。

「藍家の男を本気にした王に免じて、これをくれてやる」

孫尚書は辞令を放り投げた。楸瑛は受け取り、中を開いた。書かれているものを一瞥《いちべつ》し、盛大に顔を引きつらせた。

「た、確かに……どんな職でもいいとは言いましたけど……ひどくないですかコレ!?」

「くっくっく。ほらさっさと寄こせ煙草」

「えっ、本当にもらうつもりですか。こういうの、収賄っていうんですよ」

「アホかお前は。今さら何いってやがる。いーか、御史台にばらしたらお前も一緒に『今日から無職』に逆戻りだからな。ほら渡せ。何しぶってんだ。どうせお前はのまないだろうが」

「えーと……じゃあ、はい。どうぞ」

楸瑛はものすごく葛藤《かっとう》した後、しぶしぶ箱を渡した。

孫尚書は箱を手にした瞬間「？」という顔をした。箱を開け、しばらく沈黙が降りる。

「……オイ楸瑛、なんだこれは」

「見ればわかるじゃないですか。飴です。桃味の」

「……超高級煙草はどこだ」

「本当にワイロになったらお互いマズイだろうと、中身を飴にしといたんです。思いやりです」

「返せさっきの辞令」

「やです。じゃあ私はこれで」

楸瑛は回れ右をした。

「ちょっと待て。楸瑛、この城にいられるだけでいいってなら、別に俺に頼まんでもいくらでもツテはあっただろう。なんでわざわざ真っ正直に俺のところにきた？」

楸瑛は振り返り、答えた。

「何も意図はありません。真っ正直に、あなたに会おうと思ってきたんです」

孫尚書はまじまじと楸瑛を見つめた。次いで、何か懐かしいものを見たように笑った。

「バカだな、楸瑛」

「近頃自分でもたまにそう思います。——最後に孫尚書、司馬迅という男を覚えてますか？」

「ああ、お前といつもつるんでたガキだな。俺が処刑の判子を押したやつだ」

「なんか生きてるっぽいんですが」

「気のせい気のせい」

孫尚書はニヤニヤ笑った。どこまでものれんに腕押しなノラクラ尚書である。

楸瑛は孫陵王におちょくられるばかりだったが、迅は進んで陵王とよく話をしていた。

『あの人はすごい人なんだぜ、楸瑛。まさか会えるとは思ってなかったから、感激した。ま、お前は不良でヘンなオッサン州牧と思ってりゃいいさ。事実だし』

迅が処刑されたときの藍州州牧は孫陵王だった。

だが迅は生きていた。迅を逃がし、処刑したように書類を偽造できた者は限られる。藍州州牧だった孫尚書は間違いなくその一人だ。

迅は兵部侍郎殺害の下手人でもある。兵部侍郎が口を割る前に死んだせいで『官吏殺し』の一件は兵部侍郎止まりで終わり、それより上に伸びなかった。兵部侍郎を殺して、迅が『誰』を『守った』のか——。

迅の忠誠を手にした『主君』は誰か。それが相対すべき相手であるはずだった。

楸瑛は深々と一礼した。孫尚書がもう一度だけ呼び止めた。

「楸瑛、お前は今の藍家じゃいちばんまともだ。それは認めよう。甘ちゃんでアホなことばっかりしてるが、俺は好きだ。引きこもって他人に手を差し伸べることのない紅藍両家の中で、よく全部の鎖を引きちぎって王を選んだ。……最後まで選んだ王の傍にいてやれ」

楸瑛は帰りかけていた。

「……最後までって、なんですか」

初めて、楸瑛の顔から一切合切の甘さがそぎ落とされた。

「王はあの人です。他に誰もいない。今までも、これからも」

言い捨て、楸瑛は室《へや》を出て行った。

……一人になった室で、孫尚書は紫煙の尽きた煙管《きせる》をくるくると回した。

『何も意図はありません。真っ正直に、あなたに会おうと思ってきたんです』

小細工なしで、孫陵王に眼《がん》をくれにきたのである。

あなたが何を考えていようが、私は王の味方です、と宣戦布告しにきただけだと。

孫陵王は思い出し笑いをしてしまった。まったく大馬鹿だ。ガキの頃からそうだったが、頭良さそうな顔して、藍楸瑛は真っ向勝負を好む。司馬迅のほうが慎重で注意深い軍師向きだったりする。それにしても、若いってのはいい。馬鹿は好きだ。

自分の誇りは別なところにある、と言い切った。

「ふ……あいつもいっぱしの男の顔になったもんだ。よかったなぁ、旺季。あの若い王にも、ようやく一緒に死んでくれそうなヤツができたぜ。これで何があっても、寂しくないな」

孫尚書は若い王が嫌いじゃない。政事をほしいままにしようとしているわけではないことも知っている。うまく育てば、いい王になるかもしれないとも思う。

でも、もう遅いのだ。

駒はそろい、時はきた。

藍楸瑛が紫劉輝に夢を見るように、孫陵王は旺季に王の夢を見る。

弱い者が切り捨てられることのない優しい世の夢を、見るのだ。

＊　　＊　　＊

秀麗はまっすぐ御史大夫室へ向かった。押し留めてくる属吏や衛士を蹴散らして。

「紅秀麗です。入ります」

御史大夫室にいたのは葵皇毅だけではなかった。

「……清雅」

「やっぱりきたか。まったくわかりやすい女だな」

傲岸《ごうがん》に薄い唇をゆるめてみせるその微笑が、相変わらず清雅にはよく似合う。

清雅はすでに、秀麗がなんの目的で御史大夫室にやってきたのか知っているのだろう。

それは秀麗も同じだった。清雅が何をするのか、秀麗もわかっている。だからきたのだ。

机案《つくえ》の向こうで、葵皇毅が秀麗を見据《みす》えた。

「何の用だ。まったくお前はいくら追っ払っても追っ払っても懲りもせず、カナブンのように朝から晩までブンブンたかるからな。とっとと用件を言って出てけ」

「カナブンてなんです！　こんな可愛い女の子にうろちょろされて嬉《うれ》しくないんですか」

「馬鹿めが。晏樹のテキトーな世辞をうかうか真にうけおって。歩く掛け流し温泉のごとくいつでもどこでも垂れ流しなあいつの世辞なんぞ、毛根ほどの価値もないわ。お前なんぞカナブンでも上等だ。コガネムシ科らしく金や情報や手柄をせっせと運んでこんか。カナブン御史は今のところ雑用と漬物《つけもの》以外の役にはトンとたっとらんように見えるが？」

確かにその通りだが、相変わらず無表情でひどいことをいう上司だ。晏樹が世辞の掛け流し温泉なら、皇毅は嫌味を掛け流している。

「くだらん話はここまでだ。用がないなら叩《たた》き出す」

秀麗は背筋を伸ばした。隣で清雅も同じように皇毅に向き直る。

真正面から皇毅に対すると、足から震えが這《は》いのぼってくる。氷の眼差《まなざ》しに射竦《いすく》められるような威圧と緊張。嘘も虚勢も皇毅の前では否応《いやおう》なく剝《は》ぎ取られる。

秀麗は何を言われても決して逃げ出さないように、両足を踏みしめた。

「——吏部侍郎、李絳攸殿が御史台に拘束されたと聞きました」

「それがどうした」

「担当御史はここにいる陸御史ですね」

「だから？」

「あわせて私も担当させてください」

皇毅は鼻で嗤《わら》った。

「恩のある李絳攸に、手心を加えて助けてやりたいわけか」

「……そう思われても仕方ありません」

「くだらん言い訳をしないだけの頭はあるようだな。お前のクビと引き替えに、李絳攸を助けたいとでもいうつもりか？　榛蘇芳《しんすおう》の猿真似でもするつもりか」

清雅がチラリと秀麗を横目に見た。興味深そうに。

秀麗の答えは簡潔だった。

「――違います。私のクビはそんなに簡単に捨てられるようなものではありません」

皇毅の目が細められた。……以前なら、間違いなくこの娘《むすめ》は「是」といっていただろう。

「そうだな。そんなものは無意味だ」

榛蘇芳の行動には意味があった。秀麗を活《い》かすために自分を切った。

九彩江に入ったらクビだとはいったが、それを言い訳に秀麗が王を追わずにただボケッと待っていたら、それこそ皇毅は問答無用でクビにしただろう。

唯々諾々と上に従うだけの無能は必要ない。九彩江がどんな場所か知った上で、保身を考える官吏に用はない。常に自らの頭で考え、判断し、行動と結果に責任をもつ。それができない官吏は有事の際に何の役にもたたない。

秀麗はクビよりも、王を無事に連れ帰るほうを優先した。それが「仕事」だからだ。帰還後も、言い訳しなかった。そんな秀麗を朝廷に留めるために、今度は榛蘇芳が動いた。

秀麗が自分より王を活かしたように、蘇芳は自分と引き替えに紅秀麗を朝廷に残すほうが大事だと判断した。上司の『最後の一線』を直感で見極めるのに長《た》けた榛蘇芳らしい行動だった。それぞれ感情でなく、理性で選んだ決断だ。だから価値も意味もある。

けれど今の秀麗が、皇毅に絳攸を釈放してくださいとただ頼むのも無意味なら、そのかわりに自分の首を差し出すのもまったく無益だ。

それは御史としての仕事ではない。

――が、この娘は言わなかった。

この娘は確かに、皇毅が時々気まぐれに仕掛ける罠《わな》をくぐり抜けていく。清雅と違ってかなり危なっかしいが、一度も引っかからないのは事実だ。運にせよ、単なるカンにせよ、他人に助けられるにせよ、それもまた紅秀麗のもつ力だ。

清雅に目をくれれば、満足そうだった。李絳攸は端《はな》から歯牙《しが》にもかけなかった清雅が、紅秀麗には最初から好戦的だった。見る目は正しかったと言うべきだろう。

紅秀麗と李絳攸のどちらを配下にとるかと言われれば、今の皇毅は迷わずこの娘を選ぶ。

「李絳攸の捜査を身内のお前が担当すれば必ず甘くなる」

「ですが、陸御史一人では、不必要に厳しくなることも考えられます。『官吏殺し』とかいうヘンな異名をとる陸御史では、更迭ありきの捜査になる可能性があります。彼一人では偏って不公平です。どうせ偏るなら、私にも担当を。秤《はかり》が釣り合ってちょうどいいじゃないですか。陸御史が李侍郎更迭のために捜査するなら、私は留任のために捜査します。双方鑑《かんが》みて、ご判断をお願いします」

皇毅は目をすがめた。

……いま、この娘はひどく面白いことを言った。

（裁判に関して検察と弁護の二手にわかれる……か）

歴代、誣告《ぶこく》は数知れず、濡《ぬ》れ衣《ぎぬ》で死んでいった良吏は山ほどいる。嫌疑のかかった者を庇《かば》うと、もろともに失脚する恐れがあるため、真実を知る者も往々にして口を閉ざす。御史もまた「有罪」を積み重ねることで能力を示し、出世の足がかりにするという意識が強い。有罪無罪は御史の人格や能力に左右されがちで、どうするべきかと皇毅も常々考えていたが。

（弁護のための捜査ができる制度があればいい……か）

普通、上司に堂々と、御史台《うち》が捕まえた人を助けたいんで私に洗い直させてくださいとかいう素《す》っ頓狂《とんきょう》な馬鹿者はいない。だがここで皇毅が許可すれば、正当な「仕事」となる。

ふむ、と皇毅は瞑目《めいもく》した。……詰めてみる価値がありそうだった。

「……争点は、李絳攸に吏部侍郎の適性があるか否か、だ。お前は、李絳攸が朝廷に必要だと思うのか？」

「もちろんです。何よりも王に、李絳攸様は必要な方だと思います」

「——馬鹿めが」

皇毅は一瞥《いちべつ》のもとに切って捨てた。

「李絳攸が王に必要だと？　とんだたわごとをほざく御史がいたものだ」

皇毅は嗤った。

「……面白い。いいだろう、李絳攸の何を以《もっ》て朝廷に必要だというのか、王に必要だというその理由を、証拠を並べ立てて私に知らしめてみるがいい」

「え——」

「許可する。李絳攸更迭の件に関し、お前も清雅と共に捜査に当たるといい。今回の主導権は刑部《けいぶ》でなく御史台がとる。長々とひっぱるつもりはない。ひと月後、御史《ぎょし》大獄《たいごく》を開く。それまでに必要な情報は双方共有し、御史大獄にて清雅が検察、お前が弁護を担当しろ」

「御史大獄——」

秀麗が呟《つぶや》いた。通常は刑部が裁判を担うが、御史大獄は御史台が主導権を握る裁判。

「——ただし」

トン、と皇毅は指先で机案を打った。

「御史大獄では、私の判決が最上位にくる。つまり、最終的に私の決定が李絳攸の処分になる。——先に私の処分を言っておく。李絳攸は必ず更迭する。お前がいくら駆けずり回って、どんな証拠を並べ立てようが、絶対にな。私の意思を覆すのは不可能だと思え」

秀麗は唇を噛《か》んだ。

最初は、藍将軍。次が絳攸様。

一つ一つ、碁石がひっくり返っていくように。劉輝の周りから人が消えていく。

再び皇毅が指で机案を叩いた。秀麗が顔を上げると、薄い色の双眸《そうぼう》が秀麗を見ていた。

「紅秀麗、お前は政治家と官僚の違いが何かわかるか？」

「……え？」

「御史大獄までに考えておくんだな。その答えがわかれば、お前は必ず李絳攸の弁護から手を引く。ひと月捜査をしてもわからず、御史大獄の日まで李絳攸の留任をほざいているようなら、そんな無能は御史台に必要ない。李絳攸と共に仲良くクビだ」

捜査をすれば、秀麗が自ら絳攸の弁護をおりる？　おりなかったら、もろともにクビ。

「……それじゃ結局、どっちにせよ絳攸様はクビじゃないですか」

「最初からそういっている。私が李絳攸を更迭すると言っている以上、お前のすることは単なる骨折り損で、時間のムダ以外のなにものでもない。清雅が負ける案件に手を出すと思うか。どうする。今ならおりても構わんぞ。おとなしく別の雑用でもやっていろ」

清雅を見れば、皇毅の言葉の意味を理解しているように自信たっぷりに笑っている。

秀麗には、どうして皇毅がそんなことをいうのか、まるでわからなかった。

曲がりなりにも皇毅の下で半年過ごした。皇毅の風当たりがいちばんきついのは間違いなく秀麗だ。御史台にいても滅多に見かけることのない御史の中で、多分秀麗は清雅と並んでいちばん葵皇毅と接している。口癖のようなクビにしてやるという言葉が混じりけなしに本音なのも知っている。清雅のように必要とされてもいない。そこにあるから使っている程度の存在だ。

刺すように胸が痛んだ。皇毅に全然必要とされていないことを、まさか情けなくて悔しいと感じていたとは思わなかった。いろいろ悪いことをしてそうな上司なのに。

でも、いつだって皇毅は秀麗をやめさせるための言いがかりをつけたりはしなかった。理不尽で無茶苦茶な命令は山ほどあっても、クビだという言葉の裏には、常に皇毅なりの理由があった。秀麗の甘さ、理想と現実、正義と必要悪、硬貨の裏表のような世の中で、自分が正しいと思っていることが正解ではないこと——。それらが、皇毅には「使えない」要因だったから、クビだと言ってきた。逆にいえば、必ずどこかに出口があった。

けれど、今回は違う。いくら秀麗が頑張ってもムダだ、頭から絳攸は更迭するという。

李絳攸は朝廷随一の才人といわれた人だ。清廉で潔癖で、不正とは遠く、吏部を侍郎として宰領し、配下である珀明《はくめい》も、絳攸様のおかげで吏部が回っているといっていた。絳攸に落ち度があったとは思えない。秀麗には劉輝のそばから次々に信頼できる側近を引き離していくための言いがかりにしか聞こえない。

「王は、他ならぬ絳攸様に〝花〟を渡しました。なのに更迭なんて——」

「王が無能なだけだろう」

皇毅は、秀麗の顔つきがみるみる険しくなるのを、面白そうに観察した。

朝廷は国試派と貴族派にわかれているが、そこに王の存在はない。官位争いはしているが、国試派は特に王の味方というわけではない。先王と違い、今の王にとりたててもらった恩もなく、致命的だったのは、側近二人に紅藍両家と縁の深い二人を選んだことだ。あれで実力主義の国試派官吏たちは落胆した。結局大貴族の彩《さい》七家かと嫉《そね》み、距離を置いた。ゆえに、国試派の多くも、王が紫劉輝でなければならないという意識はない。

(……まあ、あの二人をあえて最初に傍に置いたのは、霄太師だがな)

たまに皇毅は、あの名臣と誉れ高い老人が何を考えているのか不思議になることがある。

十年前の公子争いの時もそうだったが、時折、まるでこの国の破滅を望むかのような一手を盤上の隅に打つ。その駒の行方がどうなるか、まるで試すかのように黙って見ている。

それでいえば、この娘《むすめ》もまた、霄太師の打った一手だ。

妃としての一手かと思ったが、官吏の駒に化けた。

今やほんのわずかな、王の官吏として。

この駒がどこまでやれるのか、皇毅の邪魔にならないうちは見ているのも一興だった。

「どうする？　やるのか、やらんのか。早く決めろ」

「――やります」

秀麗は即答した。

絳攸を罵倒《ばとう》されることも、彼を重用した劉輝が無能呼ばわりされることも我慢ならなかった。

「こんな状況になって、ノンキに雑用なんかしてられません。絳攸様は私の師です。なぜ葵長官が頑固に絳攸様を更迭したがるのか、今の私にはさっぱりわかりません。受け入れられない以上、私は自分の意思に従い、李絳攸様を守るために動きます。特に底意地の悪い清雅一人なんかにゃ到底任せられません。——李侍郎の弁護、私が担当します」

「よかろう。やってみるがいい。身内の手で処分されるくらいの情けはかけてやる。今回、上からの命がきている。お前がそう言った場合、浪《ろう》燕青をお前につけろとのことだ」

「は!? 上からって……」

「王も必死だな。まあいい。浪燕青の御史台への入台を許す。榛蘇芳にかわり、お前付きの御史裏行《みならい》にしてやる」

「ちょっと待ってください! 燕青はだめです。藍州の時は昔のよしみでむりやり頼んでしまいましたけれど、彼はそのために貴陽にきたわけじゃ——」

「ほぉ? 意外だな。てっきり喜ぶと思ったがな。が、この際お前の意思は問題ではない。私が欲しいと思っていた男だからな」

秀麗の前で、皇毅は——ごくごく一瞬だったが、確かに——初めて、嫌味でない満足そうな微笑を閃《ひらめ》かせた。

「浪燕青は使える男だ。よくヤツを御史台に引っ張ってきたな。褒めてやる」

秀麗は耳を疑った。……いま、なんといった?

「あれほどの男をフラフラさせておく手はない。お前が綱つけて握っておけ。逃がすなよ」

　皇毅は秀麗を一瞥もしていない。皇毅の視線はずっと机案《つくえ》の上の書翰《しょかん》にそそがれたまま、ちゃくちゃくと決裁なんかしている。そんな光景などいつものことで、皇毅は誰かを『褒める』のも片手間ですますのが普通なのかもしれない。第一いい加減だろうが何だろうが、あの皇毅が初めて褒めたという事実のほうがよっぽど重要だし、燕青が有能なのは秀麗にもよくわかっているし、とにもかくにも、むかっ腹が立つなんておかしいはずだ。

　いや、違う。この下腹部に泥がたまるような感情はもっと――。

「これでお前を拾った甲斐《かい》が多少はあったというものだ。お前をクビにしても浪燕青はちゃんと残してやる。安心して職務に励め」

　無慈悲な言いぐさも、秀麗の耳タコだ。別に珍しくも何ともないはずだった。

　清雅はふと、秀麗に目をやった。口笛を吹きそうになった。

（……甘ちゃんのこいつしか知らないヤツらが見たら、どう思うやら）

　晏樹が好きそうな表情《かお》をしている、と清雅は思った。清雅もこの顔の秀麗は好みだ。

　秀麗はずかずかと机案に詰め寄った。

「――長官!!　ちょっとこっち向いてください！」

「なんだ、やかましい。いちいち叫ばんでも聞こえる」

　皇毅はうるさそうに顔を上げた。不機嫌な双眸《そうぼう》に、秀麗《じぶん》の顔がうつりこんでいる。

　悔しさと怒りがないまぜになったような顔だった。感情はまったく正直だ。そう――。

（褒められたのは私じゃない）

この血も涙もない長官に認められているのは秀麗ではなく、燕青だ。

秀麗は燕青を釣り上げる撒《ま》き餌《え》ぽっちにしか思われてないのに、喜べるはずがない。

皇毅は訝《いぶか》しげに眉《まゆ》を顰《ひそ》めた。

「……上司にガンをくれるとは、いい度胸だな。いいたいことがあるならさっさといえ」

秀麗は口をひらきかけ、むなしく閉じた。唇を噛みしめる。

「あ、ありません。長官の年季の入った男前なお顔を拝見したかっただけです！」

「そうか。満足したならとっとと出て行け。私はどこぞのちんくしゃ娘の顔は見飽きた」

「ぐっ。……はい」

秀麗はスゴスゴ踵《きびす》を返して出て行った。

皇毅はいつにもまして挙動不審な娘に首をひねりつつ、清雅へ声をかけた。

「清雅、わかっているな」

「わかってますよ。俺は俺の仕事をこなします。いつもどおりに」

「――なら、いい」

皇毅は短く頷《うなず》き、仕草で退室を促した。

「悪い男だね、皇毅」

晏樹の声に皇毅はぎょっとした。見れば、晏樹が窓から乗りこんでくるところだった。

「さっき、お姫様《ひめさま》に『ちゃんと私を見て！』っていわれたんだよ。ダメだねー君は。無言の愛の告白に気づかないで。全然なってないよ。ずるいなー。お姫様にそんなに愛されちゃって」

窓の外で盗み聞きをしていたらしい。皇毅はこめかみに青筋を浮かべた。……この男ときたらどこでも構わずわいてくる。

晏樹は断りなく闖入《ちんにゅう》すると、皇毅に近寄った。

「ふーん、皇毅くらいの男でお姫様はやっとその気になるのか。今まで男を手玉にとってたんじゃなくて、単に理想がバカ高いだけだったのかなー。残念」

「……晏樹。クラゲのようにあちこち気ままに浮遊するな。仕事はどうした」

「なんで残念かって？　ぼくの好みは可愛い悪女だから。女王様とはちょっと違うんだよ。天性の素質があるよね。たらしこんで貢がせて仕事の踏み台にした男の数々。すごいぼく好み。早く成長してぼくを弄んでほしいなーって思ってたのに、単に渋好みだったらどうしよう」

「人の話をきけ。俺はお前のダダ漏れ明るい変態宣言のほうがどうしようだ」

晏樹は面白そうに皇毅をのぞきこんだ。

「皇毅。お姫様は君に酷い仕打ちばっかりされているのに、慕ってくれるんだね。君が旺季様を選んだように、お姫様は君を選んだんだ。嬉《うれ》しい？」

「もっと使えるヤツだったらそう思っただろうな」

「でもね、皇毅。ぼくはねー、全然不思議じゃないんだよ。お姫様が君を選んだこと」

「……遥《はる》か昔から百万遍ほど言ってる気がするが、人の話を聞け」

「違うだろう、皇毅。君がぼくの話を聞きたがらないんだ」

皇毅と晏樹の視線が交錯した。急に室《へや》の温度が下がった気がした。

晏樹は笑っていたが、その茶色の瞳《ひとみ》から、不意に日がな浮かべている茶目っ気がすべて消え失《う》せた。それは深い奈落《ならく》の底に似ていた。

「……そう、彼女は君を選んだんだ。黎深や奇人《きじん》や李絳攸でも、悠舜でもなく。そっか」

そっか、と何度も繰《く》り返す。

「……晏樹、前々から不思議だったが、お前はなぜあの娘《むすめ》にちょっかいをかける？　お前になんの益も利用価値もないだろう。出世の役にも立たんぞ」

「なになに、牽制《けんせい》？　ふっふっふ。ぼくっていう強力な恋仇《こいがたき》の存在を知って恋に目覚めちゃったかな？　でもぼくは相手が君でも身を退《ひ》いたりしないからね」

「腐った寝言は深海の底で漂いながら呟《つぶや》け、この浮遊クラゲ」

「背後霊憑《つ》きのトドよりはマシだけどね……。あのね、君のほうが不思議な行動とってるよ。君がクビ寸前だった冗官《じょうかん》のお姫様をわざわざ拾ってあげた理由とか、そのくせ彼女をクビにしたがる矛盾とか。ま、だいたいわかってるけど」

ニヤニヤと晏樹は猫のように笑う。

「皇毅、君は毎度毎度お姫様にひどいことして冷たく当たって、ぼくはそんなお姫様を励まして優しくした。でも、彼女が選んだのは君だった。他の誰でもない、君に認められたがってる」

「馬鹿馬鹿しい」

「馬鹿馬鹿しくないよ。初めてじゃない？　お姫様が上司の評価にふくれっ面したの。今まで、自分の評価なんかそっちのけで他人事に奔走してたお姫様がさ。初めてちゃんと自分を見て、認めて欲しいって思ったんだよ。他の誰でもない、君にね。もっと嬉しそうにしたらどう？」

　晏樹が何を言いたいのかてんからわからない。皇毅は犬を追うように邪険に手を振る。

「お前のくだらん戯言《たわごと》には付き合ってられん。用がないなら帰れ」

「えー。ぼくは君が羨《うらや》ましいよ。ちゃんと本当の自分を見て、好きになってくれるコなんて、いくらもいない。しかもぼくたち『実はイイヒト』なんてオチもないしさ」

「ばかいえ。俺はお前よりはいいひとだ」

「別に否定しないけど、それ、清雅はいいひとだっていうのと同じだよ」

「気分の問題だ。一般的にはどうでも、お前と十把《じっぱ》一絡《ひとから》げにくくられてたまるか」

「ふふん。二十歳も年下のお姫様をたらしこんで、一般的には君はどう見てもワルイ男だよ」

　晏樹はつづけた。

「……君がいらないのなら、じゃあぼくがもらってもいい？」

晏樹は挑戦的に、どこか試すように繰り返した。

「君がクビにしたら、今度はぼくが拾ってもいいよね。いらないんだからいいよね？」

＊　＊　＊

秀麗は邵可邸に飛んで帰ると、猛然と燕青をさがしまわった。

「燕青!!　ちょっと燕青、いる!?」

「おう。おかえり～。どした姫さん」

庖厨《だいどころ》の入口から燕青がひょっこりと顔を出した。炊事のいいにおいが漏れている。

「……なにしてるの？」

「静蘭と晩飯つくってる」

「晩飯!?」

「ほら、ショーコショーコ。姫さん用にたった今つくったおにぎり」

燕青の手にある「おにぎり」を秀麗はじろじろ検分した。なんだろうこれは――。

「…………よ、妖怪《ようかい》の頭……？」

「おにぎり」

赤ん坊の頭くらいある。ベタベタ海苔《のり》がツギハギされてあるのはまだしも、あちこちからちょろちょろ黒い紐《ひも》が飛び出ている。よくよく見ると昆布だったが、ともすれば髪の毛みたいに見えて不気味である。赤い二つの梅干しも目にしか見えない……。

「もうすぐできっから、腹減ったなら、これでも食べて待ってろって」

「おなかへって呼んだんじゃないの！　燕青に話があるの」

「今すぐ？」

「今すぐ！」

燕青は庖厨に顔を引っ込めた。

「てことなんだけど、静蘭、あと任していいか〜？」

答えのかわりにお玉が飛んできた。燕青は「いいらしい」といった。

秀麗は妖怪の頭のようなおにぎりを大皿にのっけて、えっちらおっちら抱え、室《へや》に落ちついた。やたら重い。

「お、重いわね……」

「んじゃ食おーぜ」

「なに、食おーぜって。私につくってくれたんじゃないの」

「いや俺もつくってるうちに腹減ったから半分ちょうだい」

「呆《あき》れたわね！」

プンスカ怒りつつも秀麗は半分に割った。

割ったら、なぜか焼売《しゅうまい》が転がり出てきた。他にも何やらいろいろ埋まっている。

「……なにこれ。昆布と梅のおにぎりじゃなかったの」

「ふっふっふ。俺特製『隠れんぼにぎり』！　昆布と焼売と梅干しと漬物《つけもの》と玉子焼きとタラコがあちこちに隠れてる。海苔も合わせて七味。おかずとメシが一緒にとれるすぐれもんだ」

「………………隠れてないわよ、ぜんぜん。丸見えよ」

相変わらず大雑把が服着て歩いているような男である。

秀麗は隠れんぼしているものも均等にそれぞれわけた。そしたら燕青が焼売とタラコを譲って（？）くれた。

燕青は三口であっというまに平らげた。秀麗が「いただきます」といってかじりついた直後に食べ終わっている。牛みたいに胃袋が四つあるに違いない。

「で？　話って？」

秀麗はおにぎりを食べながら、燕青をじろりと睨《にら》みつけた。

「……御史台に正式に入るって聞いたんだけど、本当？」

「姫《ひめ》さんの裏行になるってやつだろ？　ああ、話がきたから受けた」

「なんでよ」

「なんでって？　なんで姫さん怒ってんの？」

「だって燕青、目標があって、この貴陽にきたんでしょう？　ちゃんと国試受かって中央官になりたかったんでしょう。いつまでも私のお守りをしてくれることないのよ。そりゃ、こないだは無理言って本当に悪かったと思ってるわ。でもあれは臨時で――」

「ははあ、わかった。俺が自分のやりたいことを放って、姫さんのことばっかり優先して甘やかしてる、ダメな静蘭みたいに見えるわけな？」

秀麗はギクリと目を泳がせた。

燕青はどう説明しようか、しばし考えた。実際自分と静蘭は違う。

「……そうだなぁ。姫さん、虎林郡《こりんぐん》で俺がいったこと、覚えてるか？　姫さんの人生、俺が丸ごと引き受けてやるって」

秀麗は燕青に目を戻した。

「何があっても、俺が姫さんを官吏のままでいさせてやるっていったこと」

「……うん」

「藍州に行く前、俺は別に何が何でも制試受かって中央官になりたいから貴陽にきたわけじゃねーって、言ったよな。俺は、そのためにきたんだよ」

意味を咀嚼《そしゃく》し、理解した秀麗は目を丸くした。

「……だってそれって」

秀麗の人生を引き受けにきたなら、燕青が秀麗の人生に付き合ってくれるということだ。

これから先も、ずっと。

燕青の黒檀《こくたん》の目が細められた。

「あのなー、ずっと俺が一緒だなんて思うなよ。俺が姫さんに見切りをつけていなくなることだって充分あるぜ。つーか、姫さんが官吏でなくなったら、間違いなく俺は消える。官吏じゃねぇ姫さんのそばにいたって、意味がねーからな。俺は静蘭じゃないんだ」

笑ってはいたけれど、深く響く声でゆっくりと容赦なくつきつける。

燕青らしい言葉だった。優しいけれど、甘くはない。

「いったろ。俺は姫さんの見たいものが見たいんだ」

その目に映る世界を見たい。

最後の最後まで燕青の「強さ」を頼らない。秀麗が燕青に望んだのは、『誰も傷つけないで』。全部丸ごと守ってみせるから、私に力を貸して。

秀麗の傍にいれば、燕青は誰かを殺さなくてすむ。

狂剣のように「壊れた」自分の手でも、きっとまだ綺麗《きれい》なものを守ることができる。

だから燕青は秀麗の願いを叶《かな》えにきた。彼女が彼女のままであるかぎり。

その先に、燕青の見たいものがきっとあるから。

「だから姫さんの裏行を引き受けたわけ。姫さんのためじゃなくて、俺のため。姫さんがイヤでも文句ゆー権利ねーぞ」

「あるでしょそれは」

「確かに。じゃあいってもいいけど、まからんぞ」

秀麗は燕青が譲ってくれた焼売を食べた。

……情けないけれど、本当は、ホッとしてもいる。

「まからんなら、しょーがないわね。でも燕青、約束してちょうだい。ちゃんと国試の勉強はつづけて。受けられるときがきたら受けて。私も勉強見るの、協力するから」

「……へーい」

勉強嫌いな燕青としては、国試受けずにすんでよかった〜とすっかりノラクラ気分だった。影月《えいげつ》に詰めこまれた漢詩その他もすっかりどこぞへ飛んでったのに。

「なにその嫌そうな返事。あ、静蘭に教わるほうがいいなら、静蘭に頼むけど」

「うお待て！　それだけは勘弁してくれ！　殺されるって俺!!　姫さんがいい!!」

扉口から静蘭の声がした。

「――わかりましたお嬢様。イヤイヤながら、お嬢様たってのお願いなら、この脳みそ筋肉珍種のコメツキバッタを人間にしてみせましょう。――どんな手を使っても」

「ヤメロ!!　どんな拷問方法考えてんだお前。笑顔が超こえーぞ!!」

静蘭はつかつかと燕青に近寄ると、ドスの利いた低音小声ですごんだ。

「あわよくばお嬢様と一対一になろうともくろもうなどといけずうずうしいぞ燕青！」

「何考えてんだお前は。純粋にお前と一対一で勉強すんのをイヤがってるんだよ」

秀麗は指についた最後の米粒をなめとった。相変わらず仲良しな二人に、くすっと笑う。

「――燕青、明日からこきつかうわよ。腹ごしらえしといてね」

なんとしても絳攸を助けなくてはならなかった。

＊　＊　＊

絳攸は一人きり、牢の中にいた。

格子の向こうに一本の蠟燭《ろうそく》が小さく火影を落としている。外の光は入ってこなかった。昼とも夜ともつかず、薄暗い闇にうずもれ、もう何日たつのかもわからない。

食事を運び、蠟燭のとりかえにやってくる牢番以外は、人の気配もない。その牢番も、耳が聞こえず、口もきけないようで、話しかけても首を傾げるばかりだった。

(……確か御史大夫が旺季のとき、情報漏洩《ろうえい》の恐れがないって理由で、障害のある者を選んで獄吏にするようになったと聞いたことがあったが、本当だったんだな……)

投獄された当初は、何をする気力もなく、出された食事に手もつけなかった。腹がすいていると思うこともなかった。そうして何度か手つかずの盆が上げ下げされたあと、いきなり牢番がぬっと入ってきた。あのときは仰天した。自分が弱いことを重々承知している絳攸は、かなりびびった。牢で獄吏から理不尽な扱《あつか》いを受けるのはよく聞く話だ。小さな蠟燭のせいで影が濃いのも、ムダに恐怖をあおる。

(な、な、殴り殺されるかもしれん……!)

殴り殺されたらどうしよう、いやどうにもならん、でも迷子の遭難死よりは本望だなどと走馬《そうま》燈《とう》のようにとりとめもないことを考えつつ、身構えた。

口のきけない牢番は、食事の盆を指さし、絳攸の前にあぐらをかいて陣取った。そのまま向かい合って一刻たち――緊張を強いられつづけた絳攸の腹が鳴った。やっと絳攸は、牢番の意図を理解した。

おそるおそる椀《わん》を引き寄せ、冷たくなった汁《つゆ》をすすりこむと、牢番はニコニコした。全部平らげると、牢番は盆を手に満足そうに戻っていった。

なにがしか腹にものを入れたせいか、絳攸はその日、久しぶりにぐっすりと眠った。

起きると、相変わらずいろいろへこんではいたものの、気分が少しよくなっていた。

それから出されたご飯は食べるようになり、牢番がいつもニコニコしていることにも気がついた。その笑顔を見ていると、なんとはなし劉輝を思い出した。

（もう何も考えたくないと思ってたんだがな……）

絳攸は牢に入れられるとき、身体検査で陸清雅に身ぐるみ剝《は》がされたが、一つだけ、返されたものがある。返さざるをえなかったというのが正しい。

たとえ御史大夫の葵皇毅であったとしても、奪うことはできない。これを与えてくれた人以外は、誰にも。

〝花菖蒲〟が彫られた佩玉《はいぎょく》。

絳攸は、掌に包んでいるうちに同じ温度になったその石を、もう何十度目かしれず、撫《な》でた。

皮肉なものだと、絳攸は自嘲《じちょう》した。

劉輝よりも黎深を選んで牢に放りこまれたのに、今の絳攸がもっているものといったら、この〝花菖蒲〟一つきり。

(あいつらは……もう藍州から帰ってきたのか……？)

楸瑛を追って王が藍州へ向かい、続いて秀麗もまた藍州へ飛んだらしいことも、聞いた。

彼らは戻ってきたのだろうか。

楸瑛は……どうしたのだろう。

ちゃんと王と一緒に、帰ってきたのだろうか。王の傍にいるのだろうか。藍家と王と、どちらかを選んだのか。〝花菖蒲〟の剣は――あいつの手に戻ったのか。

絳攸は自分の〝花菖蒲〟をまた撫でた。

楸瑛が何を選び、何を捨てたにせよ、少なくとも今の絳攸のように無様なことにはなっていないはずだった。藍州に帰る前、すでに楸瑛はどうするべきか決めた顔をしていたから。

……絳攸は何も選べなかった。選べずに、こんなところにいる。

(……全員、無事に……帰ってきたんだろうな)

俺が陸清雅に捕まったと聞いて、何を思うだろう。

(秀麗……は、スッ飛んでくるかな)

絳攸様!! 陸清雅なんかにみすみすやられるなんてっ! そう叫んで格子を揺すぶるのが目に浮かぶようだ。

――上で、待っていると、約束したのに。
（あいつらにも、ちゃんと詫《わ》びないと）
約束を、破ってしまうこと。
この〝花菖蒲〟も、返さないといけない。
（返して――）
……そうして、自分の掌には、いったい何が残るのだろう。
大事な、ものが、たくさんあったはずだった。
そのなかの何も選べずに、たった一人と引きかえにして、全部手放した。
それが、あの人の役に立つなら構わない。後悔はない。
……なのに、心が痛かった。痛くて痛くてたまらなかった。
誰も来ない牢屋《ろうや》。
足音が聞こえるたびに、顔を上げて、そうして幾度も期待は失望にかわる。
……本当は、わかっている。黎深はこない。
黎深が絳攸を助けようとする気があれば、そんなのはとっくにやっている。
動かないこと、それ自体が黎深の意思ということだ。
――お前を助ける気はない、と。
必要とされたかったのに、最後までそうではないことを思い知らされる。
〝花菖蒲〟を握りしめる。ひんやりとした感触に涙があふれる。

いつも自分は間違える。

どうすればいいか、わかっていても。

絳攸には選べなかった。

誰がもっとも自分を必要としてくれているのかさえ、絳攸はわかっているのに。

(誰が――)

そのとき、足音が聞こえた。猛然と誰かが駆け寄ってくる。

「あっ、主上、走ると危険ですよ！ 火をつけますから待って。絳攸は逃げませんて――ていうか逃げられませんから」

楸瑛の声が聞こえたと思うと、格子越しに蠟燭の炎が揺らめいた。

「絳攸!!」

絳攸はまばたきをした。――王？

暗くて、顔がよく見えなかった。

「絳攸――余が、余が不甲斐《ふがい》なくて、すまぬ。たくさん怒ってくれたのに――」

王がこんなところへノコノコくるんじゃない！ と怒鳴ろうとしたが、声が出なかった。

どうしてお前が謝るんだ。

(謝るのは俺だろう)

俺のせいで、お前はますます孤立する。

〝花〟を贈られた臣下が失脚すれば、お前はいっそう窮地に立たされる。

黎深を諫《いさ》めることができず、あげく吏部侍郎の公印を自分から放り捨てた。

お前がくる前に、何もかもあきらめてしまった。

……お前より黎深様を選んでしまった。

――〝花〟とともに俺に預けてくれた信頼に応《こた》えることが何一つ出来なかった。

（なのにどうしてお前は――）

まだ俺を待ってくれている。こんなところまでくるんだ。王がくるべきところじゃない。

楸瑛の声が、不審なものに変わる。

「……絳攸？　おい、絳攸？……主上、絳攸の様子が……おかしくないですか？」

楸瑛が帰ってきたのか。絳攸はホッとした。俺の……何がおかしいって？

話さなくては。顔を見て、謝って。……渋々でも何でも〝花菖蒲〟を返して。

言わなくてはならないことが、たくさんたくさんあるのに。

――格子の向こうの劉輝と目があった瞬間、カチン、と絳攸の中で自分が断ち切れる音がした。

「……絳攸？」

どこかで、鳥の羽ばたきが聞こえた。

その懐かしい――本当に懐かしい音に引き込まれてゆき、絳攸は目を閉じた。

第二章　深きまどろみの中で

秀麗が叩き起こされたのは、ちょうど寝入りばなの頃合いだった。

「秀麗殿！　寝てるところ申し訳ない!!　すまないが起きてくれ！」

庭院《にわ》に面した窓が、外から激しく連打された。

秀麗は寝ぼけ眼で飛び起き、窓を開けた。

「楸瑛様!?」

楸瑛は夜着の秀麗を見てさすがにひるんだ。

「ごめん、本当に。……っておわ！」

楸瑛めがけて包丁と、殺気立った声が飛んできた。

「──堂々とお嬢様に夜這《よば》いとは、イイ度胸ですね、この無職が。今すぐ死んでください」

「ごめんって！　火急の事態──かもしれないんだ。勘弁してくれ静蘭！」

こんな真夜中に、楸瑛が窓を叩いて秀麗を起こすとは、尋常じゃない。

「──何があったんですか」

＊　＊　＊

『秀麗殿、今すぐ絳攸の様子を見にいってくれないか。様子が変なんだ。いくら呼んでも返事をしない。暗いから判然としなかったが、強引に踏みこむと余計絳攸の立場が悪くなるかもしれないと思って、君を呼びにきたんだ。鍵《かぎ》を開けて中に入れるのは御史だけだ。頼む。見に行ってくれ』

秀麗はすぐさま登城した。

夜更けの御史台は静まり返り、常夜灯だけが点々と火影を落としていた。自分の足音がいやにこだまする。秀麗は足早に廊下を行き、清雅の室《へや》を叩く。

真夜中だというのに、すぐに不機嫌そうな返事があった。

「……誰だ」

秀麗は自分の頭をかち割りたくなった。自分が「さー明日から仕事よ！」なんてノンキに寝ている間も、清雅は仕事をしていたのだ。というか本当にいったいいつ寝てるのか。

「私よ。遅くに悪いけど、頼みがあるの」

足音が近寄ってきて、扉を開けた。

清雅は秀麗を見て、ちょっと目を丸くした。次いで唇をつりあげる。着の身着のままで、結わずに垂らしたままの秀麗の長い髪を、清雅は指で梳《す》いてひとふさすくいあげた。口づけるように唇に寄せる。

「なんだ。やけに隙のある姿だな。官服だけは着てきましたって？」

「う、うるさいわね。急いでたのよ」

「で？　真夜中に俺を訪ねて何を『お願い』しにきたって？」

いちいち嫌味な男だ、と秀麗は思った。

「絳攸様の牢《ろう》の鍵を貸してほしいのよ」

「は？　お前のぶんは明日——もう今日か——渡すといったはずだが」

「いますぐ必要なの」

清雅はさぐるような目をしたあと、御史室へ引き返した。

「……わかった。俺も行く。ちょっと待ってろ」

開いたままの扉から、室内が見える。

清雅の御史室は、秀麗の室の三倍はあるはずだが、手狭に見えるほど資料や書物があちこちにうずたかく積み上げられている。ここを清雅は一人で占領している。

鍵をもって戻ってきた清雅について、牢へ向かう。今度は二人ぶんの沓音《くつおと》が廊下をこだまする。

「……あんた、御史裏行はつけないの？」

「一人で充分だ。気が散る。はかどらない。鬱陶《うっとう》しい。仕事の邪魔だ」

「……あ、そう。まあ、そういうと思ったけど」

とはいえ、清雅の仕事量は半端ではない。それを一人で、しかもこんな真夜中までこなしているのだから、体力的にも精神的にも相当きついはずだった。

（……いまも、なんか顔色悪い気がするし）

光の加減かもしれないが、だいぶ疲れているように見える。

どんな場合でも口だけは達者なのが清雅である。

「お前の御史裏行だった榛蘇芳が、長官の間諜《かんちょう》で、お前の情報逐一もらしてたこと、もう忘れてんのか？　どこまでおめでたいんだ。まだ長官だったからよかったようなものの――俺は長官でもごめんだがな――御史裏行なんざ、どこの誰の手先かしれない輩《やから》をホイホイそばに置けるかよ。冗談じゃないね」

「こ、この仕事はそうかもしれないけど、他の仕事になっても？」

清雅は馬鹿馬鹿しそうに鼻をならした。

「俺は身の程を知ってるんでね。他人を蹴落《けお》としてここまであがってきたんだ。今さら誰かを信用するとか助けてもらいたいとか、思った時点でそいつらに逆に足をすくわれるだろうよ。そういう人生を歩いてきたことくらい、重々承知だ。俺は変わるつもりはない」

秀麗は口を噤《つぐ》んだ。

清雅とは一生相容《あいい》れないだろう。信念が根本的に正反対なのだ。清雅の言葉は秀麗の人生の真実ではなくても、清雅の人生ではそれが現実なのだろう。

秀麗が清雅の言葉で変わるつもりがないように、清雅もまたそうなだけだ。

清雅はからかうように秀麗を向いた。

「なんだ、心配してくれてるのか？」

「あんたの未来は別に心配してないけど、今のあんたは少しね」

「は？」

「顔色悪いからよ。寝てないんじゃないの」

清雅はムッとして、舌打ちする。

「……お前に見抜かれるとは最悪だな」

しゃべっているうちに御史牢についた。

目下、朝廷で囚人を入れる牢は刑部の牢だが、御史台にも牢はある。御史台の性質上、政治犯が多いため、刑部の牢ほど頑強ではなく、またあまり長く拘置することもない。拘束して取り調べがすめば、あとは裁判まで刑部の牢に送られる。絳攸は地下の牢へつながれているはずだった。

入口を守る衛士らに御史の身分を証《あか》し、中に入れてもらう。地下階段のほうへ向かうと、その付近で牢番らしき一人の男が落ちつかない様子で行ったり来たりしていた。清雅と秀麗に気がつくと、地獄に仏とばかりに飛んできた。牢番は秀麗の袖《そで》をひっぱって地下階段を下りていく。

「わ、ちょ、ちょっと待って」

牢番に急かされた秀麗は、階段の半ばでつんのめった。

すんでうしろから清雅に腕を引かれ、抱き留められた。

「危ないな」

耳のへりに清雅の呆《あき》れた声が触れる。腰と腕に清雅の腕が回ったままだ。相変わらず見かけより力がある。とはいえ、くたびれているのは本当らしく、億劫《おっくう》そうに秀麗のうなじあたりで息をついた。

「余計な体力使わせるなよ……。さーて、こういうとき普通なんていうもんだ？」

「く……ど、どうも……アリガトウございマス……」

「すごい棒読みだな。清雅様、だろ」

「そこまで譲歩はしないわよ」

「まあ、お楽しみは先に延ばしておくか。外野もいるしな」

秀麗から手を放す。少し下では外野扱《あつか》いされた牢番が、秀麗に向かってぺこぺこ何度も頭を下げる。秀麗は気にしないでいいと仕草で伝えた。牢番は依然しきりに地下牢の方を気にしている。確かいま牢にいるのは絳攸だけだ。

（やっぱり絳攸様に何か——？）

清雅も、牢番の様子に異変を感じたらしかった。

「行くぞ」

絳攸は牢の奥にいた。微動だにしない。秀麗は鉄格子越しに暗闇に目を凝らした。絳攸は石の壁にもたれた恰好《かっこう》で、眠っているにしては不自然に思える。

「絳攸様……絳攸様、秀麗です。絳攸様！」

格子越しに秀麗が呼びかけても、何の反応もない。清雅が鍵を開けて中へ入った。

牢番の手燭《てしょく》を借りて、秀麗も続いた。地下牢はひんやりと寒く、秀麗は体を震わせた。

と、藪《やぶ》からぼうに清雅がつづけざま絳攸に平手を打った。

「ちょっとあんたいきなりなんてことすんのよ！」

「拳《こぶし》でないだけマシだろ。手加減はした。どうだ」

明かりのもとの絳攸は目をあけていた。ぼんやりと虚《うつ》ろな目には、意思というものが欠けていた。秀麗はぞっとした。

「……なにこれ」

絳攸を揺すぶって名を呼んだが、絳攸はやはり何の反応も返さなかった。

「清雅、知ってた？」

「知ってたらお前に会わせるかよ。毎日報告はあげさせてる。今日も異状はないって話だったが……面会は王と藍楸瑛か」

「あの二人が何かするわけないじゃない！」

「そんなのはお前の勝手な理屈だろ。……ちっ、他に面会はゼロか」

牢番の記録簿では、放りこまれてから今日まで、面会申請をした者は他にいない。

清雅はイライラとした様子で秀麗を追いたて牢をでると、錠をおろそうとした。珍しく手こずって、何度目かでようやく錠がおりた。

「……清雅、もしかしてあなた絳攸様に――」

「拷問なんかしてないぜ。疑うなら調べてみりゃいい。傷一つないはずだ」

清雅はさっさと踵を返した。

「ちょっと清雅⁉　どこ行くのよ」

「李絳攸があの状態じゃ、何も聞けないだろうが。裁判はなしだな」

「裁判はなしって――」

「見ればわかるだろ。あれで吏部侍郎が務まると思うか」

「…………」

「李絳攸は吏部侍郎としての充分な資質があります、バッチリです、まともな判断能力も政治能力も責任能力ももってるから大丈夫ですとか、いうわけないよな」

清雅は鍵《かぎ》を掌上で投げた。鍵と金輪がこすれて、カシャン、と金属音をたてる。

「裁判なんかしなくても、あれじゃ免官は決まりだ。精神に問題あり、官を退いて養生すべし、で終わりだ。仕事が一個減ったな」

「――あんたおかしいとは思わないの⁉」

「立て続けに精神にくるような状況がありゃ、こういうことは別に珍しくない」

「絳攸様は……そんなに弱い人じゃないわ」

「はっ。いつもながらお偉い言いぐさだな。お前が李絳攸の何を知ってるっていうんだ？」

牢番に返した手燭の炎が、汚れて黒ずんだ地下牢にぼやけた影を伸び縮みさせる。清雅の影がしゃべったようだった。

「俺の任務はおかしくなった李絳攸の介抱やら、原因究明やらじゃないんでね。それは医者の仕事で、俺たちの仕事じゃない。構ってられるか」

清雅が鍵を牢番に放り投げる。

秀麗は横から飛びつき、牢番の手に渡る前に鍵を奪った。

手を差し出しかけていた牢番は呆気《あっけ》にとられた。清雅も沈黙した。今のはまるで――。

「……池のカエルかよお前……見事な跳躍だったな。何してんだ。返せ」

秀麗は鍵を胸にねじこむと、清雅と相対した。

「……清雅。あんたはてんで絳攸様のことをわかってないわ」

「ああそうかよ。どーでもいいが返せ鍵。さりげなく堂々とパクんなよ」

伸びてきた清雅の手を、秀麗は打った。

「ちょっとあんた女の子の胸に堂々とさわろうなんてイイ度胸してるじゃないの」

「バカめ。ない胸にさわれるか」

「ぐっ」

とはいえ、清雅は手を引っ込めた。十三姫の扮装《ふんそう》をしたときもそうだったが、清雅はごくたまに紳士的なところもないではない。清雅は不機嫌そうに秀麗を睨《にら》みつけた。

「この鍵、私に預けて。何もしてないうちに、絳攸様が紙切れ一枚でクビになるのをハイそうですかなんて断じて受けいれられないわ。裁判までまだ時間はあるでしょう。ちゃんと手を尽くさせて」

そう、秀麗は絳攸からまだ何も聞いてない。

「私は、絳攸様にちゃんと話を聞きたいの」

このままだと、絳攸は何も抗弁できないまま、罷免されてしまう。

あがってこい——と、言ってくれたのだ。

もし、本当に何らかの事情があって、罷免されることを絳攸が受け入れていたとしても、誠実に話をしてくれるはずだった。誰にも何も言わずに、こんなふうに終わることを、彼自身がよしとするとは、思えない。

（それに——）

秀麗は、牢の中の絳攸を思い返した。

あれが、絳攸の意思だと、秀麗は信じたかった。

それを確かめるためにも、絳攸の口から、彼の言葉を聞きたかった。

『お前が李絳攸の何を知ってるっていうんだ？』

清雅の言う通り、秀麗は何も知らなかったのかもしれない。もしかしたら清雅より。

だったら、知ればいい。まだ間に合うはずだった。

絳攸が何を思い、考えているのか。

彼の本心を、他の誰でもない、彼自身から。

「黙秘だってこれと同じようなものでしょう。打ち切る理由にはならないわ」

「……葵長官に話してみるんだな。了解を得られたら、好きにすればいい」

清雅はそう言った。秀麗はホッとした。

着物の袖の下で絳攸が掌に握りしめていたものがある。暗かったけれど、見間違えたりしない。

……かつて劉輝が下賜した〝花菖蒲〟の佩玉を。

＊　＊　＊

秀麗が御史室に戻ると、静蘭と燕青の他に劉輝と楸瑛もいた。劉輝と楸瑛の顔色が優れないのは、眠らずに待っていたせいではないだろう。

劉輝は秀麗に訊いた。

「秀麗、絳攸は？　その、おかしいと思ったのは余と楸瑛の勘違いで、絳攸は無事だったか？　ね、寝てた……だけだったか？」

「……見たほうが早いわ。きて。鍵《かぎ》をもらったから、開けられるわ。静蘭と燕青は明かりをお願い」

――牢に戻り、絳攸の状態をじかに確かめると、劉輝は絶句した。

「絳攸！」

体は揺すぶられるままに動くのみ。目は焦点が合っておらず、燕青が手燭を近づけても瞳孔の反応がない。

あからさまに異状だった。燕青はピタピタと絳攸の頬を叩《たた》いた。

「……殴っても、起きそうにないなー……」

「それさっき清雅が遠慮なくやってダメだったわ」

「うーん、李侍郎さん……何も夢の中まで迷子になるこたねーだろ……」

楸瑛は顔を引きつらせた。

「燕青殿……それは思ってもいわないでくれ。まずは医者かな。陶《とう》老師を——」

静蘭がそれを遮った。

「いえ……お嬢様、陶老師より、仙洞省の人間を呼んだ方がいいと思います」

「仙洞省……リオウくんとかってこと？」

「ええ……」

静蘭が公子だったときよりもさらに昔のことだが、……同じような事例が確認されていた。それらにまつわる噂は怪しげで、真実でも公に出来ない類のものだった。劉輝や楸瑛もおそらく知らぬ話のため、静蘭もこの場でそれ以上は語れなかった。

踵《きびす》を返したのは、秀麗ではなかった。

「——リオウだな。余が呼んでくる」

劉輝は楸瑛とともに急ぎ仙洞省に向かった。

仙洞省が他の官庁と違うのは、一日中明かりが灯《とも》っていることだ。真夜中でも必ず誰かが起きている。星を読むのが仕事に必要だからと、聞いたことがある。幸いなことにリオウと羽羽が省内に残っていて、事情を話すとすぐに牢にきてくれた。

「……術というより、暗示に近いものでございますな。いかな陶老師でも、治療は致しかねたでしょう……」

絳攸を診た羽羽は、雪のような眉を寄せて呟いた。

リオウは秀麗に訊いた。

「李侍郎がこうなったのは、いつごろからだ？」

「清雅……同僚がいうには、王と楸瑛様がいらっしゃる前は、別段何も異状はなかったみたいなのよ。ちゃんと朝ご飯も食べたって牢番の日誌にも書いてあるし」

「……王と藍楸瑛が面会にきて、初めて異状に気づいたってことか。……王、会いにきたとき、何か気づいたことはないか？　ちょっと声に反応した、とか」

リオウの問いかけに、劉輝は記憶をたぐった。

あのとき、名を呼んで。そうだ。

「顔を上げた……気がする。でも、結局何も言わなかったぞ」

羽羽とリオウは、一瞬、顔を見合わせた。できたかどうかはわからない。

劉輝は落ち着いた声をだそうと努力した。

「羽羽殿……なんとかできるか？」

「……試みてみましょう。ただ……少し難しいかもしれません」

「難しい、とは？」

「これは暗示に近いものですゆえ……術をとけばすむ、とはいきません。李侍郎ご本人のお心にひどく左右されまする。今の状況は……そうですね、意識の表層への道を塞がれ、いつも見慣れている風景と違ってしまい、李侍郎が出口を見失ってまごまごと迷っておられる、といったところでしょうか」

ものすごい沈黙が降りた。

（何の驚きもないとこが悲しいほどだ……）

（夢でも……）

（絳攸様……）

「だいぶ、深いところに落とされてしまったようですので、出口を探すのは、かなりの時間を要するかもしれません。わたくしにできることは、李侍郎の手助けをし、出口をさがすお手伝いをすることなのです。帰路を見つけて、出てまいられるかどうかは、李侍郎次第……」

羽羽は小さな手で、絳攸の頭を撫《な》でた。

「李侍郎は……心身ともに疲れ切っておられまする。追いつめられれば、逃げたくなることもございます。眠りの内で迷っているのは、ゴチャゴチャとした自分の心の整理をつけている、ということでもござりまする。真実起きたくないなら、自分で出口を消してしまうはず。大丈夫。李侍郎は……まだこちらの世界に心を残しておいでです」

誰もが、絳攸の手の中の〝花菖蒲〟を見た。

「明日から、暗示をとくために、わたくしがこちらへ日参——」

「——いや、俺がやる」

羽羽はびっくりしたように、もこもこの白い髭《ひげ》をそよがせて、リオウを仰ぎ見た。

「俺は『無能』だが、暗示に近いものなら、俺にも解けないか。俺にできるなら、俺がやりたい」

秀麗もまた羽羽にそっと尋ねた。

「羽羽様、私たちに何か、できることは？」

「たくさんございまする。お力をお貸しいただくことになりましょう。今は、少しゆっくり休ませてさしあげよう、というお気持ちでいらしてください」

劉輝は絳攸のやつれきった頰にふれた。

劉輝は悠舜が与えてくれた時間に甘え、藍州に逃げた。

絳攸にはそれが、「今」なのかもしれないと思った。

（思えば悠舜殿は楸瑛に関してはいろいろ忠告をくれたが、絳攸に関しては一切言わなかったから、余も何も考えずにそのままで――）

晏樹の言葉が蘇る。

『鄭尚書令の何をご存じなんです？』

急に、ぼんやりとした不安が霧のように忍び入った。劉輝はそれを追いやった。

劉輝は意識のない絳攸を見た。

（大丈夫）

劉輝でさえ、帰ってこられたのだ。

生真面目でどんな難題も逃げるより向き合うことを選ぶ絳攸が起きないはずがない。

「主上、そろそろ戻りませんと……」

楸瑛が促したが、劉輝は黙っている。

「気持ちはわかりますが、主上はちゃんとお休みください。皆が心配します」

劉輝はぐずぐずと留まっていた。視線は絳攸をさまよう。こんなに絳攸を迷わせた原因は、自分にある。

「……余が、絳攸に〝花菖蒲〟を贈ったのは間違いだったのだろうか……」

楸瑛は真顔になった。

「違いますね。受けたのは絳攸です。それが間違いだったと思えば、〝花〟を返上します。私がそうしたように。絳攸は返上してはいません。陸清雅にも預けないで、もったままこの牢《ろう》に入ったんです。主上、絳攸が迷っているのは確かです。でもそれは心を残している証《あかし》でもあります。……〝花菖蒲〟を返上したくないんですよ」

楸瑛は劉輝と目を合わせた。

「主上が先に『間違いだった』というのだけは、勘弁してください。……選んでも、戻る場所がなくなってしまうじゃないですか」

ややあって、劉輝は頷いた。

「……秀麗」

「わかってる。長官にも清雅にも、まだ罷免のハンコは押させないわ。絶対なんとかする」

秀麗は劉輝の頬に、そっと手を当てた。劉輝はその手を掴み、「任せる」と囁《ささや》いた。

＊　＊　＊

劉輝が御史台を出た時も外の闇はいまだ濃く、夜は明ける気配もなかった。

「……絳攸のことを、悠舜には即刻伝えるべきだと思う」

秀麗と燕青とは御史室で別れたが、静蘭は劉輝の護衛に侍していた。

「そうですね。多分、まだ執務室に残ってらっしゃると思います。——そっちの元無職ボンボン、一人じゃ尚書令室まで入れない身分になったんですから、控え目な顔でしょんぼりついてきなさい」

静蘭が楸瑛に向かって尊大に顎《あご》をしゃくる。楸瑛はぶつぶつぼやいた。

「くそ……そりゃ、どんな職でもいいとはいったけれど……」

劉輝の顔がみるみる明るくなる。元無職。

「もしや楸瑛、孫尚書から武官の職をもぎとれたのか!?」

「はあ、ええ、まあ……」

やたら歯切れが悪い口調に、劉輝は気づかない。勢い込んで訊《たず》ねた。

「どこの部署だ！」

「…………」

静蘭はやれやれと肩をすくめてみせた。

「日付が変わりましたので、今日付けですね。私の配下になりました」

劉輝は目を点にした。……え？

「兄上の……配下？」

「ええ。私付きの雑用です。かろうじて武官という程度の下っ端です。まあとりあえず剣の所持だけは許されてますという職です。直属の手下は欲しかったですが、よりによっていちばんヘンなのが回ってきて大変迷惑ですね。使えなかったら即クビにするからな、藍楸瑛」

もう二度と私の面倒を増やすんじゃないぞという刺すような眼光に、静蘭に叩き出されてようやく自分探しに出てギリギリ出戻ってきた二十六歳・楸瑛は反論できなかった。しかし今までちゃらんぽらんに生きていたツケが静蘭の配下なんていくらなんでも孫尚書はひどすぎる。

「………まあ、そういうことです、主上。今日から静蘭の下っ端になりました」

「……えーと……」

劉輝は喜びたかったが、複雑だった。この兄の雑用なんて、紅黎深の雑用とどっこいどっこいの世知辛い職場だ。静蘭は劉輝には優しいが、その他に対するこき使いぶりは知っている。

「私の命令があれば、この下っ端の出戻りも主上の周りをある程度ちょろちょろできます。主上も適当に雑用に使って構いませんので。きりきり働けよ、楸瑛」

「……はい」

手下になった途端、呼び捨てだ。楸瑛は清苑《せいえん》公子に仕えたいと思っていた少年の頃の自分を蹴《け》っ飛ばしたい思いでいっぱいだ。

「じゃ、じゃあ悠舜の執務室へ元気出して行こう！」

優しい励ましに、やっぱり劉輝を主君に選んで正解だったと、楸瑛はほろりときた。

悠舜の執務室が見えてくると、ちょうど誰かが扉から出てきた。劉輝たちとは反対方向に去っていったので、向こうはこちらには気づかなかった。

劉輝たちは目を見交わした。予想外の人物だった。

「こんな真夜中に、旺季殿と……？」

大官同士、尚書令と門下省《もんかしょう》長官が話をしてもなんら不思議はない。けれど真夜中という時分に引っかかった。劉輝の胸がまた騒いだ。横で静蘭が呟いた。

「……主上が藍州に行っている間、旺季殿が悠舜殿の執務を手伝っていましたから、今夜もそうだったのかもしれませんね」

「旺季殿が？」

「尚書令の仕事を直接手分けして減らすことができるのは、門下省長官か中書省《ちゅうしょしょう》長官くらいです。中書省長官は空位ですから、旺季殿が悠舜殿を助けてました」

「そ……うか」

それもこれも、旺季やリオウが反対するのも聞かず、自分の仕事を放り投げて劉輝が藍州に逃げ出したせいだった。静蘭は劉輝の頭をポンと叩いた。

「あなたは帰ってきたんですから、それでいいんですょ。もとはといえばコウモリのごとくその場凌《しの》ぎの人生をテキトーに生きてきたどこぞの坊ちゃんのせいですし」

「……ご、ごめん……でも蝙蝠《こうもり》って縁起がいいんだよ……漢字が『福』と似てるから」

「ほぉ。もってなんかいいことあった覚えがないがな」

楸瑛はもう本当に「どんな職でも」と孫尚書に言う前に時を巻き戻せたらと切に願った。

尚書令室に入ると、悠舜が驚いたような顔をした。劉輝はさっき旺季が何の用できたのか訊《き》こうと思ったが、なんとなく訊きそびれてしまった。

「主上……いかがなさいました。絳攸殿に会いにいかれたのではありませんでしたか」

「実はそのことなんだが……」

劉輝は手短に絳攸の様子を告げた。

「絳攸殿が……？」

悠舜から、スッと表情がかき消える。それが何事か考えているときの悠舜の癖だと、今の劉輝は知っている。いつもの優しげな微笑と落差が激しいからか、少し冷たく見える。

「……思い当たる節があります。先王や、その前の時代の話ですが、似たような例があったと、耳にしたことがございます」

静蘭は驚いた。……劉輝でさえも知らない話を、悠舜はどこで知ったのだろう。悠舜は博学だが、縹家に関わる案件は、それこそ彩八家の中枢でなければ知るはずのない話だ。

「絳攸殿の異変はこれ以上漏らさないほうがいいと思います。御史台に伝えたとしても、葵長官は黙殺する可能性があります。昨日まで何の悩みもなく元気だった人が次の日突然……というならともかく、絳攸殿の状況下ではありえなくもないことです。……それに、絳攸殿と最後に会ったのが主上と楸瑛殿というのが、逆手にとられかねません。うかつに話すのは得策ではないでしょう」

劉輝と楸瑛の背筋が冷えた。悠舜の言う通り、いちばんあやしいのは、最後に接触した人物と相場が決まってる。

「吏部の件が差し迫っております。御史台がこの機会を逃すはずがありません。絳攸殿の異変をこれ幸いと利用して罷免の材料に加えはしても、原因究明をするのはまずありえないでしょう。絳攸殿のことは仙洞省に預ける他ありません。問題があるとしたら——」

静蘭が難しい顔をした。

「……〝花菖蒲〟ですね。絳攸殿は〝花菖蒲〟を返上せず、もったままですからね」

「ええ……万一、絳攸殿が目覚めなかった場合、罷免は避けられません」

劉輝は二人の会話の意味を察した。まさか。

「……そのときは余が絳攸から〝花菖蒲〟をとりあげ、その上で辞めさせろ、と……？」

静蘭は首肯した。

「……〝花〟は王から絶対の信頼を預かった証。いわば王の筆頭官吏です。それをもつ人間が、御史台に『官吏不適格』の烙印《らくいん》を押されて罷免されれば、主上には臣下を見る目がなかった、ということになります。退官前に王自らとりあげたなら、絳攸殿が〝花〟に足る官吏ではなかった、という形ですませられます。だからこそ、楸瑛もわざわざ大官をそろえた上で派手な剣仕合をして、〝花〟を返上したんです」

劉輝が楸瑛に目を向ければ、楸瑛は耳のうしろをかきながらも、はっきり頷いた。

「……〝花〟をもったまま勝手に武官をやめたら、〝花〟が王を見捨てた、ことになりかねません。おそらく絳攸も拘束された時点で、あなたが帰ってきたら返上しようと思っていたはずです。が、もし本当にこのままなら……そうするしかないと私も思います」

以前の劉輝だったら、そんなことは絶対しない、と言っただろう。今の劉輝はそれが正しいとわかっていた。やらなければますます臣の心は離れる。絳攸が握りしめていた〝花菖蒲〟の佩玉。いざとなれば、あの手から、むりやりむしりとることになるのだ。

「……主上、絳攸も……それを望んでいると思います」

「わかってる。……わかった。覚悟……しておく」

絞り出すように小声で告げた。

「……悠舜殿、絳攸殿もですが、紅尚書も危ないでしょう。あの方も辞めかねません」

悠舜と黎深が旧友と知っているのだから静蘭ももう少し婉曲《えんきょく》なものいいをすればいいのに――楸瑛はひやひやした。

悠舜は訊かれることを想定していたようだった。

「そうですね。近々、二つの結果のうちどちらかになると思います」

楸瑛はつい横から口を挟んだ。

「悠舜殿、四つでは？　吏部尚書だけ辞任、吏部侍郎だけ辞任、奇跡が起こってどちらも残る。で……あんまりいいたくないですが、どっちも辞任……」

「いえ、その中の二つはありえません」

悠舜にはまるで未来が見えているかのようだった。

次々と、櫛《くし》の歯が欠けるように人が欠けていく。

「……悠舜、余は宝鏡山《ほうきょうざん》で、縹家の人間に会い、言われた。王位を継げるのは余だけではない。余より玉座にふさわしい者はいる。縹家は余を認めぬ――と」

もちろん、いる。いま劉輝の目の前にも一人。けれど瑠花は静蘭のことをいったわけではないのだろう。今、悠舜と静蘭が示した反応からもそれはわかった。

即位の折、劉輝しか残っていないといわれて王位についたが、他に――継承権のある者がいる。そのことを二人はすでに知っていたのだ。

彼らが口をつぐんでいたのは、劉輝の玉座への執着が薄かったからに違いなかった。

「……余が知るべきことがあるなら、教えてほしい。もう逃げない。何が起こっているのか、余は何をすべきか、考えるために知りたいのだ」

悠舜は「その時節がきたようですね」と呟いた。

「……わかりました。あとで時間をとって、内々に羽羽殿をお呼びしましょう。継承権に関しては仙洞省の管轄ですから。私もきちんとおうかがいしたいと思っておりました」

＊　＊　＊

リオウと羽羽は御史牢に残っていた。

リオウは呻いた。まさか本当に李絳攸がこうなるとは。

「……王と会うことで暗示が発動したってことか……」

「……主上が、九彩江に行かれた際に、暗示の発動媒体にされたのやもしれませぬ」

リオウは自分と珠翠を思い出した。自分の目で、珠翠の暗示も発動した。

「だが伯母上は李絳攸に暗示をかける暇はなかったはずだ」

「主上は〝鏡〟にされたのだと思われまする。主上が李侍郎に会えば瑠花姫の術を反射するように仕掛けられていたのでしょう」

「だが、なぜ李絳攸なんだ？」

リオウは〝邪仙教《じゃせんきょう》〟のときを思いだした。伯母上は〝邪仙教〟を餌に、紅秀麗をおびきよせて捕らえようとしたが失敗した。紅秀麗のために〝藍龍蓮〟が動き、紅家も動くと知った伯母上は、あっさりとリオウの友人だった漣《れん》を切り捨て、綺麗《きれい》に引いた。伯母にとっても紅藍両家は厄介なのだろう。それで藍楸瑛を追い落とす一件に、珠翠を貸し出したのだ。そして今度は。

（李絳攸ってわけか……）

「何にせよ、瑠花様が直《じか》に仕掛けたものでなかったのが不幸中の幸いでございました。そうであれば、『出口』も残らなかったでしょう。とはいえ、瑠花様の暗示は簡単に解けるようなものではございませぬ。リオウ殿、少しずつ、なさりませ。解ければ珠翠殿のように、何度も暗示が出ることもな――」

こん、と羽羽が小さく咳《せ》きこんだ。

リオウは羽羽の背をさすった。羽羽の体が、日ごと小さくなっていくようで。

「……羽羽、どうすればいい？　なるべくお前に負担をかけたくないんだ」

羽羽は微笑んだ。友人の櫂瑜《かいゆ》もよく同じことを言った。リオウは羽羽の身を心配して、暗示は自分が解くと言ってくれたのだった。

「リオウ殿の意識を『外』に半分残したまま、李侍郎の『内』に入る必要がございまする。問題は『潜入《もぐ》る』ことでございまするが……」

羽羽は絳攸の握りしめる〝花菖蒲〟の佩玉《はいぎょく》を見た。彼は『外』に未練を残している。これは彼の心の半分。この〝花菖蒲〟があれば、リオウも羽羽のかわりができるだろう。

「わたくしがリオウ殿に術をかけましょう。この〝花菖蒲〟に触れれば、リオウ様が李侍郎の『内』に『潜入る』ことができるように。手をお貸しくださりませ」

羽羽の差し伸べた小さなしわくちゃな手を、リオウはとった。いつからかリオウは、この小さな手を見ると心の奥が痛むようになった。この手が霞《かすみ》のように消えてしまう日のことを思うと。その感情を、リオウは知らなかった。

「……李侍郎は本当に深いところに落とされておりました。そこは……誰もが必ずもつはじまりの記憶。わたくしでも——たとえ瑠花様であっても、手出しのできぬ場所にございまする」

原風景、と呼ばれる、安らぎと幸せに満ちた場所。

瑠花がそこに落としたのは正しい。絶対の幸福のたゆたう場所から出たいと思う者は稀《まれ》だ。

彼が自らそこから出ない限り、羽羽にもリオウにもできることは何もない。けれど。

羽羽は微笑んだ。もう一方の手で、〝花菖蒲〟の佩玉に触れる。

「……李侍郎には強力な助っ人がおありになるようでございまする。わたくしたちも、その力をお借りすることにいたしましょう」

羽羽はリオウの手を包みこみ、『道』を繋《つな》いだ。

*　*　*

……鳥の羽ばたきが聞こえる。

絳攸はぼんやりと目を開けた。小鳥が二羽《わ》、つぶらな黒瞳《こくとう》で絳攸をのぞきこんでいる。

(……文鳥……?)

そうだ、文鳥だ。白い方が白文鳥で、灰色が桜文鳥だ。きれいだな、と絳攸が見つめていると、二羽の文鳥が朱《あか》い嘴《くちばし》を寄せ――ぐさぐさっと絳攸の頭を突き刺した。

「――痛ーっっ!!」

絳攸は飛び起きた。血が噴き出すくらいの容赦のなさだったが、不思議と血は出ていない。手をつくと、よく耕されたやわらかな土にめりこんだ。そよ風が絳攸の顔の横を通りすぎた。絳攸は畑の中に転がっていた。……畑?

「……なぜ俺は畑で寝転がっているんだ? ここはどこだ???」

見渡せば山間の畑のようだったが、なんでこんなところにいるんだ。確か自分は――。

「俺は……? 何をしていたんだったか?」

何か大切なことがあった気がした。

さやさやと、風が梢《こずえ》を揺らす。絳攸は目を閉じた。ひどく心が安らいでいた。ここには悲しいこともなく、不安もなく、胸がはりさけるようなこともない。穏やかな幸福が心を満たしていく。ずっとここに留《とど》まっていたかった。すべての幸せがあった場所。そう、ここから出たから、自分は——。

うっとりとまた微睡《まどろ》もうとしたとき、文鳥たちがぐさっと絳攸の頭を突っついた。

「——いだだだだ!!　なんなんだお前らはー!!」

絳攸は文鳥から逃げ、畑の中をぐるぐる駆け回った。畝《うね》のはじまで追い立てられ、畑を出そうになって、慌てて足を止める。ここから出たら、悲しいことがたくさん起こる。

（……？　なんで俺はそんなことを思うんだ？）

小さな山の麓に畑はあり、畑から一本の細い畦道《あぜみち》が山の中腹へ延びている。見覚えのない場所のはずなのに、絳攸は畦道がやがてくねくねした山道に変わり、その道をたどれば粗末な家が一軒あると思った。そばには蜜柑《みかん》の木と甘い柿の木が植わっている。畑の外でなく、絳攸はそこに行きたかった。山の中の小さな家へ。

どうしても。

畝の中へ引き返し、あの畦道の奥へ行こうとしたとき、畑の外から鮮烈な声が聞こえた。

『決めた。お前の名は李絳攸にする』

絳攸は振り返った。誰もいない。今の声は誰の声だったろう。

口が勝手にその名をこぼした。

「……黎深様……」

この畑から出たくなかった。この畑の外にはまったき安らぎなど一時もない。いつも絳攸は迷い、振り回される。つらくて悲しくてどうしていいかもわからない。暗い雨の打つ嵐のただ中に戻るより、この無垢《むく》な世界にいたかった。

文鳥たちがぐさっと絳攸の尻《しり》を嘴で突き刺した。

「いだー!!」

絳攸は涙目でぴょいこら飛び上がり、呆気《あっけ》なく畑を出てしまった。

だしぬけに景《け》色《しき》が一変した。

『望むことはありますか？』

絳攸の目の前を若い頃の黎深が歩いている。

そばには黎深にくっついて回る子供の自分がいる。

『何かして欲しいことはありますか？　れいしん様』

黎深はうるさそうに子供の絳攸を追っ払った。

『何度同じことを言わせる。そんなもん何もないわ』

『でも……ぼくは何かお役に立ちたいんです』

『ばかもの。お前が何の役に立つ。お前はこの邸《やしき》でいちばん役に立たんやつだ。役に立つやつが欲しかったら別なところから雇ってるわ』

コウは——昔、絳攸は黎深と百合にこう呼ばれていた——しょんぼりとひきさがった。

今度は百合が現れる。コウはパッと顔を輝かせ、百合に駆け寄る。

『百合さん、ぼくにしてほしいことはありますか？　おつかいとかありますか？』

百合は戸惑ったようにした。その臈《ろう》たけてきれいな顔から、微笑みが消えた。

見ていた絳攸は、思いだした。……そう、百合は最初の頃、絳攸がそう訊《き》けば、ちょっとしたおつかいでもなんでも「じゃあ頼もうかしら？」と嬉しげに笑ってくれた。けれど次第に、口を噤《つぐ》むようになった。

そして、いつしか何も頼まなくなった。

絳攸には、子供のコウへ百合がどんな返事をするかわかっていた。百合はコウの鼻をつつき、作り笑いをした。

『……何もないわ、絳攸。ありがとう。大丈夫よ』

必要とされなくなることを、絳攸はひどくおそれた。

何もしなくていいといわれることが怖かった。役に立たない人間は、いる必要がない。

だから、自分に何を望んでいるか知りたかった。彼らの望むようにありたかった。

拾ってくれたからでも、優しくされたからでもなく。

（……俺が、黎深様と百合さんを好きになったからだ）

ずっと凍えた世界に生きていた子供は、消えることのないぬくもりを知った。与えられるものではなく、自分の心からわきあがってくる温かさ。

もう二度とこれを手放してはいけない。傍にいさせてもらうためには、二人のために何かをしなくてはならない。コウはそうすることしか知らなかった。黎深様と同じ官吏になれば役に立てると思った。きっと百合さんも喜んでくれる。

なのに――それどころかよりによって牢《ろう》に放りこまれて百合はさぞかし――。

（……牢……？）

絳攸はハッとした。そうだ。牢。俺は牢に放りこまれていたはずだ。

そのとき、絳攸を突っつき回していた白文鳥が絳攸の肩にとまり、朱い嘴をひらいた。

「李侍郎殿」

しゃべった。

絳攸は耳を疑った。文鳥がしゃべった!!　聞き覚えがあるこの声は――。

「うーさま!?」

「はい。よかった。ようやく、わたくしたちと接触可能な場所までお出《い》でになってくださいましたか……」

「……俺を突っつきまくっていたのは羽羽様だったのか……」

「は？　いいえ。わたくしは今初めて李侍郎のお姿が見えたので。わたくしは何もしておりませぬが」

……では、突っつきまくっていたのは二羽の文鳥の意志だったらしい。俺に何の恨みがあるんだ。

白いふわふわした羽と、つぶらな目、掌にのるほどの大きさのコロンとした白文鳥は大変愛らしく、うーさまそのものであった。絳攸は童話のような光景にホノボノした。かわいい。

「李侍郎、ここにおりますと、クビになりまするぞ」

「……えー!? これは洟提灯《はなぢょうちん》つくって見てる夢では!?」

「眠りながら出廷はできかねると存じまする」

「……そのとーりだ!! どっどうすれば俺は起きるんだ!?」

うーさま文鳥は、黎深と百合とコウがいる過去とは別の方向へ羽ばたいた。

「李侍郎、こちらへお進みくださいませ」

絳攸は最後に昔の黎深や百合の姿を、よく耕された畑と山の一軒家に向かう畦道を、見ようとした。それを遮るように白文鳥が「振り返ってはなりませぬ」と告げた。

「主上があなたをお待ちにござりまする」

絳攸の脳裏に、牢に駆けてきた劉輝の顔が閃《ひらめ》いた。すまぬ、と謝った声が。

絳攸は振り返るのをやめた。

過去を背にし、真っ白な文鳥が導く先に、爪先《つまさき》を向ける。すると、みるみる周りの風景が変わった。

絳攸は山にへばりつくような狭い桟道《さんどう》にいた。足もとで石が崩れて桟道の下の深い崖を落ちていく。道は岩だらけで、もしさっき一歩でも引き返していたら、崖の下へ落ちていたかもしれなかった。眼前には険しい高峰が峨々《がが》とそびえている。そこへ向かうように、狭い峠の崖道を二羽の文鳥は飛んでゆく。絳攸は急な山道と、官服に浅沓《あさぐつ》という己の恰好《かっこう》に不安を覚えたものの、自分を奮い起たせて文鳥の後を追った。……へっぴり腰で。

峠にさしかかった時には膝が笑っていた。が、武者震いだと言い聞かせた。やっとこさ峠までつけば——道が切れていた。文字通り。向かいの切岸《きりぎし》に道のつづきらしきものが見えたが、途中の道を巨人がむしり取ったかの如く、間は千尋の谷だ。下を見て、絳攸は気が遠くなりそうになった。

うーさま文鳥は、「リオウ殿」と桜文鳥に呼びかけた。寡黙な灰色の文鳥はどうやらリオウのようである。

「やはり瑠花姫は甘くございませぬな……。リオウ殿、このような時は李侍郎殿のお手伝いを」

橋が架かるんだな！　と期待したら、絳攸の眼前にどしゃっと縄梯子《なわばしご》一式が降ってきた。

「ささ、李侍郎、まずは縄梯子を杭でしっかり固定し、頑張って谷を下りられませ。下りたら崖《がけ》のぼりの道具を出しまする」

「おい李侍郎、時間がないんだ。とっととやれ。杭《くい》と金槌《かなづち》もあるだろ」

リオウ文鳥に怒《おこ》られた。絳攸はここ半年、筆と紙より重いものを持った覚えがない。ものすごい体力勝負だ。

（この谷をえんやこら下りるのか!? すべっておっ死《ち》ぬんじゃないのか俺——）

杭と金槌をつかむと、うしろで黎深や百合の声が微《かす》かに聞こえた。

ドキリとした。でも振り返りはしなかった。

いま、何をしなければならないかくらいは、わかる。絳攸が憂悶《ゆうもん》している間も、劉輝はずっと絳攸を待っていた。——待っていたのだ。

絳攸は劉輝から逃げたかったわけではない。もう一度ちゃんと顔が見たかった。

「——ええい、やるぞ!!」

絳攸は金槌で杭を打ち始めた。へっぴり腰で。

＊　＊　＊

絳攸と接触することができた羽羽は、ほっと胸をなでおろした。

（よかった……これで望みがある……）

あの二羽の不思議な文鳥のおかげだ。どこからともなく現れて、羽羽とリオウを絳攸の居場所まで案内してくれた。

絳攸を見つけ出すことは、実のところ砂漠から真珠をさがすようなものだったので、羽羽も驚いた。さらに二羽の文鳥は羽羽とリオウの意識の器になってくれた。李侍郎と、この二羽の文鳥にどのような繋がりがあるのか、羽羽は不思議に思った。

カンのいいリオウは羽羽が教えるとすぐに桜文鳥で意思の疎通を図るコツを飲みこみ、絳攸をどうすれば助けられるか了解したようだった。それから、羽羽は切りあげて、『外』――御史牢の自分の体にリオウを連れて戻った。一日で李侍郎を助けられるような状況では到底ない。

羽羽とリオウは、仙洞省に戻った。寓居《ぐうきょ》を兼ねる執務室で一人になると、羽羽の膝《ひざ》が折れた。コテンと、まるで糸の切れた傀儡《カラクリ》のように小さな体が床に転がる。全身から汗が噴き出した。激しい目眩《めまい》と点滅する視界の中、やっとのことで立ち上がると、令尹《れいいん》の机案《つくえ》に手をついて、寄りかかる。

羽羽は苦笑いした。

「……ふ……わたくしも……もう……年でござりましょうか……」

もうほんの少し術を使っただけで、体がもたなくなっている。

羽羽は、宰相会議の折、劉輝の手を握ったときに『視た』光景を思いだした。王が九彩江で会った縹瑠花は、羽羽の知る瑠花の姿ではなかった。離魂の術を使い、その娘《むすめ》の体を借りていたのだろう。けれど、集中すれば、すぐに瑠花が透かし見えた。

魂だけが入っているせいか、瑠花は初めて会ったときの、懐かしい姿をしていた。

「……大姫様《おおひめさま》……」

滝《たき》のように流れ落ちる美しいぬばたまの髪。雪白の肌《はだ》に、真夜中の黒瞳《こくとう》。それを囲むけぶるような睫毛《まつげ》。小さな紅唇。桜貝のような爪《つめ》。羽羽も背は低かったが、瑠花はさらに小《こ》柄《がら》で、傍によると香のいい匂いもして、本当にお人形のようだった。羽羽はいつもボンヤリ瑠花に見惚れては本人にガミガミ怒鳴られたものだった。

負けん気の強さは人一倍で、切れ長の眦《まなじり》がゆるむことなどなかった。滅多に笑ってなどくれなかった。小さな体に圧倒的な迫力を備え、常にその明晰《めいせき》な頭脳で何かを考えていた。

年上の、誇り高く、知性を備え、古今東西の書物に通じた美姫《びき》。初めて会ったときから、ばかだ無知だ愚か者もっと刻苦勉励せいなどとずけずけ叱られた。

『〝外〟は戦で荒れておる。術でも知識でもいくらでも必要なものを得て、出て行くがよい。縹家一門は政事に関わらぬが鉄則じゃが、無関心であってはならぬ。ゆめゆめ忘れるでないぞ。我らは戦わずに民を守るのじゃ。〝外〟へ行き、世と人をその目で見て、考え、最後にそなたが正しいと思ったことを為《な》せばよい。縹家一門羽家の誇りを忘れずにあれ』

強い人だった。

……けれどあの閉ざされた場所で、いつかどこかが狂っていった。

いや、違う。〝薔薇《ばら》姫《ひめ》〟を手に入れたときから、あの家はおかしくなっていった。

いつからか、瑠花こそが縹家の誇りを心の奥深くに沈めてしまった。

〝外〟にいた羽羽は、その変化に長らく気づけなかった。

瑠花は昔の瑠花のままだと、ずっと信じていた。いや、信じたかったのかもしれない。

少年の昔、憧《あこが》れた年上のきれいな女性《ひと》。

思い出せば、今もなお鮮やかに。

『そなたはわたくしを裏切ったのじゃな。羽羽』

遠い過去から、瑠花の断罪の声が聞こえてくる。

そう……羽羽は瑠花でなく、戩華《せんか》王を選んだ。瑠花は間違っていると思った。昔の誇り高い彼女に戻って欲しかった。だから〝黒狼《こくろう》〟に縹家一門の秘を教え、〝薔薇姫〟は縹家から去った。

破門はおろか、殺されるのを覚悟したが、羽羽の身には不思議と何も起こらなかった。

……そのかわり、何も変わらなかった。何一つとして。

『馬鹿だね、羽羽。変わるわけがない。なぜそんなことをしたんだ？』

櫂瑜に怒られたけれど、羽羽にはわからなかった。

ゴホ、と咳《せき》が出た。ぜいぜいと、胸が蠕動《ぜんどう》する。ちっとも胸の痛みがおさまらない。

もともと縹一族は頑丈で長寿だが、術者は短命。奇跡の力と引き替えに、命を削る。

騙《だま》し騙し使っていたけれど、それも、もう限界にきている。

矢のように時は過ぎ、自分に残された命数は少ない。

仕方がない。これは天命。充分すぎるほど生きた。

壊れた人形のような身でも、せめてあと少し、リオウと王の楯《たて》になってやりたかった。

どちらも、迷っているのが、羽羽には見てとれた。

せめてあの二人が、道を選ぶまでは。

（大姫……）

王を介して羽羽まで届いた、瑠花姫の願い。

『これでようやっと、璃桜《りおう》もわたくしを見てくれるはずじゃ』

これほどの時が過ぎて、ようやく羽羽は認めた。

瑠花は、……弟の璃桜以外、何も見てはいなかった。

もういくら待っても、瑠花が昔に戻ることはないのだと、ここまできて羽羽は認めた。

胸が痛かった。羽羽は、空気を求める魚のように、天井をふり仰いだ。

「……あなたのするべきことは、そんなことじゃない。あなたは間違ってる」

かつて櫂瑜が何を言いたかったか、このときになって理解した。

直接あの人のもとへいき、そういえばよかったのだ。

……でも、もう遅すぎた。

王たちと違って。

第三章　運命は別れの鐘を鳴らす

翌日、リオウは楸瑛一人を伴って御史牢へ向かった。羽羽は今朝熱を出したので、リオウが薬を飲ませて寝かせてきた。羽羽のことは心配だったが、リオウも今日は鉄枷《てつかせ》でもつけているようにひどく体がだるい。術を使うと消耗すると聞いていたが、これほどこたえるとは思わなかった。

地下牢への階段で紅秀麗が待っていた。

「……あんたは仕事があるんだろ。行けよ」

「え？　でも――」

「あんたの仕事は、李絳攸をなんとかすることじゃないだろう。いつまでも気にしてここで雁首《がんくび》そろえてたって、時間の無駄だ。他に仕事は山ほどあるんじゃないのか」

リオウは秀麗に言った。

「王を助けるって、いってただろう」

「……うん」

「じゃあ、自分の仕事をしてこいよ。あの王には、それが何よりの助けだろう。李絳攸の失脚を阻止するのが、あんたのやるべきことだろ。あんたにしかできないことだ。王だっていまここにこないで自分の仕事してるんだ」

リオウは親指で楸瑛を示した。

「あんたが必要なときは呼ぶ。今はこの男一人でいい。あんたと違って、将軍職解任されて暇なようだしな」

「……はっきりいうねリオウくん……」リオウの横で不面目に思う楸瑛である。

秀麗は反省した。……リオウの言う通りだ。

秀麗は葵皇毅の室《へや》で偉そうなことをいって引き受けたくせに、まだとっかかりさえ見つけていない。

ちゃんと自分の仕事をしなくては、絳攸様に顔向けできない。

「わかったわ。絳攸様があっさり葵長官にクビにされないように、私は私の仕事をしてくるわ。何かあったら、いってちょうだい」

楸瑛が呼び止めた。

「――秀麗殿、絳攸のこと、頼む」

「はい。全力を尽くします」

……秀麗が去ったあと、リオウと楸瑛は面会希望の名簿にそれぞれ名を書き、地下への階段を下りていった。

楸瑛は興味深そうにリオウへ訊《たず》ねた。

「……で？　私は何をすればいいのかな？」

牢番から渡された鍵で、リオウは絳攸の牢に入った。楸瑛が手燭《てしょく》をもってつづく。

床には手つかずの朝餉《あさげ》の盆。絳攸は昨日リオウが寝かせていったままの恰好《かっこう》で横たわっていた。目はリオウが閉じていったのだが、今はまた開いている。緩慢なまばたきが逆に能吏李絳攸の「不在」を不吉に伝えていた。

こんな状態では、免官にせざるを得ないだろう。伯母《おば》の奸計《かんけい》通りに。

リオウは初めて自分の意思で、伯母に逆らうことにした。

リオウは楸瑛に告げた。

「どんなくだらないことでもいいから、そばでつらつら李絳攸との思い出話を語れ」

「……は？」

＊　　＊　　＊

一方、秀麗は清雅の御史室へ向かった。

「清雅、いる？　借りたい調書があるんだけど」

返事がない。不在かと思ったが、ためしに扉を押してみると、開いた。

「……清雅？」

入口から中をのぞき見る。

清雅が書棚《しょだな》の下で座り込んでいた。ぐったりと首を垂れて。周りには書物や書翰《しょかん》が不自然に散乱している。――様子がおかしい。

「清雅！　ええーっと、ごめん、入っちゃうわよ」

室に入ると清雅のそばに駆け寄る。顔色がひどく悪い。額に手を当てると、だいぶ熱かった。

「いわんこっちゃないじゃないの。誰か呼んでこないと――」

すると、手錠のようにガッチリ手首をつかまれた。その手も熱い。

「……歩ける。隣の仮眠室まで肩を貸せ」

「起きてたの」

「誰かさんがうるさくて、目が覚めたがな。しばらく寝てれば治る」

「あーはいはい。やせ我慢もそこまでくれば立派なモンだわ」

清雅が書棚を支えに立ち上がる。秀麗は肩を貸した。清雅は上背があるほうではないが、筋肉があるからか、ずしっと重い。

清雅が訊いた。

「……で、借りたい調書ってのはなんだ」

「え？　ああ、聞いてたの。絳攸様の一件で、あんたが拘束した経緯と詳細を知りたいの。あんたの捜査資料で見せられるのがあったら、貸してもらおうと思ったんだけど」

吏部に聞き込みにいく前に、清雅の調書で現況を把握できたらだいぶ手間が省けると思ってやってきたのだ。ダメモトで。何せ時間が惜しい。

（そんなのは自分で調べろ、とか言いそうだけど）

が、清雅はいわなかった。

清雅は針路を変更すると、執務机案《づくえ》の文書をひっくり返し始めた。

「なにやってんのあんた」

「……俺がぶっ倒れてる間に家捜しされるのだけはカンベン願いたいんでね。待ってろ」

積み重なった調書の下から、分厚い紙の束を引っ張り出す。パラパラと目を通す。

「……これならいい」

「えっ。ど、どうも」

「礼はいいからとっとと連れてけ」

へたばってても高飛車な男である。

仮眠室まで同伴し、清雅を寝台に横たえる。減らず口を叩いても体が参っているのは見てとれた。

「その……いちばん右端の棚《たな》に熱冷ましの丸薬がある。出せ」

なんなのこのオレ様っぷりは――。秀麗は相手は病人だと言い聞かせ、棚を開けた。足の踏み場もないほど資料でいっぱいの執務室と違って綺麗《きれい》に整頓《せいとん》されてあるので、薬はすぐに見つかった。

水差しから湯呑《ゆの》みに水を注ぎ、丸薬を清雅の口に放りこんで湯呑みを口許《くちもと》に寄せる。どうせ飲ませろというに決まってるのだから、その前にやったほうがマシだ。

清雅は素直にのみくだした。だいぶつらそうである。

秀麗は仏心をだした。仕方がない。調書も貸してもらうことだし――。

「帯、ゆるめるわよ」

「勝手にしろ。お前に寝こみを襲われるとは俺も終わりだ」

「ハイハイハイハイ」

清雅の着物をくつろげてやると、気分が多少良くなったらしかった。

結んだ髪が邪魔そうに寝返りを打ったので、それもほどいてやった。

秀麗はぶつぶつぼやいた。

「……なんか本当に寝込みを襲ってるみたいで、すんごいヤだわ」

「役得だろ。二度とできないぜ」

「私だって二度とごめんだわよ」

「そうか。俺はもう一回くらいならさせてやってもいい気になってきた」

秀麗の腕をつかんで引き寄せる。

秀麗は清雅を枕に押し戻した。

「あんたが寝てる間に家捜ししたりしないわよ。腹づもりなんてないから、大人しくしてなさい」

清雅は大人しくなった。

秀麗は手巾《てぬぐい》を冷水でしぼり、簡単に清雅の額や首筋の汗をぬぐった。もう一度しぼって、水枕がわりに額にのせる。布団を掛けておしまい。

さあ帰ろうと思ったとき、何を思ったか、清雅は指を伸ばして秀麗の髪紐《かみひも》を引っ張った。髪がほどけた。清雅の掌《てのひら》に、長い髪紐が残る。

「あっ、ちょっと何すんのよ」

「うるさい。……腕を出せ」

「は？　腕？　お駄賃でもくれるの」

素直に手をだすと、清雅は秀麗の手首に髪紐を巻き付け、自分の手首と結んだ。芸術的な早業だった。手慣れている。

秀麗はあんぐりと口を開けた。なにこれ。

「仮眠をとる。一刻したら起こせ」

「は⁉　私だって暇じゃ——だいたいこれなに！」

清雅の目が、氷のように冷えびえとした。

「いったろう。俺は誰も信じない。さっきのお前の言葉もな。いいから俺が仮眠をとる間、傍で大人しくその調書でも読んでろ。この紐の結び目は俺にしか解《ほど》けないし、鋏《はさみ》も剃刀《かみそり》も手の届くところにない。無理に引っ張れば俺が起きる。かわりに俺の寝込みを襲う許可をくれてやる」

「そんなもんいらないわよ！」

「そりゃ残念だな。その気になったら口づけでもなんでも好きにしてろ」

言うだけ言うと、清雅の瞼《まぶた》がとろとろと閉じていき、子供のように眠ってしまった。気力だけでかろうじて起きていたらしい。

（こ、こ、この男はどこまで意地っ張りなの……）

秀麗はつながれた手首を見た。挑んでみたものの、やればやるほどきつくしまる。秀麗はしばらく無駄な格闘をした後、降参した。

『俺は誰も信じない』

だから一人でぶっ倒れることになるのだ。

あきらめて、調書を読むことにした。

秀麗は清雅の存在を頭から無理くり押しやった。うしろにいるのはタヌキの置物よ。寝台の傍になるたけ具合よく座ると、調書をめくった。……しばらく読み進め、秀麗の目が留まった。

「……え？」

読み返した。

「……吏部尚書が私の叔父《おじ》？　で、絳攸様とは養父子関係……って――」

＊　＊　＊

パタリパタリと、吏部尚書室に扇がひるがえる。

黎深は一人、吏部尚書室にいた。扇の音さえ聞こえるほど静かな室《へや》だった。

黎深に仕事をさせようとやっきになる吏部官もこなくなった。

誰も訪れることなく、業務もなくなった虚《うつ》ろな室で、黎深は毎日、ただそこにいた。

けれど、その日はいつもとは少し違った。

「——ええいどけ！　いちいち許可などとってられるか!!」

扉の外から怒声が聞こえた。

「おい黎深!!」

衛兵を振り切って足音高く吏部尚書室に討ち入ってきたのは、黄《こう》奇人だった。

奇人はつかつかと黎深に詰め寄ると、机案ごしに黎深の胸ぐらをつかみあげた。

「——貴様はいったい何をしている!!」

黎深はうるさげに眉根《まゆね》を寄せた。

「放せ」

「李侍郎に関しても何も動かず——仕事も一切せず、決裁はすべて楊修に任せきり。このままだと李侍郎やお前自身の立場はおろか、尚書令たる悠舜の立場さえ悪くなる一方だと、貴様にわからないわけがあるまいっ!!」

　黎深は奇人の腕をもぎ離した。

「――だからどうした」

　仮面の裏で、奇人は言葉を失った。

「……だからどうした、だと？　お前は……何が起こるか知っていて――知っていて、何もしなかったのか。李侍郎を守ろうともせず、すべての仕事を放棄したのか。悠舜を助けるどころか、窮地に追い込んで――」

　奇人は叫んだ。

「――お前は、どれだけ私たちが悠舜に救われたと思っている!!」

　鳳珠《ほうじゅ》も、黎深も、いつも異質だった。どこにいても溶けこめないまま。

　国試で悠舜と出会い、初めて友人と呼べる存在を得た。

　本音で語り合え、喜びも苦しみも酒とともに酌み交わせる相手。笑いあい、ぶつかりあい、時に肩を並べ、時に背中を預けてやってきた。

　悠舜がいなかったら、鳳珠と黎深が友となることさえなかったはずだった。

　その行動一つで、いくらでも悠舜を助けることができるのに。

「見損なったぞ黎深!!　貴様は何のために今まで吏部尚書でいたんだ！」

「いけません鳳珠!!」

　殴りかかる寸前で、景《けい》侍郎がすがりついて止めに入った。

「やめてください！　あなたまで御史台に目をつけられます！」

「くっ――」

奇人は拳《こぶし》を下ろした。

黎深の、かたく凍りついた双眸《そうぼう》を睨《にら》みつける。

何をしてももはや無駄だと、奇人は悟った。

「……おやおや、騒がしいと思ったら――戸部尚書でしたか。うちの尚書がまた何かご迷惑をおかけしましたか？　いるだけでもう傍迷惑《はためいわく》で申し訳ありませんね」

「楊修殿……」

景侍郎は楊修をきっと睨みつけた。

「そのいいざまは何ですか。あなたの上司ですよ。敬意を払って接しなさい！」

「ええ。まだこのひとが上司なんですよねぇ。とっとと片づいてもらいたいもんですよ」

「楊修殿！」

「景侍郎、あいにくですが、私の認めた人でなければ、たとえ上司だろうが敬意を払う気はこれっぽっちもない人間だと、あなたもよくご存じでしょう」

朝廷に出仕したばかりの頃の楊修を、景侍郎は見知っている。

鮮烈なほど才走り、そこにいるだけで誰もが振り返るような光彩を放つ若者だった。

確かに昔から口は悪かったが、こんな見下したもの言いはしなかった。

「景侍郎。私はね、もうこの人に何かを期待することはやめたんですよ。それだけです」

もう怒ることさえやめたのだと。

「――そのとおりだ、行くぞ、柚梨《ゆうり》」

奇人は身を翻し、吏部尚書室から出て行った。

「鳳珠……」

回廊を歩き、誰もいない場所までくると、奇人は足を止め、仮面を外した。

白い頬に、涙が次々と伝いおちた。声なく、奇人は悔し涙を流した。

「柚梨……私たちは、約束したんだ。昔……ずっと昔――黎深と――」

十年前、悠舜が茶州に任官することになったとき。

茶州に赴任することは、死を意味した時代だった。

でも、悠舜が死ぬはずがない。必ず無事に戻ってくる。それまで、自分たちが出世しよう。

いつかまた会う日まで。

管飛翔《ひしょう》も、姜文仲《きょうぶんちゅう》も、言葉にはせずとも、同じ思いでいたはずだった。

それぞれがそれぞれの場所で、力を尽くそう。

そうしていつの日かまた、花の下で、誰一人欠けることなく、碁を打ち、盃《さかずき》をかわそう。

きっとくるその日を待って。

『黎深、お前は兄のために国試を受けただけで、出世なんぞ興味ないというが、悠舜が中央に戻ってくるまではちゃんとやれ。いいな。そのくらいお前にもできるだろう』

あのとき、確かに黎深は頷《うなず》いたのだ。

面倒くさいが、悠舜のためならやってもいい、と。

『いいか、貴様に言われたからじゃない。悠舜のためだからな』

国政にてんで無関心なあの男が、吏部尚書を務めた理由。

今まで御史台に目をつけられない程度にちゃんとやっていたのに。

悠舜が帰還し、すべてはこれからという時になって。

「なぜ――……」

景侍郎には慰めようもなかった。

絳攸が吏部侍郎に就任するとき、楊修は景侍郎の許《もと》を訪れた。

『景侍郎、絳攸のことをお願いします。折々に、できれば気にかけてやってください。私はもう傍でいちいちあれの面倒を見てやることはできません。吏部尚書は本当アホでまったくどうしようもないんで、アテにしないでください。……飛び抜けて若いですが、李絳攸は私がいちばん目をかけてきた官吏です。筆頭侍郎として、至らないところも多々あるかと存じますが、あれなら充分その大任を果たすことができると思っています』

そこに、彼自身のことは微塵《みじん》もなかった。

愛弟子《まなでし》に対する愛情と誇り、紅尚書に対する皮肉の裏に敬意が感じられた。

……確かに、この半年、紅尚書の様子はおかしかった。いつにもまして頑《かたく》なな態度に、李侍郎も説得しかねるうちに、むりやりにでも仕事をさせようとする意志が徐々に欠けていったように思う。

そんな二人に、楊修が愛想を尽かしたのは、景侍郎にもわからないではなかった。

楊修の官吏としての誇り高さを、景侍郎は知っている。彼はいま残る数少ない本物の貴族だ。持てる権力は、持たざる者であるか弱い民草のために使うべきであると思っている。持てる者の筆頭ともいうべき紅黎深が、地位と権力をいたずらに弄《もてあそ》んだまま、すすんで人のために使おうともせず、果ては仕事を放棄する様は――それを副官である李侍郎も諫《かん》言《げん》できずじまいという有様は、楊修にとって見限るに足る充分な理由だったのだろう。もとより紅藍両家がその力を州内の繁栄のみに注ぎ、養った富を自らの利益と国政に対する武器としてしか使わないことに、楊修は常々批判的だった。

大権を預かる最高官の一人として、楊修の判断や行動が間違っていると、景侍郎には言えなかった。

鳳珠にもわかっているはずだった。けれど、認められないのだろう。

鳳珠が望んでいたのは、悠舜が茶州から戻り、また三人がそろい、騒がしくて何気ない日常がつづくことだった。

鳳珠の袂《たもと》から、何かこぼれ落ちた。くしゃくしゃに丸められていたが、文のようだった。

それを、景侍郎は拾った。

鳳珠は黙っている。景侍郎は意を汲《く》み、丁寧に皺《しわ》を広げて、目を通した。

どうして今日、鳳珠が黎深の許を訪れ、激昂《げっこう》して詰め寄ったのか、景侍郎は理解した。

黄家直紋《じきもん》〝鴛鴦彩花《えんおうさいか》〟の判がおされたそれは、黄一族にとって絶対服従を意味する命令。

逆らえば、一族から排されることさえあるときく。

頃合いを見て戸部尚書を辞し、ひとまず黄州に帰還し静観せよというその書状を、鳳珠は景侍郎の手からむしりとり、丸めて投げ捨てた。

……鳳珠もまた、選んだのだ。

家を捨て、朝廷に残り、最後まで悠舜のわずかな味方となることを。

そして悠舜を選ばなかった黎深との訣別《けつべつ》を。


楊修は、戸部の二人が出て行くのを見送った後、黎深に向き直った。

「……まったく、アホですねぇあなたは。どうしようもない。本当に私より年上ですか」

楊修は首を回した。書翰《しょかん》の入った筒で肩の凝りを揉《も》みながら、楊修はふと本当に疲れているような溜息を、一つ落とした。

「あなたのおかげで私もこのところ肩凝りがひどいですよ。暇なら揉んでください」

「ふん、何も期待しないんじゃなかったのか」

「ええ。言ってみただけですよ。嫌味くらいいわないとやってられませんよこの仕事量。私の肩を揉む気があるなら、むしろ鄭尚書令の肩でも揉みにいってほしいもんですねぇ」

今まで、未決裁の文書の山と、吏部官らの累々たる屍《しかばね》で埋め尽くされていた吏部尚書室は、一枚の文書もなく、一人の吏部官もいない。楊修の他は。

楊修はすっかりガランとして殺風景になった室《へや》を大股《おおまた》で横切り、尚書机案《づくえ》に近寄った。

「ハンコ、借りますよ」

凝りをほぐしていた筒には、吏部尚書印が必要な重要書翰が入っていたらしい。几帳面《きちようめん》な絳攸と違って、楊修は昔からそういうところは大雑把だった。

開けていた窓から、風が入ってくる。楊修の短くなった髪がサラサラと音を立てた。

楊修は勝手知ったる顔で尚書印に朱泥をつけながら、心地よさそうに目を細めた。

「ああ……いい風ですね。いつのまにか、季節は秋になっていたんですねぇ。空が遠い」

「そうだな」

「そういえばあなたは、李花《りか》と秋が、お兄ちゃんと同じくらい大好きでしたね」

「……なんでそんなことをお前が知ってる」

「嫌になるほど傍にいましたからね。あなたは私の好きなものなんて知らないでしょう」

黎深は扇を差し出した。扇の上に、舞い込んできた紅《あか》い落葉がひとひらのった。

「枇杷《びわ》の実と、雪柳。秋の鈴虫。降るような銀杏《いちよう》の葉。夏の虹《にじ》。私の琵琶《びわ》と、絳攸」

楊修は目を丸くした。

「……なんでそんなこと知ってるんです」

「嫌になるほど傍にいたからな」

「思えばそうだったかもしれません」

楊修はふと笑う。

「冗談じゃないですよホントにねぇ。よりによってあなたと好きなものまでわかりあっちゃうなんて、どんなしょっぱい関係ですか。いやすぎる」

「お前が先にいうな。私の台詞《せりふ》だ」

楊修はポン、と判子を押した。

「似合わない後悔なんてしないでくださいよ。うっかりぶっ殺したくなりますから」

「ばかめ。私の辞書に後悔の文字などないわ」

「あーなんかどこかから戯言《タワゴト》が聞こえますねぇ。嘘ばっか」

楊修は鼻で笑い飛ばした。

「あなたは確かに天才ですよ。ただし、後悔のね。それだけの才と先見の明がありながら、いつも後悔ばかりしている。神様もシャレがきいてますよ。その天つ才で手に入らないものは何もないのに、富も権力も地位も家柄《いえがら》も、生まれながら掌上にあって手に入れる必要なんかない。そしてあなたがいちばん欲しいものは、いつも才能では手に入らない場所にある」

楊修はまた、ポン、と別の書翰に判を押した。

「あなたが一番欲しかったものは、普通の人が何気なくしていることだ。愛する誰かを喜ばせること。幸せにする方法。いちばん望むことをいちばんいい形で叶《かな》えてあげるにはどうしたらいいか。人の心をはかること。——でもあなたは、いくら考えても、いまだにそれだけは全然わからないんだ。わかったときはいつも手遅れだ。だから、こんなふうに後手に回って、私ごときに追いつめられて、たった一つしか大事なものを守れないで終わるんですよ」

楊修の言葉に皮肉は少しもなかった。

「……あなたは本当にわからなかっただけでしょう。いつも本気で、あなたが好きになったわずかな特別な人のために一生懸命なだけだったのに。でも誰もが天才のおかしな行動で片づけた。なぜなら誰もが当然のようにできることを、『あなたがわからないはずがない』から」

楊修は、いつか副官になるときのために黎深を人より注意深く観察してきた。おそらくは、身内や友人は知りえぬ心の奥深くまで。

上下関係でいえば、絳攸より長い時を傍で過ごした。そのほとんどを喧嘩《けんか》に費やして。

間違いなく、楊修の人生で最低最悪の上司は紅黎深だ。

もろもろの検証結果を思い返した楊修は、眼鏡を白く光らせ、せせら笑った。

「言葉にすれば悲劇っぽくても、現実はどこまでもトンと喜劇で、それだけが救いでしたよねぇ。あんまり真面目にアホなことばかりしてるんで、見ていてもうバカウケ」

「う、うるさいわ！　くそ――黙れ。だからお前は嫌いなんだ！」

黎深は腹を立てた。近くにいられると、余分なところまで把握する。それだから楊修が苦手だった。

「おや、珍しく意見があいましたね。私もあなたが大嫌いでしたよ」

風が吹いて、黎深の扇の上にあった紅葉が、ひらと飛んだ。

楊修は顔を上げ、飛んできた鮮やかな紅をつかんだ。黎深にそうするように微笑む。

「……あなたの望みが最高権力とかだったら、誰にもつけいる隙などありはしなかったのに」

唯一、愛情にだけはありえないほど鈍才で、でも黎深の行動はすべてそれゆえだった。愛する兄のために国試を受け、愛する友人たちのために吏部尚書となり、今もこうして職場放棄をつづけている。なんでもいい、他の理由で官吏になったなら、稀《き》代《だい》の大官になりえたろう。でも、違った。黎深を動かすのはいつも情だった。よりにもよって彼にはいちばん勝手のわからないもの。だからうまく先が読めずに、後手に回った。楊修にさえ、追い落とされるほどに。

「最高権力？　馬鹿馬鹿しい。そうあってほしかったのか？」

「――いえ、やっぱりそれはそれで超むかついてたと思いますよ。ええ。人生ナメてんじゃねぇって、私の才能と人生すべて使って全力でつぶしにかかったんじゃないですかね」

楊修は紅に染まった葉を、つぶさずに大事そうにそっと机案の上に置いた。

「私はね、私がほしいものをすべて持っているのに使わない、傲慢《ごうまん》で身勝手で自分のことしか考えないお子様な天才が大嫌いでしたけど、たった一つだけ、他人にとっては弱味にもならない弱味を隠そうともしないでダダ漏れしてる紅黎深は——多分そんなに嫌いではなかった」

書翰に押捺《おうなつ》をし終えると、尚書印を置く。

相手の真意を察することにかけてはお互い一番の理解者だろう。今も楊修は、黎深がどうしてこんなことをしているのか、ちゃんとわかっている。

だからこそ、楊修は黎深に見切りをつけた。

理解はしても、認めることはできなかったから。

この室を出れば、楊修がすることは一つしかない。

「私はね、怒ってるんですよ。私が李絳攸をあなたの副官に推したのは、こんな馬鹿馬鹿しい結末を見るためではなかった。あの子はあれほどの才がありながら、愚にもつかないことにしかあの才を使わなかった。……あの子を吏部侍郎に推挙したのは、私の唯一の失策でした。私は……ずっと待っていたのですけれどね」

秋の風が吹き込み、楊修の短い髪を巻き上げる。

「……せめて、あなたの掌《てのひら》に残っているたった一つの大事なものくらい、まともに守ってみせてくださいよ。でないと、あなたのしていることは誰にも理解されないで終わっちゃいますよ。まったく親子ともども、最後まで面倒をかけてくれる」

楊修は吏部尚書室をあとにした。

外回廊に出ると、楊修は足を止め、遠く蒼《あお》く広がる空を仰ぐ。どこかで鳥の聲《こえ》がした。

『枇杷の実と、雪柳。秋の鈴虫。降るような銀杏の葉。夏の虹。私の琵琶と、絳攸』

……黎深が楊修の好きなものを知っていたことだけは、予想外だった。もしかしたら他にも見誤っていたことがあったのかもしれない。

それでも、愛する者のためにしかその力を使わない紅黎深は、決して楊修の主《あるじ》にはなりえない。それだけは確かだったから、楊修はやはり何も後悔はしなかった。

＊　＊　＊

秀麗は律儀に一刻待った。それから清雅を叩き起こした（文字通り）。清雅をひきずって鋏《はさみ》をさがしかねないと察したのか、清雅はつべこべ言わず大人しく秀麗を解放した。

秀麗はすぐに府庫《ふこ》へ急いだ。

「父様！」

府庫には父の他に人はいなかった。

父の顔を見たら、秀麗は急に混乱した気持ちになった。父に捜査内容はおろか、秀麗が今絳攸や吏部尚書について調べていることも明かせない。そもそも、いったい自分が父に何を訊きたいのかもよくわからなくなった。

「……父様、吏部尚書が、父様のすぐ下の弟で、私の叔父様《おじさま》って本当？」

「本当だよ」

「……紅家当主で、絳攸様がそのかたの養子っていうのも？」

「ああ。絳攸殿と君とは義理の従兄妹《いとこ》になる」

どうして今まで教えてくれなかったの、という言葉をかろうじて飲みこんだ。

「吏部尚書は……どんなひと？」

「玖琅と同じに、大切な弟だよ。それとも吏部尚書としての人物を聞いているの？」

これ以上訊くと父に不審に思われそうで、口ごもった。秀麗自身冷静になれなかった。ちっとも。平常心で父と話す自信もない。秀麗は曖昧にごまかした。

「ううん……いいの。何でもないの。急に知ったから、驚いちゃって。ごめんね父様。仕事に、戻るわ」

しょんぼりと帰る娘を見ながら、邵可は自分自身に苛立った。

何が起こっているかわかっているのに、今の邵可にできることは何もなかった。秀麗に対しても、王に対しても。そのことがひどくこたえた。けれど霄太師に府庫の官位を望んだのは、邵可自身だった。

秀麗が御史室に戻ると、「お帰り、姫《ひめ》さん」と燕青の能天気な声が迎えてくれた。それだけで秀麗のめげた気分がだいぶ直った。

蘇芳が使っていた机案《つくえ》が、今の燕青の机案だ。ゴチャッと書物や文書が積んである。燕青は蘇芳と違って、秀麗に何をすればいいか訊《き》いたりはしない。勝手に考えて勝手に動く。

燕青が読んでいる調書に見覚えがあった。目を丸くした。

「……私がこの半年でやった仕事の調書の写し？」

「そ。姫さんがどんなことやってたのか知らねーし、仕事の仕方もつかめるかと思ってさ」

「その書物はどっからもってきたの。ここにあったやつじゃないわよね？」

「葵長官とこ行って、手っとり早く立派な御史裏行《みならい》たるに必要な本貸してーって頼んだら、渡された。そうそう、陳情書、俺も目を通しといた。姫さんの机案に選《よ》りわけて置いてある。わけかたはカン。別名、テキトー」

秀麗は腰に両手を当てた。

「立派な輔佐《ほさ》っぷりね。自分が情けなくなるわ」

「俺は別に心配してなかったぜ。姫さん、李侍郎さんの牢《ろう》でぼへーっと何もしないで一日過ごせる性分じゃねーだろ。夕方までに戻らなかったら呼びにいくかとは思ってたけど、ちゃんと帰ってきたじゃん」

「じゃ、燕青にもこれあげる。私が陳情書を片付けてる間に読んでね」

秀麗は清雅から拝借してきた調書を燕青に渡した。

自分の仕事は机案の上に山積みだった。それらの訴状や陳情書に目を通す。このところ通常の業務を怠っていたので、だいぶたまってしまっている。

（あー、牢城の監察も行かないと。未決囚の訴状の洗い直しは早目にやらないと……、しばらく牢城の衛生点検もしてないし、病牢の現状も視察すること。ぎゃー、嘆願やら直訴やらタレコミやら怪文書もめちゃめちゃたまってる。えーと、こっちは夏の物価の変動表……あ、お塩の値段が戻ってる。こっちは私の仕事じゃないわね——）

秀麗はひそかにうなった。

（さすが燕青……）

カンで選りわけたといったが、勘どころか、秀麗が一枚一枚確かめて仕分けするその最後の形がほとんどできている。

十年間州牧をやって培った燕青の能力と実力だった。茶州府はかなり官吏が少なかったこともあり、州牧の燕青もただハンコ押してるだけではまったく追っつかず、あちこちの業務に駆り出された話は知っている。燕青に州政全般に亘《わた》ってとりしきる能力があるのを、秀麗もこの目で見ている。

（葵長官に狙われるわけだわ……）

わかってはいたが、秀麗なんか比較にならない。今すぐ御史に任命されても充分やっていけるはずだった。自分の裏行などさせているのが申し訳ないほどだ。

（……うう、でもすごく助かるわ、燕青。ありがとー）

秀麗はしばらく黙々と仕事に集中した。なんと燕青が整理してくれたお陰で、いつもの三倍の速さでメドをつけることができた。

「よしっ終わりっと」

「ごくろーさん。ほい、お茶」

秀麗は呆気《あっけ》にとられて目の前に現れた湯呑みを凝視した。

「燕青……あなた本当に燕青!? なんでこんなに気が利くの！　実は偽者!?」

「ふっふ。本物だからこそ、チョー気が利くいい男に決まってんじゃねーか」

「……あー……やっぱ本物だわ」

「なんでだ。これ、読んだぜ」

燕青も自分のぶんの茶をすすりながら、秀麗が渡した調書を机案の上に置いた。

「吏部尚書と李侍郎さんが養父子関係だって？」

「そう。ついでに私と吏部尚書が叔父と姪《めい》で、絳攸様とはいとこだったみたいよ」

「そりゃこの件には関係ないだろ。大事なのは、吏部尚書と李侍郎の関係」

「……う、はい。その通りです」

なんで誰もいってくれなかったのよ、という子供じみた不満に燕青はとりあったりはしなかった。

確かに、このさい関係ない。

仕事をしなくなったという吏部尚書。ずっと輔佐をしてきた養子の絳攸。

「……拾ってくれたお父様……ね」

清雅に言われた通り、秀麗は絳攸のことを、本当に何も知らなかった。でも知っていることも、ある。

「私ね、どうして官吏になったんですかって、絳攸様に訊いたことがあるの」

「……そんで？」

「『ある人のそばにいて、その助けになりたかった。与えてくれたたくさんのものの、恩返しを少しでもしたかった。それだけだ』って絳攸様は言ったの。それ、……きっと吏部尚書のことだったのね」

「立派な理由だな。俺が州牧引き受けたのと同じくらいの歳で官吏になったんだっけ？　俺なんかマジなーんにも考えてなかったからなー」

燕青はカッカッカと笑いながら、鼻の頭に筆をのせて揺らして遊んでいる。このテキトーさが絳攸様にもあったら、きっと鬱々《うつうつ》と悩んだりしなかったろうに――。

「俺なんて『とりあえず茶州茶州茶州、茶州なんとかしよーぜイエーそれ以外はとりあえずどーでもいーから色々ぶっこみガンガン魂飛ばしてこーぜ！　所信表明《ショシンヒョウメイ》はそんなホニャララな感じで後は任した悠舜！』だったぜ。熱いなー十六歳のオ・レ！」

本当に何も考えてなかったんだ――秀麗は戦慄《せんりつ》した。

「……あらゆるものを丸投げされた悠舜様が本当に魂飛ばしてる様子が目に浮かぶわ……」

「おお。なんかみんないっぱい飛ばしてた。俺の熱意に打たれすぎてすっこ抜けたんだな」

「…………それ多分別なものに打たれてすっこ抜けたんだと思うわ」

ホニャララな感じ以外ナニモノでもない所信表明に。

燕青は指で調書を示した。

「でもさ、これなー。いくら助けになりたかったっつっても、これはダメだろ。セーガ君に目ぇつけられるわけだぜ。いくらなんでもこれはやばいだろ。吏部尚書が仕事しないからって、侍郎の権限じゃ無理な決裁を李侍郎が全部やってたっての」

今までも吏部は何かと仕事が滞りがちだったようだが、吏部尚書の最終決裁が必要な重要事項には、必ず絳攸が吏部尚書を引っ張り出し、ハンコを押させていた。

が、今年の初夏あたりから、それさえ絳攸が肩代わりするようになっていた。

そうしなくては吏部が回らないと思ったのかもしれないけれど——。

「こんなことしてても長くもつはずがない、何の解決にもなってねーって李侍郎さんにわからないはずがないだろ。今までの経歴から見ても、ちゃんとソレやって出世してきてるのにな」

「……やっぱり、会いにいくしかなさそうね。もう遅いから明日ね」

「吏部尚書にか？」

「コトの元凶じゃない。絳攸様が拘束されても、お父様は反省して仕事に戻るわけでも絳攸様をかばうわけでもなく。一度も面会にこない理由もききたいわね」

「うーん……まあなぁ……」

妙に燕青の歯切れが悪い。

「なに？　燕青。何が気になるの。いってちょうだい」

「……ただのカンだけどさ」

燕青は眉根《まゆね》を寄せた。

「これ、気をつけないとやばい気がする」

「やばい？　そりゃやばいわよ。どこもかしこも何もかもやばいでしょコレ」

「……ザク切りだすな。李侍郎さんのために、まだ大丈夫ョくらい言っとこーぜ……。じゃなくて、人間関係がさ、姫《ひめ》さんに近すぎるってこと」

秀麗の頭に、何かがひっかかった。……人間関係が……近すぎる？

「感情移入しやすい相手が多いだろ。しかも姫さんにゃ親戚《しんせき》。これ、フツー姫さんにふらないよな……」

「……私が自分から無理にいって引き受けたのよ」

燕青が渋い顔でくるくると器用に指先で筆を回す。墨が乾いているらしく、筆先が固まっている。

「わかってる。たださ、それでも俺なら姫さんにゃふらなかったと思うぜ」

葵皇毅が骰子《さい》をふるとき、常に二重三重の思惑があった。

秀麗はずっと感じていたことを言葉にした。あやふやで、なんの確証もないけれど。

「……あのね、燕青、直接関係ないかもしれないけれど、……何かがおかしいと思うの」

「うん？」

「この間が藍将軍で、今度は絳攸様。立て続けに、王の側近が二人とも……。何か起こっている気がするの。目先のことじゃなくて、もっと大きな。ヘンな言い方だけど……たとえば今回絳攸様を助けても、元に戻らない気がするの」

言葉にしたら、それが真実なのだと、不意に思った。

＊　＊　＊

劉輝は毎晩、絳攸の牢《ろう》をそっと訪れた。

絳攸や、暗示を解いてくれているリオウを見守ることしかできずとも、劉輝はそうしたかった。絳攸の顔を見るだけでも劉輝は落ちついた。この二年余り、絳攸と楸瑛の顔を見ない日はなかったからかもしれない。絳攸の傍にいるだけで劉輝の薬になるくらい。でも、逆はなさそうだ。

絳攸の様子に変化はないままだった。

その晩、鉄格子の中に入ると、ちょうどリオウが絳攸の〝花菖蒲〟から指を離したところだった。

リオウはあぐらをとく力すらない様子で壁に背を預け、大きく喘《あえ》いだ。

リオウの額に、汗が玉を結んでいた。乱暴に袖《そで》でぬぐいながら悔しげに言う。

「……悪い。今日も李絳攸を連れ帰れなかった」

「よい。リオウ、そなたの方が倒れそうな顔色だぞ」

劉輝は眉《まゆ》を顰《ひそ》めた。蠟燭《ろうそく》の赤い炎のもとですら真っ青だった。絳攸より病人めいていた。実際、日ごとリオウはやつれ、衰弱していく。休めといっても聞き入れない。一方協力しているという楸瑛は至って元気で、こないだはのんきに絳攸の横で歌など歌っていた。ちびた蠟燭をとりかえること以外で本当に役に立っているのか、劉輝は胡乱《うろん》に思っている。

「うーさまからも、休まないと体がもたないって言われていただろう。リオウくん、ほとんど休憩をとってないじゃないか。ほら、水飲んで」

リオウは水の飲みかたを思いだしたように楸瑛が渡した竹筒の水をごくごくと一気に飲み干した。

劉輝は絳攸のそばにあぐらをかくと、ここまで抱えていた大きな布包みを解いた。

「秀麗からの差し入れだ。三人分つくってくれた。今日はもう休んで、食べよう、リオウ」

「…………悪い」

「なぜ謝るのだ。余が礼をいいこそすれ、謝ることなどなにもないだろう」

劉輝は思いだしたように笑った。

「前も、リオウと秀麗と三人で、秀麗のつくってくれたご飯を食べたな。府庫で」

「……そうだな」

牢の中の夜食でも誰も気にしない。劉輝と楸瑛が弁当を広げて支度をする。リオウは指一本動かす力もない。一日が終わると精神も体力も使い果たして動けなくなる。王が棗《なつめ》の実を口に入れてくれた。リオウを気遣って声を低める王と藍楸瑛の、他愛なくてノンキな会話が不思議と心地いい。また口に棗の実。

「……そういえば、九彩江でのことだが、訊《き》きたいことがある」

座っているのもやっとだったリオウも、腹にものを入れるうち、元気が戻ってきた。箸をとって食べるくらいに。

「何だ？」

「九彩江であんたらが宝鏡山のご神体をぶっ壊して帰ってきたって報告が仙洞官からあがってきたんだが、本当か」

劉輝は目を点にした。

……ご神体？

劉輝は高山病でずっと寝っぱなしで、起きれば瑠花に馬鹿にされ、気づけば舟《ふね》で流され、隣山の藍家別荘に戻ったら楸瑛に剣でコテンパンにのされてしょぼくれた覚えしかない。

劉輝は、バツが悪そうに鼻の頭をかいていた楸瑛を小声で問いつめた。

（楸瑛!? 聞いてないぞ。そんなことがあったのか!?）

（……みたいです。でも誰が壊したか、わからないんですよね……）

誰かが宝鏡を壊したのは確かだが、いったい誰がなにゆえに壊したのかもナゾである。
有力なのは『燕青がうっかり壊しちゃった』という説だが、本人は全面否定している。

「宝鏡山の神鏡は、先々代碧家当主の遺作で、史上最高の傑作で名高かったんだ。二十年にいっぺん碧家が鏡を奉納し直すならわしだが、あれなら百年はもっていわれてた名品中の名品で、次の鏡が奉納されたら碧家に返納する約束だった」

「…………………………」

劉輝と楸瑛は青くなった。そんないわれがあろうとは。
原因が何であれ、劉輝が宝鏡山に出向いたせいで結果的に壊れることになったのであろうと想像はついた。

「……す、すまぬ……わ、悪かった」

「お前のせいじゃない。そうか、壊れたのは本当か……奉納し直さなくちゃならないか」

「……壊れた宝鏡は仙洞省の管轄下にあったのか？　そなたの責任になるのか？」

「縹家と仙洞省、あと碧家の管轄だが……なんでそんなことを訊く？」

「……沈んでるように見える。叱責《しっせき》を受けたりするのか？」

リオウは驚いた。少し迷い、別に言う気のなかった話をすることにした。

「……いや。ただ、宝鏡山のあのご神体はいわくつきの別格でな。何せ鏡の製作者は必ずつくった直後に死ぬ。例外はない」

「なんだそれは！」

「詳しい製法は碧家にしかわからない。鏡作りに志願するのは将来を属望《しょくぼう》された若手が多いみたいだけど……。二十年にいっぺん、碧家は必ず一流の芸術家を死なす。不思議なことに、碧家は嫌だと言った例《ため》しはない。前任者がつくったその宝鏡を見ると、誰かが取り憑《つ》かれる。実際、その宝鏡をつくる者は、芸術の守護仙・碧仙《へきせん》と会えると言われてる」

リオウもその宝鏡を見たことがある。確かに美しい鏡だった。けれど、リオウにとってはそれだけだ。命を擲《なげう》ちたいと思う気持ちはわからない。

同じく異を唱えた碧一族がいた。それが先々代の碧家当主だった。

「……二十年に一度は短すぎる。先々代はそういったらしい」

『さして生きてもいないのに、どうしてたかが鏡のために若い命を散らしてもなどといえよう。人の身で及ばぬものを、つくろうなどとおこがましい』

楸瑛は首を捻った。

「……碧家の先々代当主……？　どうしてだろう。覚えがないな……」

「だろうな。ものすごい自堕落で酒好きな放蕩《ほうとう》モンで——まあこれは碧一門には珍しくないが——ありえないくらい何の芸才もないことで有名だったらしい。当主なんて名ばかりで、宝鏡をつくった功績に鑑《かんが》みて死後先々代として系譜に載っただけで、生前に襲ったわけでもない。生涯で残した『作品』は、宝鏡山のご神体のたった一つきりだ」

「？　史上最高傑作なのだろう？　何の芸才もなくてなんでそんなすごい鏡をつくれたんだ？」

「それが今も碧家で語りぐさになってる七不思議だ。なぜ先々代があれをつくれたのか、いまだに誰もわからない。本当に碧仙と会ったのではないかと言われてる。それはどうだか知らないが、俺は宝鏡をつくる前にそいつが残した言葉が気に入っててさ」

なんの能もなくて昔から一族の笑いもの、誰からもバカにされていたという先々代が、……なんとなく自分と重なって、リオウはその先々代を調べたことがあった。

『二十年に一度では短すぎる。「契約」だから仕方がないが、せめて自分の孫の代くらいまではなんとかしたいものだよね。鏡に取り憑かれて死ぬなんて馬鹿げてる。私でいいだろう』

今までろくな作品をつくったことがなく、そもそもなんの創作意欲もなかったという彼が、どんな気まぐれで自ら宝鏡をつくろうと思い立ったのかも、わからない。

ある日突然ふらりとどこかへ消えた彼は、やはり不意に帰ってくると、宝鏡を差し出したという。その間、彼がどこで何をし、どうやってその宝鏡をつくったのか、一切語らないまま、死んだ。

最初で最後、歴代最高傑作と碧一門が手放しで賞した、鏡一枚だけを遺《のこ》して。

それは、とても特別な鏡となった。

「……いったろう。普通なら二十年で奉納し直すが、それは百年もつはずだった――と」

当時先々代が何歳だったかはわからない。ご神体の作り手は鬼籍ならぬ『仙籍』に入ったと見なされ、人ではないものとして生没年を抹消されるからだ。……リオウは何となく、もしかしたら相当若かったのではないかと、数少ない記録を読んでいて思ったものだ。

芸のためでなく、ただ子孫を生かすために宝鏡をつくって死んだ、変わり者の当主。

「……でも、壊れた。壊れたら、誰かがつくりなおさなきゃならない」

あの宝鏡をつくった者は、直後に必ず死ぬ。例外はない。

「……碧家は、もう次の作り手を決めた。志願者が出た。碧幽谷《ゆうこく》——碧歌梨だ」

「歌梨殿が!?」

歌梨は新貨幣の意匠《いしょう》を確定させてすでに朝廷を出た。

リオウは劉輝がいったとおり、自分が沈んでいたのだと気づいた。

「……あの女、確か旦那《だんな》と……小さい子供がいたろ」

「死ぬくらいなら、そんなものつくらなければいい！」

「……宝鏡が割れた後、何があった。藍龍蓮がいなかったら、どうなってたと思ってる。古くからのしきたりにも理由があるんだ」

九彩江の地震は劉輝の口をつぐませるに充分だった。まるで地底から龍《りゅう》がおきあがるかのような不気味な山鳴り。

碧家は二十年に一度命を賭けて宝鏡をつくり、社にて藍家と縹家が守ってきた。

それが蒼玄王《そうげんおう》と交わした古《いにしえ》の『契約』。

青ざめながら肯きはしない劉輝の苦悩をリオウは感じた。……この男はいつも、他の誰かのためにこんな顔をする。

それは、紅秀麗を思い出させた。

「……お前のせいじゃない。縹家《うち》のせいだ。……宝鏡山で伯母上《おばうえ》に……縹瑠花に会ったろ」

「……知ってたのか」

「わかってる。鏡を壊さなきゃ――」

紅秀麗は伯母上によってさらわれていたはずだった。

だから、誰かが鏡を壊したのだろう。紅秀麗を守りたかった誰かが。

そもそもご神体を守るのは、藍家と縹家の役目。どんな理由があれ、鏡を失った責めは縹家にあった。

宝鏡の製作を引き受けた碧歌梨は、鏡をつくりあげたあと、代々の作り手たちと同じように死ぬのだろう。

城を出る前、リオウの許《もと》を訪れた碧歌梨は、鏡を壊したことに文句を言いまくったが、最後まで「つくらない」とは言わなかった。

『碧家の「仕事」だから引き受けたんですのよ。王が王たる義務を果たすように、碧家は碧家の義務を果たしましょう。ご神体がぶっ壊されたらつくり直すのもまた古の約定。仕方ありませんわ。それが彩八家たる者の役目。でも、縹家もしっかり縹家の義務を果たしなさいっ』

彩八家の役目。あらゆる権力を許されるのと引きかえに、課せられた古の契約がある。その義務を縹家が軽んじたために、碧家の先々代が自分の命と引き替えにして、与えてくれた猶予を台無しにした。

……リオウは臍《ほぞ》をかんだ。

『縹家もしっかり縹家の義務を果たしなさい』

当主である父は、まったく自らの仕事にやる気がない。伯母の瑠花は――。

……李絳攸にしたことを思えば、あれがあの人の現実だ。

長い長い間、父に執着して生きすぎたのかもしれない。昔は違ったらしいが、今は自分の望みを叶《かな》えることしか頭にない。宝鏡が壊れ、碧歌梨が死ぬのだと言っても、それが？　と言ってのけるだろう。

紅秀麗に会《お》うてみたかったから、あの宝鏡と珠翠を使っただけじゃ、と。

……もう縹家には、「縹家の約定」を最優先に守ろうとする者はいない。縹家たる矜恃《きょうじ》をもち、課せられた義務を果たそうとする者がいない。

『仙洞令君《せんとうれいくん》を引き受けた以上、あなたがこの朝廷における縹家の名代。何も知らなかったではすまされませんの。縹一族たる義務と、仙洞令君としての責務を自覚なさい。その名と官位に恥じない行動をおとりなさい！　宰相会議に座を連ねる重責と立場の重みをわきまえなさい。自分の頭で考えて判断し、そのすべての責任を自分で負う覚悟をおもちなさい！』

……リオウはそんなこと考えもしなかったのだ。

あの閉ざされた一族でリオウが卑しまれていようが、異能がなかろうが、リオウは縹家の人間だった。ゆえに碧歌梨も、羽羽でなく、まっすぐリオウに怒鳴り込んできた。縹家の役目を怠ったことの自覚もない仙洞令君に。

自分がこの女を死なせるのだと──理解した。

それが、無関心であったことの代償。縹家の代償だ。

「──リオウ」

リオウは我に返った。王はひどく悲しそうな顔をしていた。

「余は……何も知らなかった。宝鏡山の鏡を、二十年に一度、碧家がつくっていることも。つくるたびに……その作り手が死んできたことも」

「……お前のせいじゃない。藍家も知らなかったはずだ。藍家は九彩江に点在する鎮守の社を守り、それぞれに奉納されているご神体を守る。それが役目だ。そのご神体がどうやってつくられているかまでは知る必要もない。知らなくてもいいから伝わらなかっただけだ。知ったとしても誰かが肩代わりできるものじゃない。それぞれがそれぞれの役目をまっとうしていればそれですむ話なんだ」

劉輝にはそうは思えなかった。少なくとも知っていたら、神鏡を壊さないように気をつけることくらいはできた。

あまりにも各家が分断されている気がした。しきたりを疑わず、互いに知らないことが多すぎる。

今とは別のやり方を、もっと良い道を、さがそうともしないのは違う気がした。

(絳攸なら)

どう思っただろう。どんな風に考え、どんな意見をくれただろう。

なんでもいいから、話がしたかった。怒られてもいい、何をいわれてもいい。声が聞きたかった。いや、話なんかしなくたっていい。ただ『絳攸』に会いたかった。

絳攸は瞼《まぶた》をとじていた。胸の上に〝花〟の佩玉《はいぎょく》を抱いて。昏々《こんこん》と眠っている……。

リオウもまたそんな王の横顔に胸が痛くなった。

伯母が李絳攸に何をしたかを知ったとき、怒りがわいた。

よりにもよって王を利用して、腹心の李絳攸を陥れるとは。

リオウは初めて伯母に逆らっている。

間違っていると、思った。

李絳攸が官吏として非を犯したなら、それは朝廷で裁くべきことだ。こんなふうに、横から手出しし罷免に追いこむなど、許されていいはずがない。

……こんな方法で、人を踏みにじっていいはずがない。

縹家の力は、こんな風に使うためにあるのではない。

それでも伯母に刃向かうためにはありったけの勇気が必要だった。羽羽が同意してくれたから、その勇気を今も握っていられる。

誰にも拠《よ》らずに自分で決断するというのは、……こんなにも不安なのだ。

自分でこれなら、王はその行動一つにどれほど悩むのだろうと、ふとリオウは考えた。

＊　＊　＊

パタパタと、二羽《わ》の文鳥が闇を飛び交う。それぞれ脚の爪で火の入った箱提灯を下げて飛んでいるので、真っ暗な洞窟内でも明るい。

その火灯りを頼りに、絳攸はせっせとつるはしをうっていた。洞窟の奥の落石現場で。

「なぜこんなことを俺が！」

俺が、俺が、こんなこと、なぜ、と洞窟内を谺《こだま》する。

縄梯子《なわばしご》で谷底を越え、山中で出くわした大虎から逃げ、筏《いかだ》を手作りして急流を下った。川面でプカプカと、鰐《わに》が並んで昼寝をしている上を、命がけのけんけんで渡りもした。そうしてリオウに言われるがまま洞窟を進んだら、行き止まりだった。リオウ文鳥が出してくれたのは大量の火薬だった。それで絳攸は即席発破《はっぱ》師としてどんづまりを爆破したところだ。煙で目がしみる。

「つるはし、だしてやったろ。がんばれ。落石を片づけたら洞窟の出口だ」

リオウ文鳥が絳攸の手元を照らしながら言う。落石をのけたら洞窟の出口ということより、自分の職業が文官であることを絳攸はあやしみはじめていた。リオウ文鳥の道案内は間違っているのではないかという疑いは抱かなかった。いかな悪路も、永遠に出口にたどりつけないよりは良であると、絳攸は知悉《ちしつ》していた。

やや寂しいのは、癒し系うーさまが最初以来こなくなったことだ。それは我慢できるが、ぶち切れそうになったのは、うーさまのかわりに白文鳥の姿でしゃべりだしたのが――。

「ガンバレーガンバレー絳攸！　なんか今大変だって～？　君の苦労に寄りそうよ。わかるわかる大変だよね」

愛らしい白文鳥の姿をしていなかったら、きゅっと首を捻《ひね》っていたほどの殺意を覚えた。

「うるさい楸瑛!!　歌うな！　しゃべるな！　応援するな！　黙って飛んでろっ」

厄介なことに、リオウとは会話ができるのに、楸瑛のほうは一方通行でしゃべり倒すだけなのだ。絳攸は腹立ちまぎれにつるはしを打って打って打ちまくる。

「絶っっっ対出てって、殴る。ぶん殴ってボコボコにしてやる」

そのとき牢屋では、リオウが楸瑛に「……かなりやる気になってるな。その調子でやってくれ」と頼んでいた。

桜文鳥は洞窟をパタパタと飛びながら「君とぼくの思い出は～甘酸っぱくほろ苦く～」「初めての出会いは絶賛迷子中の君～」「いろいろあって女の子嫌いになっちゃって、まあ大変～」などと聞きたくもない歌を披露する（なぜ歌。しかも妙にうまいのが頭にくる）。

「……ねえ、絳攸、主上がね、君のことをずっと待ってるよ」

絳攸はつるはしを打つ手を止めた。

「〝花菖蒲〟もらってから……楽しかったね、絳攸」

……楸瑛の口から、楽しかったという言葉を聞こうとは思わなかった。

「楽しかった。私は、どんなにバカなことをしたと思っても、間違ったことをしたなって落ちこんでも、〝花菖蒲〟をもらう前に戻りたいとは、思わない」

〝花菖蒲〟をもらう前の自分がどうだったか、絳攸はよく思い出せない。

「たくさんの時間を三人で過ごしたね、絳攸。秀麗殿と静蘭が茶州に行っている間は、王と毎日のように一緒にいた。お忍びで城下に遊びにいったり、月見酒を交わしたり、酔っぱらって三人で朝日を拝んだり」

　そう、思い出すのはバカなことばかりだ。そんなバカなことができる相手は、楸瑛と王だけだった。

「……白状すると、幼馴染《おさななじ》み以外、そんなに長い間、他人と一緒にいたことはないよ。浅く広く、それでいいと思ってた。君とも、霄太師に一緒くたに主上の傍付きにされるまでは連れ立って歩くような仲じゃなかったしね」

「そうだな」と絳攸は言った。あの日、〝花〟を楸瑛と二人で王から受けとらなかったなら、絳攸は楸瑛と関わらずに生きていただろう。

「不思議だね。私は、あんなに他人とくつろいで笑った日々は、他に知らない」

「……ああ。俺もだ」

「あんなに、自分のことをあとまわしにして、二番目でもいいなんていって、ひたすら待ちつづけてくれるひとを、私は知らない」

紅家と藍家をいつも優先してきた楸瑛と絳攸を、ただのひと言も責めず。

下賜された〝花菖蒲〟に、疑問を抱く自分たちを見ても、答えを出すのを待ってくれた。

「絳攸……私はね、あんなに裏表なく私を必要としてくれた人を、他に知らない。なんにももたない私でも、追いかけてくれた人を知らない」

なんにももたない絳攸でも、必要としてくれる。

最後の最後まで、揺るぎなく信じてくれる。

だから、あの場所は溺《おぼ》れるほどに居心地が良かった。

今の絳攸の手に、〝花菖蒲〟はない。

二羽の文鳥がピピ、と啼《な》いて、箱提灯を地面に置く。文鳥が静かになる。絳攸の手からつるはしが消えていく。時間切れだ。箱提灯が一つだけ残った。暗い洞窟を、火影が寂しげにチラチラしている。

絳攸は箱提灯をとりに行き、洞窟の出口を塞ぐ石を黙々と手で一つずつのけていった。果てしなくそれを繰り返した。白文鳥と桜文鳥は眠ったようだった。やがて石が向こう側へ突き抜けた。隙間から細い光が差した。

洞窟を出ると小さな原っぱで、草むらに花菖蒲が一輪揺れていた。

絳攸はその花菖蒲を摘みとった。

「……俺もだ、楸瑛。〝花菖蒲〟をもらう前に戻りたいとは、思わない」

後悔があっても、過ごした日々に偽りはない。

「……楽しかった。だから、俺はあいつと、ちゃんと話をしなくちゃならん」

それがどんな話になっても。

それに、いい加減に王の顔が見たかった。

『……王を、死なせたくないんだ』

楸瑛の最後の言葉が、絳攸の耳に残った。

第四章　謎の尚書

秀麗は官用馬車に揺られながら、見るともなしに外を見ていた。馬車の窓は貴陽の家並みと、大路を行き交う都の人々ののどかな風景を映している。

あれから半月が経つが、絳攸は依然としてあのままだった。

『この間が藍将軍で、今度は絳攸様。立て続けに、王の側近が二人とも……。何か起こっている気がするの。目先のことじゃなくて、もっと大きな。ヘンな言い方だけど……たとえば今回絳攸様を助けても、元に戻らない気がするの』

自分でいったあの言葉が、ひどく大事な気がしてならなかった。

「姫《ひめ》さん、今日も吏部尚書に会いにいくのか？」

「えっ、あ、ええ」

今日の燕青は馭者台でなく秀麗の隣に座っている。燕青の側の窓からはおさまりの悪すぎる棍《こん》が半分つきでていて、道行く人々の不審を買っていた。後ろ指をさす人や、子供の手をひいてそそくさと逃げ去っていく母子連れを見れば、どうも『凶悪犯護送中』と勘違いされているらしかった。燕青の棍と髭面《ひげづら》のせいで。

「めちゃめちゃ逃げられて顔もまだ見てないって？」

秀麗は溜息をついた。

「……そうなのよ。何回訪ねても留守なの。官吏や衛士に在所をきけば口々に『あっちで見かけた』『繁みの中にいた』って教えてくれるけど、影も形もないのよ。木の上から池の底まで棒でつついてあちこちさがしまくっても、もう頑として隠れて切れっ端さえ見せないの。あのど根性、叔父《おじ》ながらお見事だわ」

嫌われてるのかしら、と思い、秀麗は結構へこんでいる。

「……あーウン、姫さんとどっこいどっこいのいい勝負ですげー姫さんの叔父っぽいわ」

塩屋の横を馬車が通りすぎていく。窓からつい値札を確認してしまう。……少し高めの料金だが、夏も終わったし、騒ぐほどのことでもない。

秀麗は御史台に入ってから起きたことを思って嘆息しそうになった。と、何かが引っかかった。何かが気になる。

考えこんでいたら、やにわに外で「スリだぁ！」と叫び声がした。

貴陽では二六時中騒動が起きる。が、十三姫と会ったときと違い、今回は出る幕はなかった。秀麗も燕青も。

頭巾《ずきん》をかぶった人物が、男の腕を素早くとらえ、捻《ひね》って放り投げて地面に叩《たた》きつけるのが馬車から見えた。頭巾から零《こぼ》れたのは長い髪。

秀麗は仰天した。本当に十三姫かと思った。

「……十三姫!?」

「はい?」

と頭巾の中から答えたのは十三姫ではなかった。ずっと大人の女性のようだった。頭巾から、どことなく中性的な面差しの、身分卑しからぬ美しい女性が窺《うかが》えた。

官用馬車から降りてきた秀麗を見ると、彼女はハッとした。

女性はお供らしき少年を連れていた。その少年も良家の子息といった品があり、一抱えほどの布の包みを抱いていた。巾《きれ》からのぞいていたのは、琵琶《びわ》だった。

女性はにこっと秀麗に笑いかけると、お供の少年を連れて去っていった。

手を振りながら、何度も何度も彼女は振り返ったので、秀麗も手を振りかえした。

すると、人混みの間から、ひときわ大きく最後に手が振られた。

隣で燕青が訊いた。

「なんだ、姫さんの知り合いだったのか?」

「……覚えはないけれど、このごろ、相手だけが知ってるってことが多いから」

そう――十三姫の件もそうだ、と秀麗は思った。

(……わかった。さっき何が気になったのか――)

背筋がうそ寒くなった。なんてことだろう。

大事なことを失念していた。

「……燕青、今日から仕事、増やすわよ。しばらく御史台で寝泊まりよ」

「へーい。徹夜はいーけどさ、姫さんの手料理がめっきり食えなくなるのがなぁ」

「あとでたくさんつくってあげるわ。当分は隠れんぼおにぎりで我慢して」

秀麗は馬車に乗りこんだ。

「燕青。吏部尚書に会いにいくのは、今日で最後にする」

＊　＊　＊

――こんなお伽話《とぎばなし》、小さい頃に読んだわ。

不思議なお城にきた主人公が、渡された鍵でお城の扉を片っ端から開けてまわるのだ。

お伽話ではどの室もぎっしり財宝で埋まっているけれども、秀麗のほうの顚末《てんまつ》は――。

(……もう開ける扉もないわ……)

最後の一室《ひとへや》も無人だった。秀麗はがっくり肩を落とした。

あきらめて御史台へ戻ろうとしたその時、室の奥にもひっそりと扉があるのに気がついた。

近寄ってみると、中から人の話し声が微かに聞こえる。秀麗はそっと扉を押し開けた。

「失礼します。吏部尚書はこちらにいらっしゃ――あらっ」

秀麗は目を丸くした。慌てて胸の前で両手を重ね合わせ、礼をとる。

「欧陽侍郎！　ご無沙汰《ぶさた》いたしております。相変わらず――」

完璧ですけどいろいろジャラジャラしてますね——と言いかけ、呑みこむ。

中にいた工部侍郎・欧陽玉《ぎょく》はキラリと目を光らせた。

「相変わらず、なんですか？　はっきり言いなさい」

「あい……あい、相変わらず……えーと、ステキな御髪《おぐし》でございますね！」

「当然です。毎日時間をかけて鏝《こて》で巻いているのです。あなたのように朝に一度ザザッと櫛《くし》を通したっきりの手抜き髪と一緒にしないでいただきたいですね。髪もほつれて官服に皺《しわ》が寄ってますよ。沓《くつ》もちゃんと磨きなさい。落ち武者ですかあなたは」

落ち武者——!?　そ、そんなにひどくはない……と思うけれど。秀麗は恥じ入った。あとで髪を梳《と》かしなおそう。

「すみません……以後気をつけます……」

「よろしい。十人並みの見栄えは致し方ないとしても、せめて身だしなみには気を配りなさい」

「……。……はい。あの、本日、吏部尚書はどちらにいらっしゃるかご存じですか」

「そんなもの私が知ってるわけがないでしょう。こっちの男に訊《き》きなさい」

欧陽侍郎はもう一人の男に転送した。

それまで作りつけの書棚に背を預けて二人の会話を聞いていた男は、顔をしかめて欧陽侍郎を睨んだ。

それから、男は外の庭が見える半部《はじとみ》の一つを指さした。

「吏部尚書室にいないなら、あのへんの茂みか木の上にでもいるかもしれませんね。見つかるかどうかは捜し方次第です」

「そうですか……わかりました。ありがとうございました」

「ちょっとお待ちなさい」

といったのは、欧陽玉だった。欧陽侍郎は男を指さした。

「どう思いますか、この男の髪型を」

「え？　ど、どうって」

「いいか悪いかで結構。鏡も見ずに髪を適当に手櫛で梳かしておしまい娘に深い洞察と芸術論に富んだ批評など期待しておりませんので。さ、正直に言いなさい。心のままに。無回答は受け付けません」

「そんな！」

欧陽侍郎がひたと秀麗を見据える。答え次第で秀麗の命運もわかれそうな気がした。

（ど、どっち⁉　欧陽侍郎はどっちの答えを望んでいるの⁉　いい⁉　悪い⁉）

欧陽侍郎の顔に答えを探そうとするも、さすが高官。心を読ませない。

秀麗はココロのままに男性を見てみた。短い髪も、眼鏡が白く光ってわかりづらいが、それでも非常に迷惑そうなのが見てとれる。髪の色が途中から違うのも、この人には似合っている……気がする。秀麗はごくりと生唾《なまつば》を飲みこんだ。

「……い、いい、と思います…………ケド」

数拍の沈黙の後、欧陽侍郎は至極満足げな微笑を浮かべた。

「結構。お下がりなさい。あなたにも多少の見る目はあるようですね。この髪は私が切ったのです。どうにもこうにも傷んでいて短く切るしかなかったのですが、なかなか気に入っています」

危なかった――!! 秀麗はからくも危機を脱した。悪いデスなんていおうものなら、美の求道《ぐどう》者の怒りを買って子々孫々末代まで祟《たた》られていたかもしれない。

秀麗は一度室を出ようとし、気になってまたひょっこり首を出した。

眼鏡の吏部官をまじまじと見つめる。どこかで見たような。

「……あの、失礼ですが、どこかでお会いしたことはありませんか？」

男はにっこりと笑った。

「前世でお会いしたのでしょう」

「すみません勘違いでした」

秀麗は飛んで逃げていった。

欧陽玉は白い目を楊修に投げた。

「……あなたそういうあやしい商売もしてたんですか。前世ってなんです。全然気づかないあのお嬢さんもお嬢さん……とは言えませんが今回は」

楊修はその気になればすぐにどこにでも埋没してしまう。変幻自在とは楊修のためにあるような言葉で、とにかく雰囲気がガラリと変わる。行き合っても見破れるのは欧陽玉くらいだろう。実のところ友人とはいえ、楊修はそれだけは面白くなかった。何度やっても一目で看破する。

「で、何しにきた？　今の私は超多忙なんだ」

「この私直々に切った髪が乱雑に扱《あつか》われてないかどうか確かめにきたに決まってるでしょう」

「切らせろとかいって勝手にザクザク切っといてなんでそう偉そうなんだ君は？」

「似合ってるからです。我ながら上出来です。変装するときいつも私の厄介になっていて、いまだ感謝の歌ひとつ捧《ささ》げないあなたのほうがよほど偉そうですよ。しかしあなたの上司も暇ですね。ここ数日、あのお嬢さんから逃げ回っているだけで給料がもらえるとは」

「もうしばらくの辛抱だ」

半蔀の向こうに、吏部尚書をさがして紅秀麗が素直にやってきた。

「楊修……あんまり景侍郎に心痛をかけるのは感心しませんね。数少ないまともな——じゃない、まっとうな高官なんですからね。あの方に甘えるのもほどほどになさい」

楊修はバツの悪そうな顔をした。

「あれは……反省してる。イライラしていて……ついきつくなった。怒って…らしたか？」

「ご本人に謝ることですね。イライラですか。あのお嬢さんの義理の従兄《いとこ》の李侍郎の件で？」

楊修は黙る。こういうとき、嘘の通じない友人というのは厄介だ。

外では秀麗が藪《やぶ》を木の棒でガサガサつついて黎深を捜索している。

（惜しい。ちょっと仰向いて木の上をつつけば、お捜しの黎深ゼミがボタッと落ちてくるんですけどねぇ。坊ちゃん育ちだから木にくっついてるのが精一杯でしょーし）

黎深と絳攸が案じていた娘。いま官吏として残っているのが彼女のみとは皮肉だった。

「あなたが自ら李侍郎を切るとは思いませんでしたよ、楊修。まさに手塩にかけて育ててましたからね。自分のかわりに侍郎にまでして。何があったんです」

「いや、特に何もないな。何もなかったからこうなっただけだ」

「……ずっと不思議に思ってましたが、なぜあのとき彼を吏部侍郎に推したんです？」

李絳攸は優秀だったが、あまりに若すぎた。楊修でも若輩だと上から文句がきていたのに、さらに若い。経験も浅く、かててくわえて上司になる紅黎深は養父。

「私はあなたより先に侍郎になるとは思ってませんでしたよ。あの酔いどれが上司になったのはそれ以上に青天の霹靂《へきれき》でしたがね。紅黎深の手綱なら、あなたのほうがうまくとれたでしょう」

「まあな。だが、それだけだと思ったんだ」

「え？」

「私が副官になるだけで、他は何も変わらないだろうと思ったんだよ」

楊修の目は秀麗を追いかける。

正確には、同じようにして吏部尚書を毎日さがしていたかつての絳攸を。

「……絳攸には決定的に足りないものがある。侍郎にすれば、埋まるかもしれないと思った。だが、結局何も変わらなかった。それはそれで仕方のないことだ」

「本当にそう思ってるんですか？　陸清雅に潰《つぶ》されるくらいなら、自分で片をつけた方がマシだと思ったんでしょう。陸清雅が介入すればただちに失脚への一本道が敷かれますからね。だから先に動いた。猶予をつくって、お嬢さんの動ける余地を残した。まだ少し、期待してるんでしょう。最後に会いに行ったらどうですか」

　楊修は訝しげに欧陽玉へ視線を戻した。らしくないように思えたので。

「……何かあったのか？」

「そうですね。多少のことは。私の従兄の子供の母君の話なんですが」

「つまり碧珀明の姉君だろう。碧歌梨殿だったか。まどろっこしい」

「ええまあ。碧家一門の至宝、碧幽谷殿のことです。王やら何某《なにがし》やらが下手を打って、そう遠くないうちにお亡くなりになることになりました」

「は？　なにを不吉なことをいって……」

「さすがに碧家が、怒りましてね。まあ私もカンカンに怒ってますが。碧珀明も、さすがにこたえるでしょう。よくみといてください」

　楊修もまた友人の言葉が嘘か否かくらいは見破れる。このとき、もう一つ楊修が感じとったものがあった。

「……碧州に帰るのか」

「それは珀明殿次第ですが」

「お前のことだ」

半部から吹き込んできた銀杏《いちょう》の葉を、欧陽玉は拾った。

「たぶんね」

素っ気なく欧陽玉は答えた。

「もうあの酔っぱらい上司に付き合わなくてすむと思うとせいせいしますよ」

銀杏の葉は黄色に染まっていた。秋がきていた。庭院《にわ》の木にも、朝廷にも。

「ここまできたら李侍郎は罷免されるでしょう。間違いなくね。今さらあなたの計画に支障はないでしょう。イライラするくらいなら、最後に顔を見に行ったらどうです」

＊　　　＊　　　＊

秀麗は結局吏部尚書をつかまえられないまま、スゴスゴ御史室へ戻った。

燕青は一目でむなしい釣果を見抜いたようだった。

「やっぱダメ？」

「ダメ。今日で断念するって決めたから、ここで切り上げるわ。燕青のほうはどう？　聞き込み」

燕青は筆の尻《しり》で耳の上をかいた。渋い顔をする。

「姫《ひめ》さんが毎日派手に吏部を駆けずり回って注意引いてくれたから聞き込みは楽だったけどさ。結果ははっきりいって全っ然よくないな。むしろ悪い。清雅君の調書が正しいって裏付けられただけだ」

女官吏は悪目立ちする。秀麗が吏部で「李侍郎って、最近仕事ぶりどう？」なんて訊《き》いて回ろうものならまたたくまに揣摩《しま》臆測《おくそく》が乱れ飛んで、次の日には廐舎《きゆうしや》の馬まで絳攸の噂をしているだろう。

なので情報収集は燕青に任せた。毎日騒々しく秀麗が吏部尚書を捜しまわることで、燕青が目立たずに聞き込みを進められればいいと思った。

その気になれば燕青は武官にも文官にもすんなりとけこめる。しかも燕青一流の呑気《のんき》な風情は相手に警戒心を抱かせない。

燕青は吏部はもちろん、吏部と関係のある部署にも片っ端から当たっていた。

それだけに、今の燕青の報告には落胆した。

「姫さん、今日はやけに落ちこんでるな？　どした」

燕青にはなんでもかんでもばれてしまう。秀麗は素直に打ち明けた。本当に落ちこんでいた。

「……同期が吏部に在籍してて、絳攸様のこと、すごく尊敬してた子だったの。絳攸様を追いかけて朝廷に入ったっていってたくらい。でも――」

絳攸の話を聞きに行ったら、名を出すやいなや碧珀明は顔を強張らせ、「……悪いが、今はあのひとの話をする気分じゃない」と言い捨てて、去ってしまったのだ。

「そっか。そりゃしょげるな」

「しょげてるわ。だって、調べれば調べるほど、……絳攸様をかばえなくなるんだもの」

「…………」

絳攸は間違いなく優秀で、有能だ。それは経歴が証明している。けれど――。

今の絳攸には、一つだけ、欠けているものがあるのかもしれない。

それは、吏部侍郎という官位に、必要不可欠なもの。

「燕青、私最初にね、葵長官にいわれたのよ。絳攸様は絶対クビにするって。絳攸様の何を以《もっ》て朝廷に必要だというのか、証拠を並べ立てて私に知らしめてみるがいい――って」

『御史大獄までに考えておくんだな。その答えがわかれば、お前は必ず李絳攸の弁護から手を引く。ひと月捜査をしてもわからず、御史大獄の日まで李絳攸の留任をほざいているようなら、そんな無能は御史台に必要ない。李絳攸と共に仲良くクビだ』

燕青は頷《うなず》いた。

「……間違ってないな。吏部侍郎に就任してから――特にこの半年の行状は痛い。李侍郎さんが今の状態でなくても、状況は変わらなかったろうな」

絳攸は吏部侍郎としてしなくてはならなかったある決断を、この半年、最後までやらなかった。……いや、できなかったのだろうと思う。それこそがおそらく葵皇毅がクビにするといった理由であり、絳攸にとっての致命傷だった。

「上司が悪かったといえばそれまでだが、そんなもんは『やるべき仕事』をしなかった言い訳にゃなんねぇ。木っ端役人ならともかく、大権を預かる侍郎だと跳ね返るモンが大きすぎる。姫さんが現状を踏まえて、李侍郎は立派に職責を全うしてます、問題は何もありません、吏部侍郎として適任ですと弁護したら……ま、御史の能力を疑うな」

そうね、と秀麗は呟いた。

「……適性皆無って、葵長官に私もクビにされるわね。絳攸様と一緒に」

絳攸も、自分の落ち度をわかっていたから、おとなしく清雅に捕まったのかもしれなかった。気づいていても、どうしようもなくて、ずるずるときてしまって。

「どうする？　葵長官の言う通り、手を引くか？」

「……ひかないわ。最後まであきらめないわよ」

「大事な師匠で、身内だから？」

秀麗はキッと燕青を見据《みす》えた。

「違うわ。相手が誰だろうと同じことをするわよ。見落としていることだってあるかもしれない。最後の最後まで力を尽くすのが私たちの仕事でしょう。それができるのは、いま、私と燕青だけなのよ。あきらめないわ。絳攸様にとって、このままクビがいいとは思わない」

燕青は破顔した。

「進退谷《きわ》まってる。ひっくり返すのは、超ド級にむっかしーぞ」

「やらない理由にはならないわ」

「その通りだな。わかった。けど、最後までひっくり返りそうになかったら、俺は姫さんに別な選択をさせるからな。それが俺の仕事だ。李侍郎さんもろともクビになるのは、いちばんアホで無意味で最悪なのはわかるよな。うつくしーく師弟で下野するより、どっちか一方が残るべきだ。可能性があるのは姫さんのほうだ。俺は絶対残すからな」

秀麗にも、燕青のいわんとすることはわかった。

絳攸と一網打尽に秀麗まで免官になったら、劉輝の掌には何が残る。何も残らない。

言葉にするまで、だいぶ時間がかかった。

「わかってる。燕青、そのときは、……絳攸様は私の手で罷免するわ」

最後の最後は、それこそを絳攸も望んでいるはずだと、思った。

〝花菖蒲〟をずっと放さないでいるあの生真面目で優しい人なら。

ぱちぱちと拍手が響いた。

戸口に、昼間、吏部で欧陽侍郎といた眼鏡の官吏が、立っていた。

「だいぶ不用心がすぎますね。内談するなら戸を締め切って会話しなさい」

「す、すみません」

秀麗は驚いた。御史台に出入りできるとは、相当官位の高い人だったと見える。

「私に何かご用件ですか」

向かい合った秀麗を、眼鏡の吏部官が見おろした。

「……そこまで理解したあなたにご褒美として、一つ、教えてさしあげましょう」

「は？」

「清雅が狙《ねら》ってるのは、厳密には李絳攸ではありません」

秀麗は目を丸くした。――え？

「何がまだ守れて、何がもう守れないのか、よく考えて行動しなさい。紅黎深が最初で最後に、王に出したなけなしの助け舟《ぶね》です。まったく、この世の終わりがこようとありうるはずがなかったそんなパンダよりも稀少《きしょう》な機会を、絳攸は全っっっ然気づかず、どぶに捨てようとしていますがね。……そのときはあなたが拾ってやってください」

それから、楊修は李絳攸との面会を希望した。


絳攸の先輩だという吏部官は、一人で地下牢への階段を下りていった。階段の入口で吏部官を見送った後、秀麗と燕青は顔を見合わせた。

「……ねえ燕青、さっき、なんかものすごく何もかもお見通し的な発言だったわよね」

燕青は御史牢の守衛に断って面会人用の帳面をのぞきこんだ。

「面会名簿……お、ちゃんと書いてあら。楊修」

「楊修!?」

「知り合い？」

「え、いえ、名前……同じ人……知ってる……知ってた……けど」

冗官騒動の時、吏部試に受かりたいと秀麗に泣きついてきた青年を思い浮かべる。

いかにもお人好《ひとよ》しそうで、ぼけーっとしていて、どこもかしこもとろそうな。

（年恰好《かっこう》は似てたけど、顔！　楊修さんの顔ってどんなんだったかしら……。清雅と違って影が薄かったから顔の細かい部分までもうよく覚えてナイわ――）

そういえばあの人はどこの部署に配属されたのだったろう。トンと顔を見ない。

しかしまさか今の、見るからに切れ者といった男性と同一人物ではあるまい。あまりにも印象が違いすぎる。同姓同名の別人に違いない。よくある名前と漢字だ。まんべんなく平々凡々で本人も「どちらの楊修さん？　ってよく言われるんですよー」を持ちネタにしていた。それに秀麗の知っている楊修さんは眼鏡かけてなかったし、髪もあんなに短くなかった。

（……。でも、欧陽侍郎がこないだ私が切りましたとかっていってたわよね……）

美の求道《ぐどう》者の手で、ちょっぴり田舎風ダサダサ青年もデキルモテ男に大変身とか!?

……なわけない。いくら欧陽侍郎でも、あの思わず道を譲りたくなるような威風までとってくっつけられるわけがない。

「……他人のそら似だと思うわ……多分」

「ふーん？　でも確かに、デカイお年玉落としてくれてった感じだよな」

秀麗は唇を噛《か》みしめた。彼の言葉は気がかりだったが、他にもやらなくてはならないと思った仕事がある。

のべつまくなしに起こる出来事にまぎれてそれを放ったままにしておいたら、余計あのひとの思うつぼな気がした。

「燕青……こき使ってごめんね。もう少し頑張ってちょうだい」

燕青は驚いたように目を丸くした。秀麗にもなぜだかわからなかったが、どうしてか涙がでた。

「どーした姫さん。疲れたか？　当たり前だろ。そーゆーことは気にしないんだよ。隠れんぼおにぎりつくってくれたら、もうなん頑張りでもしてやるって」

秀麗は涙をぬぐって、うん、と頷《うなず》いた。

燕青はふと地下牢の階段を振り返った。秀麗は楊修さんが引き返してきたのかと思ったが、違った。急ぎ足で階段を上がってきたのは、リオウを担いだ楸瑛だった。秀麗はぎょっとした。リオウは頬骨が浮きでるほどやつれ、生彩がなかった。楸瑛は秀麗に気づいてすぐに言った。

「秀麗殿。リオウくんを診てくれ。もうずっと高熱を出してたのを、薬で騙《だま》し騙ししのいでたみたいだ。衰弱がひどい。これ以上はやめさせて休ませないと――」

リオウが目を開けた。

「……下熱剤をくれ。休めば、回復する。つづけさせてくれ……」

秀麗はリオウの目に気圧《けお》された。これほど弱々しい、生気の枯れ尽くしたような体で、目だけは爛々《らんらん》と輝いていた。その火を燃やすために体が燃料になっているみたいだった。あるいは向こうみずの意地が。

それをリオウの中に見たのは初めてだった。

リオウはどこかに横たえられた。指で床をかいた。起きなければ。

リオウの役目は『出口』を確保し、そこまで李絳攸を援護すること。けれど絳攸が出口に近づくごとに阻まれる。リオウが文鳥に入るのにも手こずるようになった。まるで瑠花が押し戻そうとするかのように、すぐに『外』に排除される。休むより足掻《あが》きたかった。ここでやめたくなかった。そう言った。

紅秀麗が、水をあてがってくれる。リオウは喉《のど》を鳴らしてのんだ。下熱剤の味がした。

リオウの頼み通り。リオウはホッとした。

李絳攸を助ければ、伯母《おば》の逆鱗《げきりん》に触れる。それでもやると思ったことを貫けたなら。

王のこと、縹家のこと、自分のこと。ちゃんと考えられる気がした。

＊　＊　＊

牢屋の外の蠟燭《ろうそく》の明かりが、格子の中に薄ボンヤリ光を投げかけていた。

楊修は鉄格子を開けて中へ入った。

絳攸と『対面』した楊修は、呆《あき》れた。もうダメかもしれないと思った。

現実でも夢の中でも、人生でも、迷ってばかりいる。

いつも、たった一人のために。

「……君がわからないというのはこれか？　紅黎深が何を考えているのか、どうして仕事を一切しなくなったのか、彼がなぜ君に何も言わないのか、なぜ君を助けようとしないのか。なぜ、君に会いに来ないのか。彼が何を望んでいるのか」

絳攸は無言のまま横たわっている。

「まったく……なぜわからないんでしょうね。そのほうが不思議ですよ。あのアワテ娘でさえ、ああして出してしまえる答えなのに」

伝えたいことがどれだけあっても、伝わらない言葉のほうが多かった。

「……君はいつもそうだったな。私がいくら認めても、君には何の意味もなかった」

絳攸の世界には、紅黎深しかいないようだった。

努力を重ね、国試に十六で状元《じょうげん》及第し、朝廷随一の才人とまで言われるようになった。

それが特別でなくてなんなのだ。

けれど、言葉を尽くしても、絳攸は理解しなかった。

子供が親の評価を求めるように。絳攸は黎深の言葉を己の秤にした。

そのままではダメだと思った。いくら稀有《けう》な才があっても、自分の秤がなければ、自分で自分を認めることもできない。いつまでも黎深に左右される子供のまま。

他の能力はもう十二分に備わっている。黎深への依存をやめることができれば、きっと化ける。不世出の官吏になる。

だから多くの反対を押し切って、吏部侍郎に推した。

紅黎深の手綱なら、楊修のほうがうまくとれたろう。絳攸と違って甘くもなければ容赦もせず黎深の捻子《ねじ》をきりきり巻き、吏部を差配する。けれどそれだけだ。

何も変わらないままより、絳攸が変わってくれる可能性を楊修はとった。

「……でも君は呆れるほど頑固に変わりませんでしたねぇ……」

何年経っても、進歩がないまま。

ようやっと、楊修は見切りをつけた。

絳攸は結局『吏部侍郎』になれなかった。黎深のお守り役以外の何物にもなれなかった。

「まあ、君を子供のままにした責任は、紅尚書にもありますけどね……」

待てど暮らせど絳攸は変わらず。きな臭さが漂い始めた朝廷で、黎深が一手を打った。

「どうして紅尚書があんな行動をとってるか、本当にわからないというんですか？　今あなたが何をすべきか、本当にわからないというんですか？　どこまで私を幻滅させるんです。——自分で考えて、答えを出しなさい。君が紅尚書のいちばん近くにいた人間でしょう」

ぴくりと、絳攸の瞼《まぶた》が揺れた。楊修の見間違いだったかもしれない。

楊修は振り返ることなく、鉄格子をくぐり、牢を出て行った。

＊　　＊　　＊

絳攸は朝廷にいた。

リオウ文鳥がただの文鳥に戻ると、それまで山あり谷ありでもどうにかあった『道』が消えてなくなる。かわりに時折、絳攸の記憶の中の風景が目の前に現れる。気まぐれに。

朝廷に、今よりずっと若い絳攸がいる。配属された吏部への初出仕の日。緊張をのみくだし、尚書室へ任官の挨拶へ向かう。中では眼鏡の吏部官と黎深が抗争中だった。思いだしてもヤクザモンの出入りよりひどかった。

楊修は絳攸に気づくと、かけていた眼鏡を外し、皮肉げに口角をつりあげた。

「ああ、ようやく誰かさんと違って使えるのがきたかな。ま、せいぜい長くいてくれ」

それが、楊修の最初の言葉だった。

楊修はトコトン絳攸をしごいた。官吏としての一から十を叩き込み、状元及第の絳攸をこき使い、雑用も山ほどやらせ、ヘマを踏めばガミガミ叱《しか》りとばし、滅多にないが、褒めるときは褒めた。

絳攸の可能性を認め、期待をかけてくれるがゆえの厳しさというものを、絳攸はこのとき初めて知った。一度も逃げたいなどと思ったことはなかった。楊修にとっては絳攸は足手まといなだけで何も得などないのに、時間を割き、心を砕き、教え導き、絳攸と向き合い、育ててくれた。

「どうして俺が楊修様を差し置いて吏部侍郎なんです！」

少し成長した絳攸が、楊修に食ってかかっていた。楊修は不思議そうだった。

「不満なのか」

「おかしいじゃないですか！　誰だっておかしいと思うに決まってます。楊修様がなるはずだった官位です。俺にかわりが務まるわけがありません！」

「なぜだ？　他ならぬ私が君を推したんだ。自信をもてないはずがない。やりなさい。何度もはいわない。――私は君が、私を越える官吏になることを期待している。そうなれる官吏だと思っている。私がしてやれることは全部した。あとは……君次第だ」

楊修はまっすぐに絳攸を見つめる。

「自分が正しいと思ったことを貫ける官吏になりなさい」

どんなに、楊修が自分を気にかけてくれていたか、絳攸は忘れていた。

楊修は、李絳攸を認めてくれたひとだった。

手塩にかけて絳攸を育ててくれた。厳しさのすべてに愛情と期待がこもっていた。その期待に応《こた》えたかった。

官吏において、尊敬する人は誰かと訊《き》かれれば、絳攸は迷わず楊修と答えるだろう。

彼が、何を願って絳攸を吏部侍郎に推したのか。

『――私は君が、私を越える官吏になることを期待している』

……彼は待っていてくれたのだ。ギリギリまで。

『自分が正しいと思ったことを貫ける官吏になりなさい』

与《あた》えてくれた言葉を何一つ生かすことができなかった。

するべきことから目を背けたまま、しまいに癇癪《かんしゃく》を起こし、投げだした。

『そんなに呆気《あっけ》なくあきらめるのか、君は』

最後の最後まで、そう、訊いてくれたのに。

そのとき、絳攸の肩で休んでいた文鳥が楊修の声でしゃべった。

『どうして紅尚書があんな行動をとってるか、本当にわからないというんですか？　今あなたが何をすべきか、本当にわからないというんですか？　どこまで私を幻滅させるんです。――自分で考えて、答えを出しなさい。君が紅尚書のいちばん近くにいた人間でしょう』

第五章　百合の音色

「……考えすぎて頭が沸きそうだわ」

もう何十ぺん読み返したかわからない、清雅の調書を睨《にら》みつける。

清雅はここ半年だけでなく、過去に遡《さかのぼ》って絳攸の動静をつぶさに調べあげていた。

王への女人国試の進言、その際秀麗のみに地方試験免除等の特例措置を王と内々に申し合わせていたこと、紅秀麗と杜《と》影月の前例のない茶州州牧任用の人事にはいかなる根拠も見出せず、経緯不明のまま大官たちの反対を押し切って断行……。紅秀麗と従兄妹《いとこ》の間柄《あいだがら》から、縁故による重用も疑われる……。

『殊に〝花〟授受を境に分を過ぎたる越権が多々見受けられる。公私をないまぜにし、人事権を故意に濫用すること甚だしく、吏部侍郎にあるべき中立性及び公平性を著しく欠くばかりか、その不行跡、資質・見識いずれも国を預かる大官にふさわしからず。官吏の面汚しである』……だとさ」

「……言、言いたい放題言ってくれるじゃないの清雅のやつ……」

秀麗と燕青は押し黙った。二人の頭に、裁判で検察側（清雅）の訊問《じんもん》に絳攸の弁護人

（秀麗と燕青）が出るという笑えない事態が浮かんだ。

　こたえるのは、清雅の指弾に抗弁できないことだった。

「清雅のやつ、今ごろ私のこと鼻で笑って――」

　秀麗は眉を顰《ひそ》めた。……今ごろ？

「そういえばめっきり音沙汰《おとさた》ないわねあの男。たまに面会記録は確認してるみたいだけど、牢《ろう》にまでは下りないみたいだし」

「もう『李侍郎さんは情緒不安定でダメっぽい』って結論づけたんじゃないの」

「だとしたら、じゃあ清雅はいま何をしてるの？」

「そりゃ仕事だろ。ちゃんと出仕してるしな」

「なんの？」

　燕青も表情を改めた。

「清雅はいま何の仕事をしてるの？　清雅から借りたこの調書だって、かなり下の方から引っこ抜いてたわ。あんまり見てない証拠よ。返せともいわない。この間もへばってたけど、熱出しても休むより仕事優先させるようなヤツよ」

　休んでいられない任務が清雅にはあるのだ。が、絳攸の裁判に頓着していないとしたら、いま、何の仕事をしている？

「……そういえばあのとき清雅、妙にイライラしてたわね……？」

　絳攸に異変があった日だ。絳攸の様子を確かめに牢に下りるまでは普通だった。そのあと清雅は急にイライラした――。

「……面会記録だわ。あれをみて、イライラしたのよ」

『そんなのはお前の勝手な理屈だろ。……ちっ、他に面会はゼロか』

、他に面会はゼロ。

今も、清雅は絳攸の容態には無関心なのに、面会記録だけは確認しにきている。

劉輝と楸瑛以外で、面会にくるだろうと清雅が思っている相手。

「……吏部尚書が絳攸様に会いにくるのを、清雅は待ってる……？」

「養父が息子に会いに来て、なんか清雅がしてやったりって思うことがあるか？」

「でも会いに来ないことに清雅はイラついていたんだから、吏部尚書が面会にきてたら、何か清雅の張った罠に引っかけられてたのかも」

「今さら？　引っかけなくたって李侍郎さんより、吏部尚書のほうがまずいだろ。李侍郎さんは仕事してたけど、吏部尚書は全然なんだからな」

「……え？」

秀麗はじっと燕青を見つめた。その顔に解答が書いてあるかのように。

「……わかった。燕青、それ、当たりだわ」

「は？」

「なんで、清雅が絳攸様をほったらかしにして、私のいいようにさせてるのか。王や藍将軍が絳攸様の牢に出入りしてても文句も言わない、好きにさせてる……」

最初からやけにあっさり、牢の鍵を秀麗に預けた。絳攸が回復しようがするまいが、清雅にはどうでもいいようだった。

『俺の仕事はおかしくなった李絳攸の介抱やら、原因究明やらじゃないんでね。それは医者の仕事で、俺たちの仕事じゃない。構ってられるか』

「清雅の仕事は他にある。前々から絳攸様について地道に調べてた清雅は、調査を終えて——次の仕事にいったんだわ……」

「……ちょっと待て姫《ひめ》さん、じゃあセーガくんが今やってる仕事っつーのは——」

清雅が、吏部侍郎より優先させるほどの大物。

秀麗は青ざめた。早すぎる。秀麗が絳攸の件をひっくり返そうと躍起になっている間に。

「清雅はもう吏部尚書の捜査に入ってるんだわ。燕青、言ってたわよね。私に近しい人が多すぎる……って。普通は回さない。けど、葵長官は許可した。私を絳攸様の罷免問題に集中させておくためだったのかもしれない。葵長官が、裁判の予定日までに絳攸様が回復するかどうか待っててくれたのも……」

秀麗を藍州に飛ばし、その隙に清雅に絳攸を拘束させたように、今度は絳攸を囮《おとり》にした。

葵皇毅が猶予をくれるなど、改めて考えれば彼らしくない甘さだ。秀麗は、絳攸のために、猶予ができたことにただホッとしていたが——。

秀麗はゾッとした。頭が混乱した。とんだ落とし穴が用意されている気がした。

「ちょっと……ちょっと待って。清雅の仕事の速さは尋常じゃないのよ。私たちが王を捜しに藍州に行ってる夏の間——清雅はまるまる吏部の捜査に使ってたとしたら」

清雅がもうほとんど、吏部尚書の捜査を固めていてもおかしくなかった。

だと、したら。

「……なあ姫さん、御史大獄が開かれるんだよな」

「え、燕青……なな何がいいたいのよ」

「わかってるだろ？」

わかっていた。秀麗はぎゅっと目をつぶった。

「御史大獄は……絳攸様のためだけに用意されてるわけじゃなかったのかも。数日後、一気に吏部の尚書と侍郎が解任される可能性がある……」

燕青はぬるくなった茶をすすりながら、言った。

「まずは藍家で、今度は紅家か」

秀麗はいま、燕青がすごく大事なことをいった気がした。

一度も面会にこない吏部尚書。絳攸に会いたくないからではなく、会うとまずい理由がある——。それは、今さら保身など無意味な紅尚書のほうにではなく。

「……紅尚書のほうじゃなくて、逆。会って立場がまずくなるのは絳攸様……？」

全体像が、ぼやけながら形をとりかける。

「鍵《かぎ》は……紅尚書？」

燕青が秀麗を見ていた。燕青が訊いた。

「なあ姫さん、姫さんがなんとかしたいのは、吏部侍郎？　それとも李絳攸さんか？」

「え……？」

「多分、どっちかで道がわかれる。よく考えたほうがいい」

助けたいのは吏部侍郎か、李絳攸か――？

秀麗はあやふやに頷いた。

「……とにかく、王に会ってくる。訊きたいことができたわ」

そのとき、下吏が御史室へやってきて、秀麗を呼んだ。秀麗に面会したいという女性が御史台へきているという。それも怪訝に思ったが、葵長官には話が通っているというので、驚いた。確かにその下吏は皇毅の用を言いつかる役目をしている。

が、その女性は誰かと訊いてもだんまりで、使いの下吏は秀麗を女性のもとへ案内した後はサッサとどこかへ行ってしまった。

案内された室《へや》には、大きな包みを抱えた女性が背を向けて立っていた。髪のこしらえや着物は目立たない地味なものだったが、後ろ姿でさえ上品な、匂い立つ優美さを醸している。秀麗はふと、女性の抱いている包みに、見覚えがある気がした。

（ひったくりをつかまえたひとのお供がもってた琵琶《びわ》――）

女性が振り返る。秀麗は目を丸くした。顔を覚えるのは自信がある――本人だった。

「あの、失礼ですが、どちらさまでしょう？　どういったご用件で……」

「絳攸の養母で、百合と申します」

百合は微笑んだ。

「絳攸に、会いに参りました」

＊　＊　＊

百合と話をしたいのはやまやまであったが、秀麗には一刻も早く劉輝に確認したいことがあった。御史牢への取り次ぎは燕青に任せ、急ぎ府庫へ向かった。

（あのかたが私の叔母様《おばさま》……）

秀麗は玖琅以外の『親戚《しんせき》』を知らなかったので、ちょっとドキドキした。

劉輝との密談には、府庫を使うことをあらかじめ申し合わせていた。父が楸瑛と連絡をつけ、奥の個室で会う手筈《てはず》になっている。

劉輝からは至急行くと返事がきた。

秀麗は劉輝を待つ間、父に訊いてみた。

「父様、一つ訊いていい？……紅尚書は、絳攸様のこと、どう思ってるか、知ってる？」

「知ってるよ。とてもとても大事にしてる。私が君を想うのと同じくらい。絳攸殿を見て、わからないかな」

秀麗は父の言葉をよく考えた。そして、ほうと息を吐いた。

「そう……そうよね。わかった。……ありがとう父様」

　さほど待つこともなく、劉輝と楸瑛が室にすべりこんできた。父には外してもらい、誰もこないよう小部屋の鍵を外からかけてもらった。

「絳攸に何か変化があったのか？」

「そう言えたらよかったんだけど。いま、絳攸様のお義母さまも面会にきてて――」

　劉輝と楸瑛は目を点にした。

「……え、誰、だって？　秀麗殿」

「絳攸様のお義母様。百合さんてお名前の、ものすごく綺麗《きれい》な方で」

「百合さん！」

「本物か！」

　劉輝と楸瑛は俄然《がぜん》興奮した。

「ぜひお会いしてみたいぞっ。あの幻の吏部尚書の奥方がここにっ！」

「彼の奥方が務まるような女傑……じゃない、女性なんて存在するだけでこの世の奇跡だ」

「そのために急いで呼んだんじゃないのよ！」

　秀麗は用件に入った。

「……劉輝と楸瑛様は、仕事柄《しごとがら》、紅尚書のことをもちろん知ってますよね？」

「それはまあ……秀麗よりはな」

　紅尚書が絳攸のことを大事に想っているのだとしたら。

（絳攸様を追いこんだのは、紅尚書が仕事を放棄したせい。だけど――）

たとえば父なら、どんな状況でも最後まで秀麗を助けようとしてくれるはずだ。

紅尚書の一連の不可解な行動に、何らかの意味があるのなら。絳攸を助けられる糸の端は、養父の紅尚書が握っているかもしれない。

秀麗も紅尚書についておおよそ調べた。会えはしなかったが、吏部に日参もした。

「紅尚書のこの数ヶ月の行動には、ものすごく矛盾と疑問があると思うんだけれど」

「……ないほうが少ないぞ。常に」

「そうそう、うちの龍蓮みたいな人だから」

「でもね楸瑛様、龍蓮も、あれ、一応本人的にはなにがしか考えてやってるんですよ。普通の人より斜め上四二度ずれてるだけで」

「ヘンなことも、本人には理由があるのかもしれないっていう前提で。矛盾其《そ》の一」

龍蓮が聞いたら喜ぶだろうなあと楸瑛はほくそ笑んだ。あとで教えてあげよう。

秀麗が重々しく疑問を述べた。

「――なぜまったく仕事をしないのに日々キッチリ出仕だけはしてるのか」

それを矛盾其の一にあげてきたところからして劉輝と楸瑛の斜め上四二度をついた。

「…………………でも言われてみればナゾだな」

「確かに……絳攸が毎日邸からひきずりだして遅刻させないのが大変だって言ってたけど、この半年はそんな余裕なかったはずだし。自発的にきちんと出てたわけか。それはおかしいな！」

楸瑛は強く言い切った。

劉輝も首を捻《ひね》った。紅尚書の奇行はいつものことだから気にも留めなかった。

「……以前は業務中フラフラ邵……、府庫やお友達などのもとに好き勝手顔を出していたが、……この半年は、おもに尚書室から動かないと聞いている。確かに妙だ」

秀麗はつづけた。

「……普通、仕事やめようって決めた人がとる行動っていったら一つよね」

「そうか……自分から辞めるな」

楸瑛は尻《しり》の据《す》わりが悪そうにもじもじした。

「辞めたがってる紅尚書を誰かが引き留めてるとか？」

「辞めたがってる紅尚書を引き留める!?」

なんだかすごく普通の人っぽい！　劉輝は激しい違和感をおぼえた。

「い、いや、紅尚書が仕事をしないのなんかいつものことだったし。辞めたかったらその日の内に直接余のところに乗り込んできて、辞めるといって終わりだと思う」

「朝廷での立場とか地位とか保身とか、あんまりこだわらないひと？」

劉輝と楸瑛はそろって頷《うなず》いた。

「こだわらないというか、彼にとっては三軒隣の床下に住み着いてる猫が三年前に六匹仔《こ》猫《ねこ》を産みました程度のもんのすごくどうでもいい話だろうね」

「本当にどうでもいい話だな楸瑛。守らなくてもなんでももってるからな」

「じゃあ、……どうしてこんな行動してるのかしら。これじゃあ、吏部尚書をクビになるのを待ってるだけにしか見えないわ」

眼鏡の吏部官の言い残した言葉が秀麗は気になっていた。

『紅黎深が最初で最後に、王に出したなけなしの助け舟《ぶね》です』

「すまぬ、秀麗……最悪の場合はそなたに、絳攸の首を切らせ――」

劉輝は秀麗の手を、両手で握りしめた。

劉輝の手の震えを秀麗は感じた。劉輝の傍に絳攸を留《とど》めるために全力を尽くすと決めたのだ。それが叶わなかったときは、私だけでも残る。

「――――え？」

その瞬間、氷解した。

楊修の言葉が蘇る。

『清雅が狙《ねら》ってるのは、厳密には李絳攸ではありません』

『まずは藍家で、次は紅家か』

どうして紅尚書は自分から辞めないでいるのか？

職場放棄しながら、日がな一日吏部尚書室にいるのはなぜなのか？

絳攸が困るのを承知で、こんなことをした理由。

一度も絳攸に会いにこようとしない紅尚書。それを、清雅が『当てが外れた』と思ったのはなぜ？

『なあ姫さん、姫さんがなんとかしたいのは、吏部侍郎？　それとも李絳攸さんか？』

「……わかった」

秀麗は呟《つぶや》いた。わかった。

どうして紅尚書が、こんな奇妙な行動をし続けているのか。

何を待っているのか。

まだ間に合う。でも、時間がない──。

「劉輝、聞いて。絳攸様を救うには、あなたの力が必要になる。急がないと」

何にもまして、絳攸自身が意識をとり戻して絶対にしなければならないことがある。

それは秀麗では意味がない。

＊　　＊　　＊

悠舜は吏部の資料室に赴いた。そろそろ必要な書物があったので。

庶務の役人の手伝いの申し出は断った。一人で杖をつき、人事録を本棚《ほんだな》から抜き出していたら、本を抱えすぎてよろけた。

誰かがうしろから悠舜の手の蔵書をとりあげた。

久々に見る顔があった。

「黎深」

王の藍州行きの件で喧嘩《けんか》別れして以来だった。

黎深は不機嫌な顔をしていたが、悠舜が以前と変わらずノンキに呼びかけたからか、ほんの少しだけ、刺々《とげとげ》しさが薄れた。

黎深は必要だった残りの資料を本棚から正確に抜き出していき、ついでに悠舜の抱えていた冊子も奪い、閲覧者用の卓子に置いた。乱暴に。

「ありがとう、黎深。助かりました」

「……最後にもう一度だけいう。宰相位を降りろ」

どんなに会っていなくても、何も言わなくても、黎深には悠舜の入り用な本がすぐにわかる。だから、黎深には悠舜の答えがわかっているはずだった。

「いいえ。降りません。やることがありますから」

黎深はぎろりと睨《にら》んだが、前のように怒鳴って出ていったりはしなかった。

「……楊修に、お前の肩でも揉《も》めと言われたからきただけだ」

「……揉んでくれるんですか」

悠舜が試しに椅子に座ってみると、本当に黎深はぎこちなく揉みはじめた。生まれて初めて肩揉みをしているものと思われる。くすぐったかったが、悠舜はこらえて文句も言わないまま座っていた。

「吏部尚書はやめるぞ」

「わかってます」

「紅州に帰るからな」

「わかってますよ」

うしろの黎深がまたムッとするのがわかった。

「……あとはお前たちで何とかしろ。絳攸もな」

悠舜は頷いた。開いた半蔀《はじとみ》に秋の陽が差し、床にうっすら格子模様の影をつくっていた。

黎深は黙って肩を揉んでいる。しばらくそうしていた。それから、悠舜は黎深の手を軽く叩《たた》いた。黎深が肩揉みをやめて、離れた。

「ありがとう、黎深」

一つだけではない意味を込めて、悠舜は心から告げた。

黎深はふてくされていた。

「悠舜。お前が国試を受ける前、どこの誰で何をしてたか、教えろ」

「え？」

「凌晏樹のヤツは知ってるようだった。私が知らないのは面白くない」

悠舜は心中で毒づいた。……凌晏樹。余計なことを。

「紅家の力で調べなかったんですか」

「なんでお前が目の前にいるのにそんなコソコソとまわりくどいことをせねばならん」

黎深らしいと悠舜は思った。そういうところが、悠舜は好きだった。

「抹消されていたでしょう。別に知るほどのことではないということですよ」

「あの男は私に対して、よくお前と平然と付き合えるものだと抜かした」

黎深は悠舜を見据《みす》えた。

「紅家がお前に何かしたのか」

「いいえ、何も」

悠舜は平然としていて、それが嘘なのか本当なのか、黎深にはわからなかった。

「じゃあ、凌晏樹が知っていることを教えろ」

「いやですよ。教えません」

「理由をいえ」

「それはもちろん、知って欲しくないからです」

「私は知りたい」

悠舜は微笑んだ。そうして別れの言葉を伝えた。

「いいえ。あなたには関係のないことですよ、黎深。……百合姫によろしく」

＊　＊　＊

リオウは〝花菖蒲〟から指を離した。

（あと少しで出口なのに——何度やっても潜入《もぐ》れない……）

リオウは文鳥に入るのを失敗し、焦りを募らせた。御史大獄まで間がないのに、昨日から潜《もぐ》入ることもできていなかった。壁にはね返されるようだった。羽羽を呼ぶのは最後の手段だ。でもこのままでは遅かれ早かれそうするしかなくなる。

　そのとき、牢の外の蠟燭《ろうそく》が風で揺らめいた。見知らぬ女が一人、鉄格子の前へ立っていた。「あなたがリオウ君？」

　女は百合と名乗り、李絳攸の養母だといった。

「状況は聞いています。私に何かできることはあるかしら？」

　リオウは女の抱える琵琶《びわ》に目が吸いよせられた。

――琵琶。

「……もしかして、李絳攸の馴染《なじ》み深い曲を弾けるか？」

「ええ。いくらでも弾くわ。役に立つかしらと思ってもってきたの」

　耳で馴染んだ『音色』は、言葉よりもはるかに強く心に響き、遠くからでも人を招きよせる。李絳攸に届けば、外との『道』が繫《つな》がる。

　リオウはぐいと額の汗をぬぐった。――もう時間がない。絶対にやってみせる。

「頼む」

　百合は牢の中に入った。

　昏々《こんこん》と眠る絳攸のそばに腰をおろす。嬉《うれ》しそうに眼を細める。百合が絳攸と会うのは本当に久しぶりだった。

「大きくなったわね……」

ごめんね、と呟く。

絳攸の前髪をそっとかきやる。ずいぶんと頬がこけ、心労の色濃い顔だった。

「あなたに、黎深を任せっきりにして。……一人でたくさん頑張って、疲れたでしょう」

百合は絳攸の頭をもちあげ、自分の膝《ひざ》に載せた。

「ねぇ絳攸……あなたには大切なものができたのね。黎深と選ぶのを迷うくらい」

迷って、どちらも選べなくて、どうしていいかわからないくらいに大切なものが。

百合は絳攸の掌《てのひら》に握りしめられた〝花菖蒲〟に、目を向けた。

「ごめんね絳攸……私も黎深も、あなたにうまく伝えられなかった。私も黎深も、ちゃんとした家族を知らずに育ったから、お父さんとお母さんをうまくやれなかった」

絳攸の睫毛《まつげ》が微かに震える。

百合は愛《いと》おしむように絳攸の頬をなでる。

いつも百合たちは、下手を打って絳攸を傷つけてきた。

「……黎深があなたに李絳攸の名前をあげたときも」

我慢を見せない絳攸が、初めて百合の膝で泣いた。

* * *

桜文鳥が、絳攸の肩口でピピッと啼《な》く。

絳攸は、紅邸にいた。

美しくこしらえられた庭院《にわ》をそぞろ歩いてみたものの、しんとしている。邸を囲む紅色の墻《かき》のところどころに門があったが、どれも開かなかった。

邸《やしき》の奥から懐かしい声が聞こえてきた。

「コウ……コウ、泣かないで」

絳攸が声を辿《たど》ると、百合の膝で、十歳ほどの少年が泣いていた。あれは。

（……俺だ）

コウはぐしゃぐしゃの顔で百合へ泣き言をいう。

「どうしてれいしん様は紅姓をくれなかったんでしょう。ぼくが、至らないからでしょうか。ぼくが何もできないで、役に立たないでいるから――」

「コウ！　何かしなくちゃいけないなんて、どうして思うの」

「……こ、ここに……置いてほしいんです」

「もう立派な私の息子よ。出てけなんて誰も言わないわ」

「じゃあなんでくれた名前が李絳攸なんて全然関係ない名前なんです！」

「ううっ」

百合がひるんだ。

はたで見ていた絳攸のほうがハラハラした。

(む、昔の俺はこんなにずけずけ言いたい放題言ってたのか……！)

百合を全力で土俵際まで追いこんだ。百合さんはいったい何て答えたのだろう。なんでこんな大切な記憶を覚えていなかったのだろう。

百合はコウと向き合った。

「……コウ、あのね、正直に言うわ」

「は、はい」

「いまだに私にも、あのアホンダラが何考えてるのかサッパリわからないの。またボク何か意味不明なことされちゃったヨまあトンデモ父だからしょうがないか〜程度に考えときなさい」

(その程度の問題⁉)

二十歳を超えてまでうじうじ悩みつづけ、果ては邵可様のもとにまでお悩み相談をしにいった自分って――。

さすがに百合も軽すぎたと思ったらしく、ちょっと言いたした。

「……そうね、私が知っていることを言うと、黎深は紅家に生まれたせいで、子供の頃あんまりいい思いしなかったの。ほら、いつも紅家キライっていってるでしょ？」

「そういえば……兄上と幸せになれなかったとか兄上を追い出したとか兄上が――」

「そうそう。ほら、黎深が嫌ってる姓をもらうって考えると、むしろ嫌がらせじゃないの」

「……え、と、そ…うですね……？」

道理はよくわからないが納得しかけている少年時代の自分を複雑な想いで見守る絳攸。

「大人になってもまだ紅姓がほしかったら、黎深か私に言いなさい。すぐあげるから」

絳攸は倒れそうになった。あげるって名門紅姓をそんな呆気《あっけ》なく——！

（いや、ていうかこんな会話があったのか⁉）

なぜ忘れていたのだろう。

「名字なんてしょせん微々たる問題よ。いい、そんなべんべんと惰性でつなげてきた姓氏より、あの黎深が、夜中にちまちま辞書ひいてあなたの名前を考えた方がよっぽど衝撃だわ。私は目を疑ったわよ。なんか画数占いとかまでしてたし。ごめんねコウ、いくら画数よくても、父親が疫病神じゃね。さして運気向かないかも。でも頑張って一緒に幸せになろうね」

コウを抱きしめ、額と額をこつんとあわせる。

絳攸はその優しい感触まで思いだした。そうだ——百合はいつもこうして絳攸をぎゅっと抱きしめてくれた。

このときの百合はまだとても若くて、いまの絳攸とさして変わらない歳のはずだった。

あのころ、絳攸は二人を何もかも完璧な大人だと思っていたけれど。

……今の絳攸に、同じことができるとは思えない。いまだに自分のことで悩んでばかりで。黎深と百合に寄っかかってばかりで。

（どうして、俺は忘れていた……？）

「絳攸ね。いい名前だわ。姓なんかより、コウっていう音を残す方が大事だと思ったのね」

「え……？　どうしてですか？」

「いつか誰かがあなたのためにつけてくれた名前だからよ。大事にする価値のあるものだわ。あなたに合ってる音だわ。漢字がわからないのが残念だけれど」

　黎深が紅家の色をそっと入れたのは、他でもない、コウという音の場所。

「ねえ絳攸、黎深はあなたがもってた音をそのまま残して、新しい名前をつけたわ。何も変える必要なんてないの。何かする必要もない。あなたがもってるのは名前しかないって言うけれど、それで充分なのよ。私たちは、他には何もいらない。あなたがきてくれて、この家は明るくなったわ。あなたの笑顔は、まるで光がさしたみたい。元気でいてくれたらいいの。笑っていてね。それだけ約束してくれたら、あとはあなたの好きに、自由に生きていいのよ」

　絳攸には、『コウ』に不審な色が差したのがわかった。

　言ってる意味がわからない、と。

　それを見た百合が、少し、切なげな顔をした。

と、どこからか扇が飛んできて、コウの後頭部をもろに直撃した。

「絳攸！　またお前は百合とグダグダしてるのか。今度は何を悩んでるんだコドモ！」

　百合がコウの頭をさすりながら、黎深を睨《にら》んだ。

「なんてひどいことをするんだ。子供を虐待するなんて、今度やったら離婚だよ！　コウを連れて出てくからね！　だいたい君が李姓なんてあげるから傷ついちゃったんだろ！　いくら李《すもも》が好きだからって、国中右向いても左向いてもわらわらわいてでてくるよーなドコデモ姓つけるこたないだろ！　もっとカッコいい姓にしてあげなよ！　そう、倶利伽羅《クリカラ》絳攸とかさ！」

　黎深はどこの部分が刺さったものやら、ふぃっとそっぽを向いて呟《つぶや》いた。

「……わかった。画数がよかったら変えてもいい」

「ちょ――待って!!」

　異を唱えたのはコウだった。蒼白《そうはく》である。当然だ。頑張れ俺。絳攸は握り拳《こぶし》をつくって少年時代の自分を応援した。倶利伽羅絳攸ってなんだ！　これから先の人生が変わってしまう。李絳攸なんて問題にもならない。国試の答案用紙にも倶利伽羅絳攸と書けというのか――！

　十年後、人生最大の命題のように悩むことを、少年は自ら積極的に受け入れた。

「ままま待ってください早まらないで！　あのぼく李絳攸がいいです超気に入りました!!」

　百合は残念そうな顔をし、黎深は得意満面になった。

「えー……そう？　倶利伽羅絳攸になりたかったら、いつでも言ってね？」

「ホラ見ろ。お前は何もわかってないんだ」

「あっ、ごくたまに当たると図に乗ってさ。ふーんだ。そうだ。絳攸、一緒にお団子をつくって？　庭院《にわ》の萩が綺麗《きれい》に咲いたの。満月だから、お月見しましょう。黎深は土手でススキ何本か引っこ抜いてきて。なんちゃってススキと間違えないようにね。あと琵琶《びわ》弾いてね」

「なぜ私がススキなど引っこ抜いてこなければならん！」

「今どきの男はススキくらい引っこ抜けないといい父親になれないんだよ。知らないの？」

「……そうなのか？　フーン。まあよかろう」


景色《けしき》が、変わる。

春の鶯《うぐいす》、夏の藤、秋のススキに冬の雪。

忘れていた思い出が蘇ってくる。

幾年《いくとせ》も、三人でこんな風に何気なく過ごした。

絳攸は天を仰いだ。涙が頬を伝った。

「なぜ忘れてたかだと……？」

幸せな記憶が当たり前のようにあって。

もらった端《はな》から、また別の記憶が刻まれる。あとからあとから。覚えきれない。

大事なときにちゃんとくれた大事な言葉が、その狭間に紛れてしまうほどに。

『ねえ絳攸、黎深はあなたがもってた音をそのまま残して、新しい名前をつけたわ。何も変える必要なんてないの。何かする必要もない。あなたがもってるのは名前しかないって言うけれど、それで充分なのよ。私たちは、他には何もいらない。あなたがきてくれて、この家は明るくなったわ。あなたの笑顔は、まるで光がさしたみたい。元気でいてくれたらいいの。笑っていてね。それだけ約束してくれたら、あとはあなたの好きに、自由に生きていいのよ』

あのころ、何一つ理解できなくて、戸惑うだけだった。

百合の少し悲しそうな顔も、ハチャメチャな日々に薄れていった。

絳攸は嗚咽《おえつ》した。優しい記憶にぬぐってもぬぐっても涙が止まらない。肩口の白文鳥と桜文鳥がそっとすりより、ふわふわとした羽毛が頬に当たった。

それでも、だめだった。優しさをもらえばもらうほど、逆に怖くなった。

何の変哲もない日々が、あんまりにも幸せすぎて、絳攸は心の片隅でますます不安になっていった。このかけがえのない場所を失うことを思うと、怖くなった。

何も望まないと言うけれど、望んでくれたほうが楽だった。対価のない幸せは、雲をつかむもののように思えて仕方なかった。

だから、あの言葉にすがったのだ。

『じゃあ絳攸。私が帰るまで、この家と黎深をお願いね？』

百合が紅家の事業の差配で八州を飛び回る際、何気なく絳攸に残した言葉。

百合が帰るまでは、ここにいられる。

『なにかをしなくちゃならないなんて、どうして思うの』

ピピ、と文鳥が啼く。絳攸を心配するように。

邸は人影が消え、がらんとする。庭院の萩が風に揺れていた。風が出てきて、空は墨を流したように黒雲がたれこめ、やがて雨が降りはじめた。

(俺は知ってるんです、百合さん)

そんなことを言われるような人間じゃない。

だって俺は──。

……琵琶の音が、雨の向こうから流れてきた。

白文鳥が口を開いた。それは啼き声でもなければ、楸瑛の声でもなかった。

『ごめんね、絳攸……』

ずっと会っていない、百合の声だった。

*　*　*

「たくさんの失敗をしたわ」

百合は絳攸のそばで琵琶を奏でた。

「あなたにちゃんと伝わってないことがわかっていたのに、いつも茶化して、ごまかして、もうちょっと大人になったらって。あなたに甘えて、黎深の面倒を任せきりにしてしまったのも、いけなかった。私がいちばんダメだった……」

絳攸の瞼《まぶた》が震える。

「絳攸、愛してるわ。ごめんね。ちっともうまくやれなくて……」

自分たちに依存したままなのをわかっていても、黎深も百合もどうしていいかわからなかった。何をしても、失敗ばかり。とうとうこんなところまできてしまった。

絳攸の抱く〝花菖蒲〟……。

ごめんね、絳攸。

今では、私たちがあなたを縛る足枷《あしかせ》になってしまった。

「……ねえ絳攸、あなたはよく、望むことはありますか、って訊《き》いたわね」

何もしないでいいとしか百合は言えなくて。でもあなたは納得しなかった。他にどういう言い方をすればわかってもらえたのだろう。

いつからか、めっきりと口数が減ってしまった絳攸。

心当てにさぐって、私たちの望むようにあろうとした。

「馬鹿ね……、あと五十年くらい経って、黎深と私がボケボケのおじーちゃんとおばーちゃんになったら、喜んであなたに何でもしてもらうわ。でもね、いま、あなたの枷になりたくはないの」

水際立った妙《たえ》なる琵琶の音にのせて、百合は語りかける。真心をこめて。

「ねぇ絳攸……大切な人ができたんでしょう？　その人のために、したいことができたのでしょう。さあ、起きて」

何も返してくれなくていい。あなたが生きたいと思ったように生きて欲しい。

それを傍で見ているのが、百合の望み。

「あなたなら、黎深が何を望んでいるかわかるはずよ。あなたが気づいてくれなきゃ、黎深のやってることはまるきりムダで、馬鹿丸出しで終わりだわ。史実に意味不明なナゾのぐーたら吏部尚書がいましたって名前刻まれちゃうわ。……まあ事実だけど」

　これが、最後の機会。


「絳攸、黎深はあなたがくるのを、ずっとずっと待ってるのよ」

あなたでないとできないことがあるのだから。

大丈夫。どんなときも、私たちはあなたを愛してるから。

百合は鉄格子の向こう側へ顔を巡らせた。微笑んだ。ほら、あなたの大切な人たちがきたわ。

「絳攸！」

真っ先に駆けつけたのは王だった。百合は心の中で懐かしんだ。

あの小さな公子が大きくなったこと。

『絳攸、黎深はあなたがくるのを、ずっとずっと待ってるのよ』

雨の降る中、絳攸は肩口の白文鳥を見つめた。……百合は確かにそういった。

黎深様が、俺を待っている？

……思考が、めまぐるしい速さで動き出す。

楊修の、百合の言葉がやっと腑に落ちる。

自分がしなくてはならなかったこと。言わなければならなかったこと。

黎深が自分に何を望んでいたか。

馬鹿馬鹿しいほどあっけなく、答えが掌《てのひら》に落ちてきた。

びっしょり冷や汗をかいた。

（しまった――!!　本当に俺はバカだ!!　何をノンキにこんなところうろうろしてんだ！）

閉じ切っていた門の一つがひとりでに開いていく。

琵琶の音は門の外から流れてくる。白文鳥と桜文鳥が、羽ばたいた。門をくぐり抜け、琵琶の聞こえるほうへ、絳攸をいざなう。

絳攸は文鳥を追って門を抜けた。

＊　＊　＊

――門が開いた。

リオウは満身の力で瑠花に抗った。

瑠花の力は強すぎる。ともすれば意識がふっとびそうになる。けれど今ここで押し負けてただの文鳥に戻したら、道が消える。元の木阿弥《もくあみ》だ。リオウは神経を集中させ、絳攸を出口の方角へ誘導した。目が汗でしみた。

リオウが『出口』を開けていなくては、絳攸は戻ってくることができない。

琵琶の音色が、『道』をまたたくまに敷いていく。紅家の『琵琶』は藍家の『龍笛』、縹家の『二胡《にこ》』と並んで神事に使われる弾物《ひきもの》だった。『道を開く』はミチビキの言葉に通じる。巫女《みこ》になれるほど素晴らしい名手だった。

(くっ……もう少し……)

琵琶の音が、出口までの道を繋《つな》いだ。

絳攸は目を開けた。

ぼんやりと虚空を彷徨《さまよ》い、のぞきこんでくるいくつものマヌケな顔を見た。

目は燕青を素通りし、楸瑛を素通りし、王の顔も素通りし、百合にはちょっとニコッとし、そして秀麗を見た瞬間、焦点が定まった。

「秀麗か……?」

しばらくしゃべってないので、かすれてうまく声が出なかった。

秀麗は感極まって涙ながらに抱きつく——などということはしなかった。

「そうです絳攸様!!　現実です現実！　明けて欲しくなくても明けてしまう夜！　無情にも朝日はのぼりますっ。ぼへーっと寝惚《ねぼ》けてないで、とっとと起きてください。時間がないんですっ!!　絳攸様なら、わかるでしょう？　御史大獄まであと五日もないんです!!」

くわっと鬼の形相で責め立てる。相手が絳攸じゃなかったら、連続ビンタしてでも起こしていた勢いだ。

劉輝と楸瑛は心底ビビった。なんて厳しいのだ秀麗！

百合だけがニコニコと微笑ましそうにしている。

そして絳攸は。

——現実を認識した瞬間、カッと目を極限まで見開いた。目玉に血管が浮いている。バネ仕掛けの如く飛び起きた。

「あと五日だと!?」

「はいっっっ」

「まだ間に合うな！　やるぞ秀麗!!　徹夜で行くぞ！　力を貸せ！——いや、貸してくれ」

絳攸の目が回ってまたひっくり返った。楸瑛が慌てて絳攸の体を支えた。

飲まず食わずの体は、ひどくひだるく、力が入らない。

絳攸は目眩《めまい》を追い払おうとした。

かすむ視界で、王がオロオロと動転している。

呆《あき》れるほど、多くの迷惑をかけてしまった。

謝っても謝りきれない。追っつきやしない。でも、それはあとだ。

「……悪い。やることがある。全部終わったら、話そう。たくさん」

掠《かす》れた声で、絳攸は呟《つぶや》いた。

劉輝は胸が詰まって、声が出なかった。絳攸のてらいのない笑顔を見たのは、何ヶ月ぶりだろう。再会できるだけでいいと思っていたのに、欲が出た。

「秀麗……」

「わかってるわ。ギリギリだけどなんとかするわ」

秀麗は劉輝の両頰をみょーんとモチのようにひっぱった。

「してみせるわ。私は王の官吏よ。——ほら、笑って待ってなさい！」

秀麗は絳攸の前に跪《ひざまず》いた。

「やるべきことは、この牢で全部しちゃいましょう。絳攸様が起きたっていうの、他には絶対に知られない方がいいと思います」

「頼む。任せる。いいように取り計らってくれ。さすがにしばらく動けない」

「了解です。まずは食べませんと。体にいいご飯、つくってじゃんじゃんもってきますね」

絳攸は苦笑いした。それは自嘲《じちょう》ではなく、晴れ晴れとしたものだった。

「……俺はお前の師にふさわしくなかったな」

秀麗はそのやせて細くなった手をにぎった。

「それを決めるのは絳攸様じゃなくて私です。私の師は絳攸様一人です。他に誰もいません。私のたった一人の師でいてくださいね。絳攸様が必要なんです」

「……ああ。俺にもお前が必要だ」

かたわらで楸瑛と劉輝はあんぐりと口を開けた。

（……なんだいこの画《え》に描いたような愛の告白は）

愛は愛でもお互い清々《すがすが》しいまでの師弟愛なのがどこまでも笑える。

「時間がないわ。戦闘態勢全開で行かないと間に合わない。燕青――あっ」

秀麗は、燕青と百合が抱き起こしているリオウに駆け寄った。

リオウは気絶していた。

「大丈夫。この子は私が診るわ。やることがあるんでしょう。絳攸の力になってあげてね」

百合はすでに秀麗の考えを見抜いているようだった。今から自分がすることを思うと、秀麗の胸が痛む。

「しょげないの。いいのよ。そのためにしていたことなんだから」

秀麗はためらったあと、思い切っていってみた。

「百合……叔母《おば》様《さま》。ですよね？」

「あら、やっぱりばれちゃったのね。ええ。小さな頃のあなたを知っているわ」

「全部終わったら、お話……させてもらってもいいですか？」

「ええ、もちろん」

「吏部尚書には、私、嫌われてるみたいで……一度も会ってくれなかったんです。だから、叔母様が優しくしてくださって、とても嬉しいです」

空気が凍りついた。百合の笑顔も凍りついた。絳攸はいわずもがなだった。

秀麗は「やるわよ！」と、勇んでずんずん牢をでていった。

（黎深……君……貴陽でいったいぜんたい何してたの今まで……）

百合は黎深の勝手にどこまでも空回りする愛情に心密《ひそ》かに涙した。

……四日後。

吏部尚書・紅黎深、解任――。

その一報が朝廷を席捲《せっけん》したのは御史大獄が開かれる前日のことだった。

第六章　王の官吏

「――やってくれたな」

御史大夫室に呼びつけられた秀麗を出迎えたのは、極寒の吹雪よりも冷たい皇毅の声だった。室《へや》には清雅もいた。

皇毅は机案《つくえ》の上に、絳攸と共に秀麗が突貫で作成した、紅黎深の吏部尚書解任を求める上訴の書翰《しょかん》を放り投げた。

「この私の許可もとらず、直接王と尚書令に奏上するとはな」

ともすれば葵皇毅のド迫力の超低音に吹き飛ばされそうだ。

「れっきとした正規の手順です。やましいことはしてません」

御史台官には、御史台長官の許可をとらずとも、王や尚書令に弾劾できる権限がある。上官の御史大夫や、大権を持つ官吏の不正を追及する場合など、手順を踏んでいる間に横から揉《も》み消される恐れがある場合、じかに王へ奏上することが許される。

それに基づき秀麗は、紅黎深の解任を皇毅に諮らずに直接劉輝と悠舜に上訴した。

これにより御史大獄を経ることなく、吏部尚書の解任が決まったのだった。

「――吏部尚書の件は、清雅が先に調べていた。お前が急がずとも、遅かれ早かれ手をつけていた件だ。なぜ私に何も言わずに先走った？」

皇毅の目は、よくよく見れば怒ってはいなかった。

秀麗がなんと答えるのか、睫毛《まつげ》の動きさえ見逃さないとでもいうような、注意深い双眸《そうぼう》。

「……思うところがありまして」

「ほぉ？　カナブン御史が思うところとはな。言ってみろ」

「いえ。カナブン御史の思うところなんて、葵長官のお耳に入れるほどのことじゃないです」

「言いづらいか。なら特別に内緒話を許可する」

人さし指でちょいちょいと手招きする。秀麗は後じさった。

葵長官と内緒話なんて、想像するだに怖すぎる――。

「い、嫌です」

「まったく、ことごとくお前は私に刃向かうな」

秀麗は皇毅を見つめた。

「刃向かってません。遅かれ早かれ手をつける件を、私が早回しにしただけです。……何か、私のしたことで長官の意に添わないものがありましたか」

皇毅の薄い双眸がスッと細められる。唇が微笑を刻んだ。

「……ない。お前の手柄だ。よくやった。ご苦労」

秀麗は目を瞠《みは》った。まぎれもなく、秀麗に対する褒め言葉だった。嬉しいと、思った。

「次は吏部侍郎だ。お前がやるといった案件だ。しっかり追い落とせ」

嫌味を忘れないのが葵皇毅だ。

「…………………………はい」

ボソッと首肯した。一瞬皇毅は意外そうな顔をした。

「紅秀麗」

思いがけなく名を呼ばれ、秀麗は驚いた。滅多にないことであった。

「最初に、私はお前に訊《き》いたな。政治家と官僚の違いは何か、わかるかと」

「……はい」

「期限だ。お前の答えを言ってみろ」

秀麗は、ポツポツと答えを言った。

皇毅は黙って最後まできいた。当たっているとも間違っているとも言わなかった。

ただ、こう言った。

「では、李絳攸の処遇もどうするべきかわかっているな。――下がれ」

秀麗は一礼して室を辞した。

御史大夫室を出るやいなや、秀麗の総身を疲労が津波となってのみこんだ。ヨロヨロと御史室へ戻ると、室の前で幽霊のようにやせこけた師匠が壁に寄りかかって待っているのを発見した。カッコつけてそうしているのではなく、単純に戸を開ける体力と筋力がないからであろう。ぺらぺらの紙人形のがまだしっかり立っていそうである。でもきっと秀麗も同じ姿をしているに違いない。

「絳攸様」

　ぺらぺらな二人は並んで壁にもたれた。

「今回は、本当に助かった。お前がいなくては間に合わなかったかもしれん」

　秀麗は悄然《しょうぜん》とした。

　絳攸の吏部侍郎罷免を覆すのは、もはや不可能なところまできていた。それにはこの半年があまりに痛すぎた。が、吏部侍郎は守れなくても、「李絳攸」を瀬戸際ですくいあげる方法は一つだけ残っていた。

　絳攸が吏部侍郎に値しないと見なされたのは、ひとえにいちばん重要な職責を果たせないできたからだ。上司である紅黎深の不行跡を諫《いさ》め、正されないならばしかるべき対応をとる。それを怠ったとして罷免請求を出された。

　もともと絳攸は有能実直で、官吏としての実績もある。ことの元凶が紅黎深なのも、絳攸が黎深のためにさんざん苦労してきたのも周知の事実だ。紅黎深を絳攸自身の手で糾弾することができれば、退官を回避できる可能性があった。

　それが絳攸を官吏として残すことができるたった一つの抜け道。

とはいえ、葵皇毅は罷免だけではなく、李絳攸の退官を狙《ねら》っていた。御史大獄が開かれれば、最終権限をもつ葵皇毅は絳攸を朝廷から逐《お》うに決まっている。

御史大獄が開かれる前までが勝負だった。吏部尚書の弾劾に必要な証拠をそろえて絳攸と秀麗が上訴文を書き上げる。一足飛びに劉輝までもちこめば、葵皇毅でも手を出すことができない。

絳攸を朝廷に残すなら、それしかない。

それしかなかったとは思うけれど。

結果的に、絳攸が自分の手で養父を失脚させたのは事実だ。

「……もっと早く、こうするべきだったんだ」と絳攸は言った。さっぱりした表情で。

黎深の副官になる前、絳攸は上司でも必要とあらば迷わず諫言《かんげん》してきた。

けれど、黎深にはそれができなかった。

……楊修の言葉は正しかった。

絳攸は、吏部侍郎ではなかった。ただの黎深の養い子、お守り役でしかあれなかった。

公私を分けて接することが出来なかった。

官僚として歯車の中で求められる仕事をこなすだけなら絳攸は誰よりも優秀であれる。

けれど高官になると政治家も兼ねる。吏部侍郎という役職はそれに値する官位だ。担うには国政を預かる者として自分なりの信念が必要だった。

「俺にはそれがなかった。家で黎深様を諫めるのと同じ感覚のまま、ただちゃんと仕事をさせることしか考えなかった。……吏部侍郎ではない」

それが、絳攸に唯一足りなかったもの。

黎深の意図にも気づかず、半年も無為にした。思えば本当に馬鹿なことをした。

「だから、遠慮なくやれ。お前のクビと引き替えにはできん」

秀麗はうつむき、そして、頷《うなず》いた。

「はい」

絳攸は秀麗の耳元でボソボソと続けた。

「罷免、謹慎処分程度で済ませろよ。免官だけは免れるよう踏ん張ってくれ！」

「……鋭意努力します」

吏部侍郎を罷免されても、官吏であれば、また一から上にあがればいいだけだ。

今度は黎深のためではなく、王のために。

＊　＊　＊

室に残った清雅へ、皇毅が言った。

「当てが外れたな、清雅」

「ええ。あの紅黎深の金魚のフンが、まさかギリギリで養父のクビを自ら切るとは思いませんでした。……李絳攸の処断は？」

「吏部侍郎は当然解任だが、降格・謹慎処分程度か。免官は無理だな。上司の吏部尚書の始末をつけたことで、職責はギリギリで果たしたことになるからな。それを狙《ねら》って、あの娘《むすめ》はお前より先に弾劾に踏み切ったんだろう」

清雅は眉《まゆ》を顰《ひそ》めた。

「一度でも紅黎深が李絳攸のもとを訪れてればその時点で二人の免官は確定できたんですけどね。何らかの口裏合わせがあったと見なして、李絳攸のいかなる陳述書にも疑惑ありってイチャモンつけて疑義を提出して無効にできたんですが……」

一度も面会にこなかった上に、常に尚書室に陣取って無意味に存在を主張した。どこまでも李絳攸の進退など何の関心もないという態度を貫いた。おかげで、傍目《はため》からは、李絳攸が吏部尚書の尻《しり》ぬぐいに奔走したあげく、無情に切り捨てられたため、ついに自分の手で上司を失脚させた——という筋書きにしか映らなかった。

「相手は紅黎深だ。馬鹿じゃない」

「いや、充分馬鹿だと思いますけどね」

「……まあ、ある意味底抜けの馬鹿だがな。二人ともな」

李絳攸が吏部侍郎としてすべきだったのは、職務を放棄した紅黎深の肩代わりをえんえんつづけるのではなく、早々に紅黎深の問責を提出することだった。

けれど、半年経っても李絳攸はただ積まれていく仕事を片づけるだけだった。

「葵長官のほうが紅秀麗のせいでだいぶもくろみが外れたんじゃないですか」

「半分はな。紅黎深を朝廷から追い出したことには変わらん。これで紅家も朝廷から切り捨てた。李絳攸も降格処分。紅姓官吏も当主を罷免されたことで王に不満をもちはじめるだろう。収穫があったことにかわりない」

後手後手に回って防戦一方なのは王のほうだった。

＊　＊　＊

「間一髪でしたね」

劉輝は浮かぬ顔で、悠舜の言葉を聞いた。

「曲芸のような綱渡りでしたが――なんとか……拾えました。こればかりは絳攸殿次第だったのでハラハラしましたが」

絳攸の決断はもとより、劉輝と秀麗それぞれが事宜を心得て動き、御史大獄までにやりおおせねばならなかった。

それでも結果として、吏部尚書と吏部侍郎があいた。

「……悠舜……紅尚書は、本当になんともならなかったのか。こうするしかなかったのか」

落ちるはずのない六部の一角が落ちた。

「……主上、貴族派の今回の狙いはなんだったと思われますか？」

「え？　紅黎深と、絳攸だろう？　余の……側近だったから……」

「いいえ、厳密には、そのどちらでもありません。二人は貴族派にとってはさほど脅威ではありません。絳攸殿は優秀な能吏ですが、『李絳攸』個人として使える力は限られます。黎深は国政にまるで関心がありません。主上の味方になり、ちゃくちゃくと仕事をし、貴族派の邪魔だてをしようなどとトンと思うわけがありません」

　劉輝は悠舜に懐いている黎深を思った。

「……悠舜殿が余の尚書令になったので、しぶしぶでも力を貸し……」

「てくれなかったでしょう。ちっとも」

「……うーむ。確かにぜんぜん」

　むしろ一切合切仕事をしなくなった。

　悠舜は黎深のいくたびもの『宰相を辞めろ』という言葉を思い返した。……悠舜を案じはしても、助力はしない。悠舜を政事から引き離すほうに行く。

　……それではだめなのだ。

「……そうか。貴族派にとっては別に黎深殿は脅威ではない……？」

「はい。ですが、絶対に落としたい相手だったからこそ、最初に切り崩してきたのです」

　悠舜は呟いた。黎深の人格や地位ともなんら関係ない。

「狙いは『紅家』です」

「……紅家？」

「主上は今まで、だいぶ紅家の力をかりてこられましたし、懇意にしておられます。藍姓官吏不在の中、いま朝廷でいちばん勢力があり、なおかつ主上に好意的なのが紅姓官吏です。ですが、紅家当主である黎深を解任すれば——紅姓官吏の態度も今まで通りとは参らないでしょう」

劉輝はみるみる顔を強張らせた。

「……紅姓官吏は誇り高い。以前も黎深のために貴陽の機能を半分停止したくらいだ」

「ええ。藍将軍の時とは違います。朝廷には紅家傘下の官吏も多くおります。それも黎深が朝廷からいなくなれば、政事における紅一族の影響力は半減するはずです」

黎深を罷免したのは劉輝だ。

「……もし、紅尚書の処分を御史台に任せていたら——いや、だめか」

王はみすみす黎深を更迭させ、守ることもしなかったと紅姓官吏が怒るのが目に見えている。しかもその場合絳攸も救えない。

「では、是が非でも余が守って留任させていたら——」

「……今度は貴族派が、紅家を守るために王が法を曲げて権力を濫用したと、主上への反感を強めるでしょうね」

どう転んでもいい目がでないように賽《さい》を振られているようだった。

「……主上、お間違えにならないように。紅家当主が罷免されたから紅姓官吏が王に不満をもつ、というほうがおかしいのです。紅一族である前に、朝廷では一官吏であるべきです。紅家の動向次第で法を曲げ、政事を左右するのはいけません。それではいつまでたっても王位争いのときのように、彩七家によって政事が揺れることになります」

その通りだった。同時にそれは『紅家』の力をそぐという貴族派の狙いと結果的に同じことを意味するのではないかと思った。それでは、悠舜と貴族派の意図は同じということになる。

不意に、旺季が真夜中に悠舜の執務室から出てきたことを思い出す。

『……あまり彼の意を用いすぎて、あとでとんだことになっても知りませんよ』と言った凌晏樹……。

（……悠舜……？）

劉輝の心がすうっと冷えた。

「紅姓官吏については、何らかの手を打たねばならないでしょう」

「……悠舜」

「はい？」

もっといい方法を悠舜なら知っていたのではないだろうか？　黎深と絳攸どちらも朝廷に残せるように取り計らえたのではないか？

そう聞きたかった。

……悠舜を宰相にしたのは自分だ。劉輝は不安を喉《のど》の奥におしこめた。

悠舜の言葉を、自分が信じられなくてどうする。

「いいや。……頼む」

悠舜は「はい」と微笑んだ。

＊　　＊　　＊

秀麗の耳もとで、コポコポと茶の注がれる音がした。

秀麗は卓子に突っ伏したまま、顔を上げなかった。疲労のせいだけでもなかった。

「姫《ひめ》さん、葵長官のこと、どう思ってる？」

「…………口も性格も悪い上司。すごい厳しいし。なんか悪いこといっぱいしてそうな感じ」

「でも、嫌いじゃないんだろ」

「……なんでわかるの？」

「姫さん、茶州にいたときより、やわらかくなったからさ。あの頃より、いろんな考えを受け入れるようになっただろ。タンタンとかセーガ君とか、葵長官のおかげだろ？」

秀麗は答えるかわりに、無言で湯呑《ゆの》みをひっぱりよせ、お茶をすすった。

「姫さんの『正義』は、強くてまっすぐだった。わかりやすくて、誰も反論できない。自分の信じる正しいことを貫くためなら、何をしてもいいってどこかで思ってたろ？」

「……うん。思ってた」

贋作《がんさく》事件の時、一人で権限もなしに勝手に動いて、清雅の仕事を台無しにしかけた。

お決まりの正義感で、蘇芳に彼の父親を牢《ろう》に入れさせてしまった。

今なら——きっともっと、いろいろなことを考えた。もっとうまくやれたと、思う。それがどんな方法かは、秀麗にはまだわからないけれど。

燕青だったら、同じやり方はしなかったろう。別な方法で、別な結果を出したと思う。

少なくともあの時の衝動は自分のなかだけの正義でしかなかった。

「それは一歩間違えれば危険な考えだったって、今の姫さんはわかってる。自分は正しいから何をしてもいいなんてのは、単なる独りよがりの傲慢《ごうまん》だ。まっすぐな正義を振り回せば、弱い誰かを傷つけちまうこともある。それが権力を持つ官吏なら、なおさらな」

「……うん」

「気づかせてくれたのは、葵長官だろ」

秀麗は目を閉じて、頷《うなず》いた。

葵皇毅は頭から秀麗を否定し、甘いと鼻でせせら笑い、全然認めなかった。

正義では切り分けられない真実と、人の心で織り成される現実を否応なくつきつけて、秀麗の頭の中だけの理想になんの意味もないことを知らしめた。

だから、秀麗は考えるようになった。

この一筋縄ではいかない冷たい現実のなかで、自分の正義と理想を貫ける方法を。

清雅と同じ結果を、違う道でだすために。

その先には、確かに葵皇毅がいたのだ。

「燕青、私ね、いつか絶対葵長官にぎゃふんて言わせてやるって思ってたわ」

「……。野望はでかい方がいいよな！」

葵皇毅がぎゃふんと言ったら、絶対史官に話して史実に残そうと燕青はもくろんだ。

「あの人が正しいとは言えない。わかりやすい正義の持ち主じゃないんだもの。私をくそみそにけなしまくるし毎度毎度小馬鹿にされて。でも――それは全部正しかったの」

正しかった。だから秀麗は、葵皇毅が間違っているといえなくなった。

世界には通り一遍でない『正義』がたくさんあること。

多分葵長官は、その一つをもっているのだろうと思う。

それがたとえ秀麗には受け入れられなくても、知ろうと思った。

「きゃ～葵長官ステキ超尊敬とか、あの人の配下でよかったとか誇りに思うワとか、はっきりいって全然思ったことないわ。皮肉か嫌味しか言われたことないし。なんか事件を握りつぶしまくってるっぽいし。あれやるなこれやるな、お前は邪魔だとか邪険にされてばっかりだし」

「……あからさまにすげぇ悪者っぽいな……」

「でしょ。……尊敬してるとか、言えない。言ってることもやってることも、すんなり認めることはできない。でも、すごい人だって、心のどこかで思ってる」

秀麗は溜息《ためいき》と一緒についに本音を吐きだした。そう、だから。

「……葵長官に認められたいと思ったわ」

てんから相手にされず、侮られ、悔しくてたまらなかった。

自分にとって、すでに彼はそういう存在になっているのだと、気づいている。

尊敬したくないだけで、積極的にさがせば、多分心の隅っこに、その言葉のカケラくらいは、転がってるかもしれない。でも、うっかり発掘してしまったら、厄介なことになるかもしれないから、今の秀麗は探さない。

あの人の正義がどこにあるかを確かめて、それに納得できるまでは。

まだ秀麗は、葵皇毅を認められない。

「姫さん、御史は官吏の不正を糺《ただ》すのが仕事なんだよな？」

「……そうよ」

「じゃあ、同じ御史の不正は誰が暴く？」

「……同じ、御史が」

「じゃあ、長官の御史大夫の不正は？」

秀麗は目を伏せた。……本当に、燕青は容赦がない。

「私たち、御史の仕事よ。いちばん下っ端の監察御史でも、単独で宰相さえ弾劾できる権限があるの。歴代、長官の不正は……配下の御史たちが糾弾してきたわ」

葵皇毅の心中は秀麗には推し測ることもできない。でも、彼が秀麗の行動に目を光らせ、制限をかけているのは確かだ。

塩も、贋金《にせがね》も、兵部侍郎殺しも、官吏殺しの件も、何もかも中途半端なままで終わらせられていたことに今さら気づき、呆然《ぼうぜん》とした。すべて、捜査を途中で止めてきたのは皇毅だ。そして次々と別の仕事をあてがい、忙殺させて、いつのまにかうやむやになっている。

秀麗には、彼の腹の中など、情けないがさっぱりわからない。

「……ね、燕青。御史台官って、朝廷の中でどんな風に形容されてるか、知ってる？」

「知らん。なんていうんだ？」

それは、秀麗の好きな言葉だった。

「――『王の官吏』」

すべては、主君である王と、民を守るために与えられた力。

司馬迅を『生かした』のは、おそらく孫陵王か旺季のどちらか。その司馬迅は『牢《ろう》の中の幽霊』をつくりだしていた。『牢の中の幽霊』は『兵部侍郎』の手先として十三姫と秀麗を襲《おそ》った。『兵部侍郎』は『官吏殺し』に関わった。司馬迅を追えば『縹家』が劉輝を社に監禁していた。繋《つな》がっているのだ。けれど、それを繋がせまいとするかのように、葵皇毅は次々と糸を切断してきた。

贋金と塩の件で、どこかに消えた大量の金の行方もしれないまま。

今、秀麗と燕青は合間を見つけて、地方人事についても調べ直している。

……皇毅を認めている。もしかしたら尊敬しかけてさえいるかもしれない。

間違っていると思っても、抗弁しきれた例《ため》しもない。皇毅の前では、自分が無知で、ヒヨコのようにピヨピヨと、小さな世界で理想をさえずっているだけのちっぽけな存在だと、思い知らされるばかり。

葵皇毅に始終鼻であしらわれ、嫌味や皮肉を雨あられと降らせられ、ぶぅぶぅ文句を垂れながらも、もっとたくさんのものを学びたいと思ってる。

――けれど、秀麗にも譲れないものがある。

御史は王の官吏。

たとえ相手が葵皇毅でも、退くわけにはいかない。

秀麗が官吏として認められたいと初めて思った人でも。

……藍州に行くとき、皇毅は言っていたのだ。

『こちらで紅藍両家をしめておきたいからな』

あの段階で、紅藍両家と、彼はすでに言いきっていたのだから。

終章

劉輝はその日、悠舜と静蘭を伴い、仙洞省を訪れた。案内された室《へや》には、羽羽とリオウが待っていた。リオウはすっかり本調子に戻ったようで、劉輝はホッとした。

「リオウ、絳攸の件では本当に礼を言う」

「……別に」

　とリオウは答えた。

羽羽は劉輝に向かい、改まってお辞儀をした。

「……それでは主上、玉座に関することについて、今までお話ししていなかったことを、お伝えいたしまする。特に、王家と縹家につきまして」

　藍州で、劉輝は瑠花にいわれたことがある。

『ふむ。羽羽はいっておらなんだか。即位の折に、普通は伝えるものなんじゃがの。よほどそなたが不甲斐《ふがい》なく見えたか』

碧家の神鏡の話のように、劉輝が知らないことは山ほどあるのだろう。なぜ今まで話さなかった――などとは劉輝はいわなかった。瑠花の言葉が、きっとすべてだ。

　でも、それを羽羽は伝えようとしている。

「聞こう」

　はい、と羽羽は頷《うなず》いた。

「縹家と仙洞省が、王位継承権や、即位の儀、主上の婚姻などに、意見できることはご存じですね。わたくしたちの役目は、神事と王権の継承にあると申しても過言ではございませぬ」

「ああ」

「滅多にあることではないのですが、ある条件を満たした場合に限り、縹家と仙洞省には抜きんでて大きな権限が発生します。継承問題に異状があると見なした場合、縹家と仙洞省は直接介入できるのです」

　劉輝には寝耳に水のことだった。

「そんなこと、聞いたこともないぞ……？」

「歴代、ほとんど例のないことですゆえ……。継承問題に異状あり、という条件を満たすのが難しいのです。厳密に言えば、『蒼玄王の血が絶える可能性がある』ということです。そのような状況は滅多にございませぬ。たとえ時の王に御子《みこ》がおらずとも、たいがいは紫家の血をひく兄弟親族・末孫が他にも残っておるもの。そのくらいでは、縹家も仙洞省も権利を行使することはできません。が……」

先王戩華《せんか》は暗黒期と呼ばれた混沌《こんとん》の大業年間に終止符を打つかわり——。

「……父は、継承権を持つ者を片っ端から排除して王位についたからな……」

「はい。また王位争いのおり、公子たちも主上を残して皆ことごとくご処断なさり、第二公子も流罪。行方が知れません。紫家の名を冠するのは今や主上お一人になり申した。戦時など世の行く末の定まらぬような時の例外措置はございますが、現状は平時。このままでは縹家が玉座の是非に介入できる権利が生じます」

悠舜は注意深く訊いた。

「羽羽殿、玉座の是非を問える、とは？　まさか王自身を左右できるのですか？」

「……最終的には。……たとえば、妃でなく王に子種がない場合もございます。もしくは、つくるお気持ちがないと判断した場合——蒼玄王の血を残せぬ男は不要と見なし、縹家と仙洞省が王の交代を指示できるのです」

不要。劉輝は顔を引きつらせた。

「……楸瑛が聞いたらひどい言い種《ぐさ》とか言いそうだな……」

「ひどくないだろ」

リオウが呟いた。

「妃に子ができなければ他に妾妃《しょうひ》を迎えるのをよしとしといて。子種がない王を用済み扱《あつか》いすりゃひどいっていってなんだよ。男はよくて女はだめなのかよ。公平に欠ける」

リオウは知らず、縹家の男だから言える言葉だった。

「今のままですと、縹家によって玉座の交代が示唆される可能性が高いのです。仙洞省も、それをつっぱねるわけには参りません」

悠舜は眉をひそめた。

「玉座の交代といっても、そう簡単にできるものなのですか？」

「血統的に問題ない王位継承者はまだ複数残っております。何より――」

羽羽はちらりとリオウを見た。リオウは乱暴に言った。

「――縹家《うち》だ」

「リオウ？」

「蒼玄王の血をわけた妹・蒼遥姫《そうようき》を始祖にもつ縹家は、唯一火急時の代替王家たりえる。今までも緊急避難的に縹家から王を輩出したことがある」

王家と縹家は硬貨の裏と表のようなものだと言った瑠花の言葉を劉輝は思い出す。

……あれは、こういうことだったのだ。

「縹家が女を大事にし、子供を産んで血を継ぐことを第一に考えるのは、異能の問題もあるが、王位継承者を絶やさないためでもある。伯母上《おばうえ》いわく『王家は始終戦をし、統治より戦時の期間のほうが長く、公子は書物を開くより先にチャンバラごっこじゃ。なんで良き王が育つものか。自ら滅びたがってるとしか思えぬわ。ちっとも進歩せぬ』。伯母上が男と王家をバカにする理由」

劉輝は謎が一つとけた気がした。

「……リオウ……もしや縹家では、子供の頃から学問や政事を学ばせられるのか？」

「当然だろ。いざというときは王になる可能性があるんだ。男女ともにガキの頃から古今東西の書物を山のように読ませられる。仙洞令君も縹家の仕事だからな。いつ着任要請がきても仕事をこなせるように仕込まれる」

羽羽の顔がほころんだ。それは縹一門として誇れることの一つだった。

「はい。特に瑠花姫は学問を非常に重視し、奨励してきましたからな。おそらく最も学究、技術が進んでいる場所です。瑠花姫は男性に手厳しい方ですが、学問、技術、知識の継承に関しては、広く門戸を開き、男性の進出も奨励しております。リオウ殿をご覧になればおわかりでしょう。このお歳にて仙洞令君の仕事も問題なくこなしていらっしゃる」

劉輝は頷いたが、言葉にはできなかった。

リオウはいともたやすく『当然』といってのけた。

「王家が表の政事を司《つかさど》り、縹家が裏の神事を司る。どちらが欠けても成り立ちませぬ。ですがこのままでは……また玉座を巡り、各家の思惑が入り乱れましょう。公子争いの時のように、再び民が置き去りにされかねませぬ。どうか、それだけは——」

羽羽は両手を重ね合わせ、深々と劉輝に頭を下げた。

「主上、仙洞省……いえ、わたくしのお願いでございまする。どうか早期のご婚姻を。今はわたくしが主上の楯《たて》となり、守ることができます。けれどこのままでは、わたくしに縹家と仙洞省をおさえる権限はなくなります」

「……そうか、羽羽殿……仙洞官からも、余に対する不満が出ていたのだな」

それを羽羽がずっと一人で抑えてくれていたのだ。劉輝に気づかせることなく。

「……王に果たすべき王業があるように、仙洞官にも課せられた役目がございまする」

「わかっている。いやだいやだとしか言わずに、逃げ回っていたのは、余だ」

ただ一人の少女と引き替えに。

ややあって、劉輝は羽羽へ答えた。

「……ちゃんと、考える」

劉輝は長く沈黙したのち、ようやく口をひらいた。

「瑠花殿は……余を認めぬといった。何をしても、もう遅いのだろうか」

答えたのはリオウではなく、羽羽だった。

「主上、お間違えなきよう。大姫の……瑠花様の意思が縹家の意思ではございませぬ。また、かの姫が絶対に正しいわけでもないのです。瑠花様に認められるために政事をとろうとすれば、また別の誰かがそれに反発し、離れていくでしょう。それを繰《く》り返すことに何の意味もございませぬ。いずれ何が正しいかもわからなくなり、道を見失い、その場凌《しの》ぎの選択をつづけてゆくだけになりまする。主上は主上が自分で見つけた『芯《しん》』を揺らがずおもちください」

羽羽の言う通りだった。それでは、秀麗に好かれようと政事をしていたときと何も変わらない。

羽羽の言葉は簡潔明瞭《めいりょう》で、現実に裏打ちされた重みがあった。櫂瑜と並ぶ最年長者として、父や祖父の時代から、国の流転を目の当たりにしてきた。

なのに、劉輝は今初めて、羽羽の言葉を聞いた。

「縹家のことは、縹家の者が決めるでしょう。縹家を動かすのも、変えるのも、主上ではなく、縹一族が決めるべきことなのです」

リオウは自分に言われているようで、顔を背けた。

劉輝は仙洞省を出ると、最後まで一言も口を挟まなかった静蘭を振り返った。次期王と目されていた兄が、とうに羽羽の話を知っていたとしてもおかしくなかった。思えばずっと前から、静蘭は縹家の動きを気にしていた。

舟《ふね》の上で、秀麗に期限をつけたのは、思いつきだった。嘘はないが、最後にかき集めた前向きな気持ちでいったものだった。けれど今は、それさえぺしゃんこになりそうだった。

「静蘭……秀麗、に」

「はい」

なんでもないと呟《つぶや》いて、劉輝はまた歩きだした。

＊　＊　＊

十三姫は後宮に戻った劉輝を出迎えた。

おかえりなさーい、と言おうとして、十三姫は劉輝の表情に気づいた。

すぐに女官や侍官をさがらせる。十三姫は筆頭女官として珠翠のあとを引き継ぐと、あっというまに後宮を掌握《しょうあく》し、珠翠ばりにとりしきった。十三姫曰《いわ》く、

『珠翠さんには及ばないけど、暴れ馬を御すほーが難しいからなんとかなったわ』

であった。

十三姫は劉輝を私室まで引きずっていった。一人分でなく、しっかり自分のぶんと二人分茶を淹《い》れるのが珠翠とは違うところだ。

「またなんかあったの」

「……余はそんなにわかりやすいか」

「馬よりはわかりやすいわ」

馬よりわかりにくい人間というのもそれはそれで複雑だ。

劉輝は手渡された湯呑《ゆの》みを手に、ぺたんと敷物にあぐらをかいて座った。

すると、十三姫がうしろに座り、背中合わせに寄っかかってきた。

劉輝は淹れてくれた茶をすすった。ひどくあたたかかった。

涙が出てきた。

自分が間違っているのか、正しいのか。あきらめるべきなのか、まだ踏み留《とど》まるべきか。

何もかも、もうわからなくなっている。

「……余は……何もかも間違ってしまった気がする……」

「気のせいよ。疲れてんのね。夜ってムダに絶望的になんのよ。明日になれば元気になるわ」

劉輝は洟《はな》をすすった。

「王様なんてねー、何したってみんなからいじめられるのが仕事なのよ。あっち立てればこっち立たず。殴られっぱなしなんだから。何もかもうまくなんていかないわ。しょーがないわよ、新米王様なんだから。でも、あなたちゃんと何かはつかんで帰ってきてるじゃないの。乗馬だって最初は落ちることから覚えんのよ。慣れてったらちょっとずつ楽になるわよ」

「……でも、もっと、早くから、頑張ってればよかった」

「そう思ったことのない人間のほーが少ないわよ。最後まで頑張らないままよりはいーじゃないの。何、今から頑張っても、なんともならないことでもあったの」

劉輝はまたぼろろっと涙がこぼれた。

十三姫が肩越しに手巾《てぬぐい》を放り投げてきた。劉輝はちーんと洟をかんだ。

「……秀麗を……嫁にはできないかもしれない」

　十三姫はどう慰めるべきか悩んだ。

「……え、ええと。まあ、そしたらあたしが嫁になったげるわよ。初恋って叶《かな》わないもんだってゆーし。……私もダメだったし。秀麗ちゃんと顔くらいは似てるし」

「誰が」

「え？　私。ん？　そういえばあなただけは、似てるってひとことも言ったことないわね」

　筆頭女官になった当初、『紅貴妃《きひ》が戻ってきた』と女官から散々間違えられ、静蘭でさえ、会ったときにぎょっとした顔をしたのに。

　思えばこの王だけは、一度もそんな素振りを見せたことはない。

「そなたはそなたで、秀麗は秀麗だ」

　十三姫は茶に口をつけた。心があったかいのは、お茶のせいに違いない。

　王様は可哀相だと、十三姫は思う。藍州で、泣いていたのを思いだす。

　一人で頑張って頑張って頑張って、でも、……やっぱりこうして泣くくらいつらいのだ。

　逃げ道くらい、あったっていいと思う。

「……王様が抜き差しならなくなったら、馬でどっかへ連れて逃げてあげるわよ。こんな城くらい、馬で脱走するの簡単なんだから。頑張るだけ頑張って、もうダメだって思ったら、あなたが王様じゃなくてもいいとこに連れてったげるわ。約束してあげる」

「……本当か？」

「ほんと。でもまだダメなんでしょう。泣くほど好きなものは、そう簡単に手放しちゃいけないのよ。秀麗ちゃんのことも、もちょっと粘り腰でいきましょうよ。ここは楸瑛兄様見習って。一緒に考えてあげる。それでも、どうしてもダメだったら、……私で我慢しなさいよ」

「そんなの、余がダメな男みたいではないか」

「はあ？ 秀麗ちゃんと会う前、あなたがどんなダメな性生活してたのか、耳タコなくらい聞いてんのよ。今さら何カワイコぶっちゃってんのよ。あんたは超ダメな男だわよ」

劉輝の鼻水が止まった。

「聞いたのか⁉」

「聞かされたのよ。侍官から。自信満々に。あたし男から牽制《けんせい》されたの初めてよ。王様とっかえひっかえモッテモテね〜。楸瑛兄様もいい加減な男だと思ってたけど、あなたもどっこいどっこいね。今さらどんなダメっぷりを見せられても幻滅しないから安心しなさいよ。舟でしくしく泣いてるのも見たし、ゲロゲロ吐いてぶっ倒れてるのも見たし、馬にお悩み相談してるのも見たし、山で一人で遭難して、あげく高山病で迅に看病されてるのも見たしー。あと仔《こ》パンダに慰められたんですって？ 今さらカッコつけられてもねぇ。鼻で笑っちゃうわー」

「…………」

ものすごくダメな男だと劉輝は思った。

「後宮にいるときくらいは、どんなみっともない男でいたっていーわよ。もともとそーゆー場所でしょ、王様にとったら。で、朝になって元気になったら、カッコいいトコ見せに、いそいそ秀麗ちゃんとこ行ったらいーわ。明日の朝ご飯なにか食べたいものある？」

劉輝は涙をぬぐった。

「……肉まん」

「了解」

＊　＊　＊

絳攸は吏部侍郎室で私物を整理した。

「あーあ。一緒に国試及第して、お互い文武の出世街道驀進《ばくしん》中だったのに、一気にスコーンと転げ落ちちゃったねー。静蘭と秀麗殿に抜かされるってイッタイ……まあ人生休みも必要だよね」

呼んでもないのに手伝いにきていたのは（暇な）楸瑛である。

「楸瑛」

「ん？」

「……今回は、悪かった」

「お互い様だろ」

王と楸瑛が、毎日欠かさず絳攸の牢《ろう》を訪れ、ぺちゃくちゃどうでもいい話をして、傍にいたのだと、秀麗から聞いていたが、礼なんかいわないのだ。

絳攸は〝花菖蒲〟の刻まれた佩玉《はいぎょく》を見た。

「俺に残ったのは、この〝花菖蒲〟だけか」

「充分だろ。……王は最後まで、それだけは取り上げたくないと言っていたよ」

その言葉こそこよなき絳攸の宝。

片づけを終えて吏部侍郎室を出た。廊下の向こうから誰かが歩いてくる。

楊修だった。

楊修は一瞬、絳攸に目を向けただけで、あとは一瞥《いちべつ》もせず、すれ違った。

絳攸はその背を見送り、深々と礼をした。

見限られても当然の醜態をさらしてばかりだった。

それでも最後、楊修は絳攸の許《もと》を訪れてくれた。

絳攸を一個の人間として認めてくれたひと。

「……また、一からやり直しだな」

再び楊修の目に映るのを許される日まで。

楸瑛は低く呟《つぶや》いた。

「それにしても、君と黎深殿が一気に処分されるとなると、これから一悶着《ひともんちゃく》あるな」

「……お前の時と違って、紅姓官吏は山ほどいるからな。何より……均衡が崩れた」

国試派、貴族派で拮抗《きっこう》していた勢力図が崩れた。それも、もっとも攻略し難い相手だった黎深を、切り崩して見せた。

貴族派にとって、黎深の一件は単なる始まりの合図にすぎないのではないか。

絳攸は唇を嚙《か》みしめた。もはやあとには引き返せない予感がした。

＊　＊　＊

「お帰り、黎深」

百合は貴陽の紅邸で黎深を待っていた。

黎深はじろりと百合を睨むと、ものも言わず奥の間へずかずか進んでいく。

「会うのも久しぶりだね。どれくらい会ってなかったっけ。半年くらい？」

「一九二日ぶりだ。半年越えてる」

「細かいね君は！」

百合は黎深の後を追った。黎深はむっつりしている。奥の室《へや》へ入ると、長椅子にどっかと座り、そっぽを向く。

「不機嫌だね、黎深」

「……なぜ私より先に絳攸へ会いに行った」

「当たり前だろ！　ノホホンと尚書室にいる旦那《だんな》より、牢屋《ろうや》の中の大事な息子に会いにいく方が先決に決まってるじゃないか!!　御史大夫にねじこんだよ」

「ふん。夫より息子か」

「そうだよ。お母さんだからね。君だってそうだろ」

「…………」

黎深は長椅子でふてくされたようにあぐらをかく。

百合は長椅子の背もたれ越しにうしろから黎深を抱きしめた。

「頑張ったね、黎深。偉い。子供は親から離れていくものなんだから、仕方ないよ。どーでもいいと思ってた吏部尚書の官位が、絳攸の成長の糧と未来への踏み台になって、全然使われなかった吏部尚書の机案《つくえ》と椅子も報われるってもんだよ。いやー、でも本当に絳攸、君を尚書から蹴落《けお》とすと嫌われるって信じてたんだ……。官位なんてものすごくどーでもいいっていう君の日々の心からの主張さえ、絳攸の中では何か美しいモノに聞こえてたのかな……。君、早くしろとっととやれ、ってすごいイライラしてたんじゃないの」

「お前が甘やかすからグダグダになったんだ」

「なにー。君がいつまでも絳攸にアレやれコレやれ世話ばっかかけるから親離れしなかったんだよ！」

黎深の髪を引っ張る。

「……そういえばさ。不思議に思ってたんだけど、君、絳攸をどこで見つけたの？　貴陽の途次だったよね。私が馬車の中で熱出して寝こんでてさ。あのときに拾ったんだよね？」

「山の上」

「山⁉　冬だったよね。山をのぼったの？　君が？　なんでまた」

「馬車で山道を通っていたら、いきなり文鳥が二羽《わ》飛びこんできてな。白いのと灰色の」

「……真冬に？　そりゃまたお伽噺《とぎばなし》のような話だね。で？」

「手巾《てぬぐい》をもって飛んでいった」

「……はあ、手巾。君にしては控え目な盗難品を追っかけたね」

「……お前のおしぼりにしてたんだ」

百合は目を丸くし、赤くなった。たまに年下も悪くないと思うのはこういうときだ。

「文鳥を追いかけたら、コウがいたの？　冬の山の中、に――」

百合は口を噤《つぐ》んだ。

真冬の山奥に、子供が一人。

百合はもう一度黎深を抱きしめた。

「……そっか」

黎深の双眸《そうぼう》が、深く沈んだ。

「……似ていたんだ」

「ん？」

「目が。どこか遠くを見ていた。兄上を待つ、私に似ていると思った」

幼い頃、たびたび家を空ける長兄を、黎深は玖琅と二人で待った。

でもあの子供は黎深よりも悲しかった。

誰かを待っていたはずなのに、誰を待っているかわからないと、子供は泣いた。

大事な人がいたはずなのに、忘れてしまった——と。

邵可をあてどなく待つだけで黎深は悲しかったのに、そんなのはたえられるはずがない。

だから、拾うことにした。せめて子供が、誰を待っているか思い出すまで。

生贄《いけにえ》にならなきゃならないので一緒にはいけません、イヤですなどと散々阿《あ》呆《ほう》なことをいって抵抗したあのバカを、むりやり木からひっぺがして馬車につめた。

コウがおとなしくなったのは、馬車の中で、寝付いていた百合を見てからだった。「こんな綺《き》麗《れい》な女の人、初めて見ました」というコウに、試しに看病しろといったら、逃げ出さなくなった。

「……もう、絳攸は忘れているだろうがな」

百合はどうして黎深がコウを拾ったのか、今まで不思議に思っていた。

……黎深は、コウに昔の自分を重ねていたのだ。

いつまでたっても帰ってこない、誰より愛する長兄を待ちつづけた自分と。

一人よりも、もっと寂しい、愛する人が欠けた半分の心。

「君には私がいるよ。ずっと君のそばにいるから」

「……嘘つくな。一九二日もほったらかしてどの口がそれをいう」

君が仕事しないからだろ、と百合は思った。

「わかった。じゃあ、君が行くなというときは、絶対どこにもいかない。約束する」

黎深は肩越しに百合を見た。そしてぼそっと言った。本当に。

百合はやや動揺した。一生聞けないだろうと思っていたのだが。

「……いいよ。約束する。もうどこにも行かないよ」

黎深の機嫌は直った。

「……百合、私はすぐに紅州に戻る」

「……は？　どうゆうこと」

「すぐに帰る必要がある。いくつかやることがある。それに調べたいことがある」

「やることって――」

百合はハッとした。――まさか。そこまで王は追い込まれているのだろうか。

「……わかった。じゃあ私は貴陽に残る」

「お前、つい三拍前に自分がなんといったかも忘れたのか！」

「えへ。ごめん。撤回。待って。絳攸と、チビちゃん――じゃもうなかったね、王も心配だから残るよ」

紅家当主が王に罷免され、紅州へ帰還――。

変化が、起こりつつある。それも急速に。

昔一人でメソメソしていた公子が、今は必死で踏み止《とど》まろうとしている。できうることなら、百合は力になってあげたかった。

「あの子たちが苦労してるのは、もとはといえば私たちのせいだよ。一族だけ優先して、誰にも手を差し伸べないできた。――もうそろそろ、紅家も変わっていいころだよ」

百合は黎深に笑いかけた。

「だからさ、黎深。今度は君が迎えにきてよ。貴陽にいるから」

黎深は口をへの字に結んだが、一緒に帰れとはとうとう言わなかった。

「待ってるからね」と百合は黎深へ伝えた。

＊　＊　＊

その晩遅く、秀麗は庭院《にわ》をぶらぶら歩いていた。

月の綺麗な晩だった。

「……あら、静蘭。どうしたの」

「お嬢様こそ、こんな夜にどうされました。もう寒いですよ」

「なんとなく、散歩」

静蘭が隣に並んだ。

「本当はね、ちょっと母様のこと、思いだしてたの」

百合と会ったからかもしれない、と秀麗は思った。

「お嬢様。今日はお疲れさまでした」

「……ホントは全然たいしたことできなかったって、わかってるわ。絳攸様をなんとか首の皮一枚でつなげただけよ。全部後手後手で……清雅と葵長官のもくろみどおりの結果」

月明かりの下で、秀麗は足を止めた。月が影を引く。

「……劉輝が心配だわ……」

一仕事が終わったという気が全然しない。ひどく心がざわついて仕方がない。

何かがはじまろうとしている。

「……お嬢様、藍州からの帰り、舟《ふね》で王に求婚をされたそうですね」

「ええ。期限付きで」

「やはりお心は、動かないのですか」

秀麗は笑った。

「むりよ。私、母様と同じだもの」

子供ができないといわれていた母。奇跡が起きて、秀麗が生まれて、本当に本当に嬉《うれ》しかったと、散々聞かされた。でも劉輝は奇跡を待てる立場じゃない。

「世の中、母様みたいにうまくいかないわ。こればっかりはね」

妃は一人と劉輝は宣言したという。

たった一人の妃というのはいい案だ。劉輝に似合っている。

ただし、秀麗はのぞいて。

「お嬢様……」

「あら静蘭、何よその顔。私は幸せよ。夢見た道を突っ走ってるんだから。実際今九割九分結婚する気ないけど、一分くらいならあるのよ。父様みたいに、死ぬまで二人きりでいい、っていってくれる人がどこかにいたらね」

秀麗はまた夜の庭院をぶらぶら歩き出した。

「……でもそれは劉輝には言えないから、逃げ切んなくちゃならないのよ」

秀麗はひとりごちた。自分に言い聞かせるように。

光の記憶

白文鳥と桜文鳥は、よく耕された小さな畑にゆっくりと戻った。風がそよそよと吹く。畑の畦道《あぜみち》は、蜜《み》柑《かん》と柿の木の植わった一軒家に通じている。

そこは、誰も知らないような山の奥の小さな村。

その日も昨日と同じ今日がくるはずだった。それはまるで朝がきて夜がくるように。

夫婦はいつものように雄鶏《おんどり》よりも早く起きると、支度をして、畑に向かった。一緒になって何十年もたつが、日々は何一つ変わらない。二人きりで暮らしながら、季節は移ろい、歳を重ねていく。気づけば二人ともに老人となっていた。

ところがその日、一緒に畑に向かう途中、聞き慣れない声がした。

突然、妻が畑の中へ駆け出した。

「あんた！　見てちょうだい」

妻が抱きあげたものをみて、夫は呆気《あっけ》にとられた。

——妻の腕の中には、元気に泣く赤ん坊がいたのだ。

その日から、夫婦の生活は変わった。
世界はその元気な赤ん坊を中心に回り始めた。

　赤子はすくすくと成長し、幼子になった。

ある日、幼子がひどく風邪をこじらせた。夫婦は子供を荷車に乗せ、衣服や毛布で子供をくるみ、食べものを積み、二人で一緒に荷車をひいて、山を下りた。近くのお医者まで連れていくにも、何日も歩かないとたどりつけない場所だった。

　荷車をひき、みてくれるお医者を人に聞き聞きたずねあるき、そうしてお医者を見つけるまでに五日かかった。

　お医者は話を聞いて同情した。

「大変だったでしょう」

なけなしのお金をはたき、畑も放り出し、重い荷車をひいて五日もさまよい歩き。

　老夫婦はきょとんと顔を見合わせると、笑いあった。

「不思議なことをおっしゃる、お医者さま。私たちは、子供がいる生活がこんなにいいものだなんて、今まで知らなかった。ずっと二人で静かにすごしてきたんです。それでも充分幸せだと思ってましたけれど、違ったんです。この子を拾ってからの幸せとは、比べものになりません。この子を拾って、私たちはとてもとても幸せになった。泣いて、笑って、ぐずって……この子のために畑を耕し、水を汲《く》んで、お医者を探して。そのすべてが、私たちの宝です。何一つ、苦労なんてありません。この子がいてくれるだけでいいんです」

だから、と老夫婦は照れくさそうに笑って子供を見た。

「私たちはこの子を、天から降ってきた〝幸運の子〟と呼んでいるのです」

子供につけた名前を——「光《コウ》」

それを偶然聞いていた男がいた。男は〝幸運の子〟を、金や運をもたらす子だと信じた。

薬を飲み、子供はすぐに元気になった。今度は三人で、みんなで仲良く荷車を引いて、山に帰ることにした。

途中でしとしとと雨が降ってきたので、老夫婦は病み上がりの光のために、この先にある大きな木の下で、雨宿りをしているようにと言った。待っていてね、と。

光はそのとおりにし、大きな木の下で待っていた。待つのは嫌いではなかった。おとうさんとおかあさんがニコニコしながらやってくるのを待つ時間が、光は大好きだったから。

そうして待って、待って、待って——誰も来なかった。

光は不思議に思い、もときた道を戻ってみた。

道は雨でぬかるんでいた。泥だらけになりながら、懸命に戻ってみると、見慣れた荷車が道の端にバラバラに壊されて転がっていた。

おとうさんおかあさんと、声を張りあげて呼んだ。小さな足で必死に辺りをさがした。

ようやく見つけた二人は、赤黒い水の流れる地面に転がっていて、いくら呼んでもゆすっても、もう光にふれてはくれなかった。

『光——私たちの幸運の子』

欲深い人買い男に無惨に殺されて死んだ老夫婦の姿が、白文鳥と桜文鳥にかわる。

……ごめんね。お父さんとお母さん、約束の場所に行ってあげられなくて。
ありがとう。ずっとずっと待っていてくれて。でも、もういいの。
もう、私たちを待たなくてもいいんだよ。忘れたままで構わないの。
どうか幸せに——コウ、絳攸。愛する私たちの幸運の子。
あなたを拾って、あなたと一緒にいるだけで、私たちはとてもとても幸せだったの。

その言葉だけを残して、二羽は再び絳攸の中で眠りについた。

アナザーエピソード

お伽噺のはじまりは

『お前、ナニ考えて家をおん出たわけ？』

そう訊《き》いた男がいた。

どうして、と訊いたなら、殺されないため、と答えたのに。何を考えて、なんて言いやがったから。

（……あのとき、なんて答えたのだっけ）

本能の発達した野生動物みたいな北斗《ほくと》は、たやすく邵可の『本当』を引き出した。

（——ああ、そうだ……思い出した）

記憶の水底《みなそこ》から、邵可は忘れていた『答え』をそっとすくった。

（……お伽噺《とぎばなし》、だ）

序

――封じている、音がある。

『そなたは優しい子ですね……』

誰もが頭《こうべ》を垂れる、美しく気品高き大叔母《おおおば》は、幼い邵可が庭先から摘んできた一輪の花に、瞳《ひとみ》を和ませた。

『そして……とても聡明《そうめい》な子』

邵可に手ずから琵琶《びわ》の手ほどきをしたのは大叔母だった。離れで、邵可の弾奏に大叔母は聞き入る。大人でも弾きこなすのは至難といわれる曲を、五歳にして完璧に弾いてのけた子に、満足そうに笑う。

『音は嘘をつきません。そなたの行く末が、とても楽しみですよ』

大叔母の笑みは、泣きそうにも見えた。

『そして……可哀相な子。そなたはその歳で、すでに無邪気さを知らぬ』

琵琶を弾く手を止め、静かに見上げてくるその目は、すでに幼子のものではなかった。

その目が紅家の長子に生まれたものの宿命の印であった。

『そなたこそ、誰よりも紅一族らしい資質を兼ね備えた男の子《お》……。そなたが、紅一族を守るのですよ、邵可』

邵可はおっとりと微笑んだ。けれど、大叔母のその言葉に頷《うなず》くことはなかった。

琵琶のつづきを爪弾き始める。

若い頃から藍家・碧家の名手らを凌《しの》ぎ、当代随一の琵琶姫《ひめ》と名高かった紅玉環《こうぎょくかん》。鬼神さえ魅了すると称《たた》えられ、かつて後宮でもひときわすぐれて寵愛《ちょうあい》された彼女の音は、そうして誰に知られることなく、ひそやかに伝授された。

その後、彼女が息を引き取り、秘伝の継承は途切れたと誰もが嘆いたときも、邵可は何も言わなかった。ただ一人沈黙の帷《とばり》の中に、音色を封じた。

『音は嘘をつきません』

――すでに人知れず歩んでいた、血濡れた道を隠すことと引き替えに。

一

邵可は府庫の仮眠室で、ポッカリと目を覚ました。目覚めと同時に五感の全てが覚醒《かくせい》するのは習いであった。寝起きでも現《うつつ》と夢が混濁することは決してない。

「……ずいぶん、久々の夢を見たな」

狂うことのない体内感覚は、予定通りの目覚めを告げる。――真夜中、だ。

昔からの習慣で、邵可はさほど睡眠を必要としない。一刻ほどとる仮眠で事足りる。だが、今日のように夢を見るのは非常に珍しかった。

チリチリと、産毛が逆立つ感覚。夜の静寂《しじま》にざわめく木の葉の音、微《かす》かな鳥の羽ばたき――。夜は、すべての感覚が研ぎ澄まされる。特にこんな夜は……。

秀麗は先頃、医師団を伴って奇病の広がる茶州へ発った。

泣いて泣いて、それでも顔を上げて、虎林郡へ駆けていった娘《むすめ》。

妻と同じ、こうと決めたら貫き通す鋼の意志。

「……私と君の娘にしては、秀麗はできすぎなくらい良い子に育ったよ……」

邵可は髪を結おうと紐《ひも》に手を伸ばし、指先が微かに震えているのに気づく。いったい、この自分の指が震えるなど、誰が想像しただろう。

邵可はのろのろと額に手をあてた。天の運行のように精密だった自分の心は、いつのまにかこんな他愛ないことで狂うようになってしまった。

「……は……まったく君と会ってから、私は狂いっぱなしだよ……」

秀麗は無事だ。悠舜は手抜かりなく、最短時間で万全の態勢を整えた。治療法も医者もそろえて乗り込んだ以上、事態が収束しないわけがない。

最悪でも〝邪仙教〟の教祖とやらを燕青か静蘭が殺してカタは付く。二人がつけられないなら、邵可の弟たちが手を下す。

秀麗が死ぬ要素はどこにもない。絶対……。

それなのに、冷静になりきれない。羽虫の羽ばたきのような、闇に梢《こずえ》が揺れるような、理性とは別の場所で邵可の心がざわめく。

邵可は髪を結びながら、深呼吸した。泡立つ感情を抑えこむ。

（まだ、私が動くわけにはいかない――）

脳裏に琵琶がかすかにめぐる。それは、両親よりも邵可を理解した大叔母の音色。

紅家で現実を知った時から、決めていたはずだ。もぎとらなければ平穏は訪れない。守らなければ幸せは続かない。そのために手を汚すことが必要なら。

――死ぬまで平穏とは無縁でいい。

幸せは転がってなどいない。脆《もろ》くて壊れやすくて、いつでも誰かが必死で守っている。それでさえ、簡単に砕ける。もう、先王も先代黒狼もいない。霄太師は当てにするとしょっちゅう馬鹿を見る。……だから。

（いつでも『私』に戻れるように）

感情に流されることのない、氷の理性こそが、邵可が邵可たる証《あかし》。

邵可は仮眠室から出て、府庫のかびくさい本棚《ほんだな》とふりつもる闇をかきわけ、半蔀《はじとみ》の一つを引き開けた。星明かりが差し込み、薄ぼんやりと窓辺を照らす。雲に隠れて、月の形はわからない。

そう――ちょうどこんな夜だった。

まだ十《とお》にもなっていなかった邵可が、幼い二人の弟を置いて紅家を出たのは。

『お前、ナニ考えて家をおん出たわけ？』

夢の北斗がそう訊く……。

そのとき、静かな夜の気配が一変した。

梢から一斉に鳥が羽ばたく。邵可の全身があわだった。

考えるより先に体が動いた。

邵可の姿は府庫から消えた。

二

波のように空気が鳴動する。波紋の中心――仙洞宮の裏の禁池に腰までつかり、髪を解いて、焦点の定まらない目でぼうと遠くを見つめる娘がいた。

「――珠翠!!」

邵可の叫びは、珠翠に届かない。

波紋のように広がっていた空気の波が、急速にある一方向に向かって収斂《しゅうれん》していく。それと連動するように、珠翠の双眸《そうぼう》も焦点を結び始める。遥《はる》か遠く——見えるはずのない光景をその目に映すために。

——『千里眼』。

「——やめろ!!」

珠翠によって形成された〝場〟を断ち切るのと、珠翠を池から引きずり出すのと、両方は無理だ。

「——霄太師《くそじじい》!!　たまには役に立ったらどうだこの野郎っ!!」

その瞬間、どこかから飛来した古代の短刀が、〝場〟を形成していた結界石を砕いた。圧迫感が急速にしぼんでいく。邵可は珠翠を水からひきずりあげた。

胸に珠翠の体を抱き留める。濡れた珠翠の黒髪が扇のように腕に広がった。

「……相変わらず、ほんっとうに小生意気なガキじゃ——」

途切れた霄太師の嫌味に邵可が振り返れば、なぜか霄太師は珍しいものでも見るように邵可を見ていた。邵可は眉根を寄せた。

「……なんですか？」

「……いや、久々に見たな、と」

呟《つぶや》いた声は妙に若々しく聞こえた。ほつれた前髪を指先でかきあげる仕草も。邵可は初めて会った時の彼を思い出した。思えば、霄太師の目だけは、若い頃と何一つ変わっていない。

「見てたなら止めたらどうです。あんた一応珠翠の後見でしょう」

今度こそ、霄太師は驚いた顔をした。次いでにやにやする。

「ほぉお～」

「だから、なんですか」

「いや、自分で気づいてないならいい」

霄太師がそばまできて、珠翠の額に指でふれた。珠翠の目は開いているが、そこに感情はなかった。まるで心がどこかに取り残されてしまったかのような虚《うつ》ろ。

もし本当にそうなったなら、珠翠はこのまま、生きながら死ぬしかない。

「……どう、ですか」

「異能を使う寸前で止めたからな……普通なら死ぬか発狂するかだが、大丈夫じゃろ。むしろ凍死のほうがありえる。あたたかくして寝せておけ」

霄太師の指先が珠翠の瞼《まぶた》を下ろす。邵可はようやく詰めていた息を吐いた。

「しかし結界で遮ってる気配を府庫で察知して駆けてくるヤツなんぞ、今となってはお前っくらいのもんじゃのう。あとは羽羽殿か」

「他はほとんどみんな死にましたからね」

霄太師は黙った。邵可は珠翠を両腕に抱いて立ち上がると、不承不承ながら霄太師に礼を言った。

「……一応、お礼は言っておきます」

「珠翠を止めなければ、間違いなく秀麗殿の安否がわかったぞ？」

邵可の短刀が霄太師の頬の横をすり抜け、背後の幹に深々と突き刺さった。

「――無事です」

氷のような声で告げると、邵可は珠翠を抱いて立ち去った。

霄太師はやれやれと首をすくめると、結界石を破壊した短刀を取りに行こうとした。すると誰かの指先が先んじてそれを拾い上げた。

「……まったく、どうして君はいつまでもそう子供なのでしょうね」

正絹で肌《はだ》を撫《な》でるような、かすれて艶《つや》のある声がした。

折しも雲の切れ間から月がのぞいた。

霄太師は思わずゲッと呻《うめ》いた。

「……櫂瑜……殿」

「げっ、とか言いましたね、君。先輩に向かって」

「失礼。真夜中なのにあなたは相変わらず無意味にキメてますね」

じいちゃん語尾を使わない櫂瑜を相手にすると、霄太師もつい昔の口調に戻る。

櫂瑜は上から下まで霄太師を眺めた。

「君は相変わらずダメダメな姿ですね。妻がいないと男はここまでダメになるという絶好の見本ですね。後学のために宝物倉で『独身男の末路』と立て札でも持って国庫の助けになったらどうです。一文くらいなら拝観料を投げてあげますよ」

「じじいで格好つけてどうするんです」

言うだけ無駄と知りつつ、霄太師はついぶつくさ言ってしまった。たとえ死ぬ一拍前でも、櫂瑜はきっと一分の隙もない姿で、眠るように目を閉じるに違いない。何せ敵に捕まって拷問された時も身だしなみに気を遣い、結局ひと言も白状せず、助けにきた先代黒狼に微笑んで『相変わらずあなたはお美しい』とか虫の息で言った男だ。

筋金入りの格好つけ野郎なのだ。

「どのみち鴛洵《えんじゅん》一筋の英姫《えいき》嬢が君に振り向くはずもありませんからね。胸に秘めたまま、何も言わずに独身を貫いたことは評価しますが」

「は？　勝手におかしな話をつくらんでください。粗品にタワシがついてきたって英姫なんか死んでも嫁にとりませんよ。のしつけて送りかえしてやる」

櫂瑜は馬耳東風と聞き流した。

邵可が去った方向に、視線を投げる。

「君も大人げないことをして。あの子が……邵可が感情のまま対せる相手は少ない。たまに捌《は》け口をつくってやるのは必要ですが……霄」

拾いあげた短刀を、櫂瑜は音もなく霄太師に放り投げた。ゆるやかな放物線を描いて、短刀の柄《つか》が霄太師の掌《てのひら》におさまる。

「あの子の上を行ける大人は少ないのに、君は意地悪ばかりして」

「もうそろそろ邵可も四十ですが」

「まだ四十です。なのにもう……先代黒狼も、北斗も、薔薇姫も、先王もいない。あの子に手を差し伸べられる『大人』は、どうしてか、あの子を置いていく」

霄太師はばつが悪そうにした。……その『大人』の一人である櫂瑜は地方各地を飛び回り、ほとんど王都にはいない。

「……先代黒狼の死は、早すぎました」

櫂瑜の囁《ささや》きは、闇にとけこんで深さと濃さを増した。

霄太師は答えなかった。先代亡き後、跡を継いだ子供の〝黒狼〟に、いくつもの暗殺を命じたのは霄太師と先王だった。それを後悔したことはない。綺麗事《きれいごと》では何もできない時代が、確かにあったのだ。

「……霄瑤璇《ようせん》、人は確かに完璧ではありません。それでも一生懸命に頑張って生きている者に、優しくしてあげてもいいでしょう」

霄太師は弾《はじ》かれるように櫂瑜に顔を向けた。櫂瑜の微笑は、いつも通りにも、謎めいて諭《さと》すようにも見えた。

櫂瑜が知っているのかいないのか、霄太師はわからない。自分のほうが遥かに長く生きているのに、昔から自分の知らない何かを知っているような顔をする。だから櫂瑜は苦手なのだ。

「邵可が動揺するのは本当に珍しい……。お嬢さんの身を案じているあの子に意地悪を言って……別に嘘をつけとは言いませんが、『多分大丈夫』くらい言ってあげたらどうです。

年上でしょう、君」

「……相変わらず邵可には優しいですね」

「あの子は、自分が頑張っていることさえ気づいていません。頼られてばかりのあの子を、誰かが甘やかしてあげないと。君も妬《や》いているのなら素直にそう言えば、考えてさしあげますよ」

優雅に裾《すそ》を翻して歩み去る櫂瑜に、霄太師は口をへの字にした。手元の短刀を宙に放って、軽く弄《もてあそ》ぶ。

「『多分大丈夫』ね……」

呟くと、馬鹿なことを言ったとでもいうような顔をして、霄太師も踵《きびす》を返した。

＊　＊　＊

『櫂瑜殿……』

一人の子供のために泣いていた兇手《きょうしゅ》がいた。

櫂瑜は、これまでも多くの同胞を彼岸へ見送ってきた。その記憶の多くは薄れていった。

でも、あの声だけは、何十年も色褪《いろあ》せず、櫂瑜のなかで谺《こだま》している。

先王・戩華のために兇刃を振るいつづけた、先代黒狼。

『もし……私に万一のことがあったら、あの子をお願いします。もともと、自分に関しては底が抜けた桶《おけ》みたいにいろいろダダ漏れな少年ですから』
忘れないでください——先代黒狼は、櫂瑜にそう頼んだ。
『あの子が、決して完璧ではないことを』
先代黒狼は、邵可を特別な名で呼んだ。
『魁斗《かいと》を、よろしく頼みます』
それからまもなく、先代黒狼は逝《い》った。

三

邵可は珠翠を抱えて府庫に戻りながら、霄太師が『久々に見た』と言っていた理由に気づいた。

「髪を上でくくってたのか……」

北斗の夢を見たことや、秀麗のことを考えていたら、無意識に後頭部で結んでしまっていたらしい。やはり調子が狂っている。霄太師にそれを見抜かれたのも腹が立つ。

府庫に戻ると、大急ぎで毛布をたくさん用意し、仮眠室の寝台を調える。

『魁斗』

不意に、その呼び名が心の奥深くから呼び起こされた。

すべてに死をもたらす、斗《ほし》の魁《あるじ》。

その名をつけてくれた人の歳を邵可はいつのまにか追い越してしまった。

「あの人を知る者も、少なくなったな」

珠翠や北斗も、先代黒狼を知らない。

珠翠の様子を気にしながら、火鉢に火を入れる。

（……昔から利発だけど、珠翠が刺繍《ししゅう》だけ下手なのは、絶対私と妻の影響だな……）

自分も妻もちょっと特殊に育ったので、珠翠にうまく『普通』を教えてあげられなかった。〝黒狼〟の時なら魚の小骨一本まで捌《さば》ける自信があるが、そんなの平時までやってられない。普段は抜けるだけ手を抜きまくるを信条にしていたが、……どうも手抜き加減の振り幅が大きいらしい。

「珠翠もすっかり大きくなったな……」

美しく教養高く、心優しい娘《むすめ》に育ってくれた。……いくらでも幸せな生活を送らせてやれたはずなのに。そのことだけは、邵可は今でも後悔しつづけている。

「どうしていまだに良いご縁がないのかな。浮いた噂一つないし。よっぽど理想が高いのかなぁ。せっかくお饅頭《まんじゅう》づくりも上手になったのに、いつも私ばっかり食べてていいのだろうか」

邵可はひとしきり首を捻《ひね》ったが、勿論《もちろん》答えは見つからなかった。乙女心は謎だ。

「……さて、と。濡れた衣服を脱がせないと。けど、うーん……」

さすがに邵可は躊躇《ためら》った。子供の時ならともかく――。

そのとき、人がくる気配がした。誰か察し、邵可はくすりと笑う。

「……いいところに」

邵可はまだ髪を高い位置で結んだままだった。……まったく本当に今日はどうかしている。手早くうなじで結び直すと、仮眠室から顔をつき出す。

「黎深、ちょっとお願いをきいてくれないかな」

やってきた黎深は即答した。

「なんでもききます」


「で、君は何しにきたんだい」

乾いた着物に珠翠を着替えさせ、寝かせたあと、邵可は弟にようやくそう訊《き》いた。

二人で閲覧室へ移りながら、黎深は仮眠室に目をやった。

「……あの女、何をしたんです」

「『千里眼』を使おうとしただけだよ」

「……『千里眼』？」

黎深は訊き返した。

「珠翠の範囲は千里を軽く凌《しの》ぐけどね」

「この城で、使おうとしたんですか」

「そう。だから止めに行った」

「……わかりました。監視は外します」

「おや。疑《うたぐ》り深い君にしては珍しい」

「そこまでされては信用しないわけにいかないでしょう。いくら縹家の人間でも。死にます」

　黎深は訝《いぶか》しんだ。

「そこまでの異能《ちから》をもちながら、よく今まで縹家が放っておきましたね」

「最初は……『無能』だったからね」

　邵可は呟《つぶや》いた。

「……兄上」

「ん？」

「お、お茶淹《い》れてください」

「なんだ、夜中に居座るつもりかい」

「べ、別にいいじゃないですか！」

「いいよ」

　邵可は落ちついたばかりの椅子から立ち上がった。子供にするように黎深の頭を叩《たた》く。

「今日はお茶じゃなくてお酒にしよう。夜が明ける前には君は帰って寝ること。君は私と違うのだから」

最後のひと言に、黎深の目が物騒に光った。邵可は言い足した。

「君には明日も仕事があるということだよ。多忙を極める吏部尚書殿？　あまり絳攸殿を困らせてはいけないよ」

「いーんですよ。若いときの苦労は買ってでもしろというじゃないですか」

「……今、すごい棚上《たなあ》げを聞いたな」

邵可は酒の用意をする。

脚つきの酒杯を二つと、酒の入った瓶子《とっくり》を卓子《つくえ》に並べると、「兄上が苦労させてくれなかったんじゃないですか」と黎深が言った。

「兄上の苦労なら買いますよ」

「あはは、高くつくよ」

「ふっ、私に不可能はありません」黎深が扇をサッとひらく。

「そう？　実は紅黎深ていう、目の玉が飛び出るほど高い在庫でねぇ」

自信満々に揺れていた扇が止まった。

「責任もって最後まで引き受けようと思ってたんだけど、君がそう言うなら――」

「――ああ兄上！」

「何？　買って独り立ちする？」

「……う、売らないで、ください……」

　邵可は噴きだした。

「わかったろう？　私の苦労は非売品なんだ。誰にも売れないよ。ちなみに同じ棚に紅玖琅っていうのもあってねー」

「そんなもん即刻叩き売ってください」

「ダメダメ。君と二人で一式だから。私のかわりにいっぺんに引き受けてくれる人じゃないと売らないことにしてる」

　誰も買うわけがないのである。

　黎深は恨めしげに兄を睨《にら》んだ。

「……今日は、意地悪ですね」

「そう？　そうかなぁ」

　手酌で酒杯に酒を注ぎながら、邵可もそうかもしれないと思った。

　頭の中で、ゆうるりと琵琶《びわ》の音がめぐる。

『そなたこそ、誰よりも紅一族らしい資質を兼ね備えた男《お》の子……。そなたが、紅一族を守るのですよ、邵可』

　夢の中の大叔母《おおおば》の声。どうして家を出たのかと訊いてきた北斗。今日は妙に昔のことを思い出す。

「……ね、黎深、君、玉環大叔母様を覚えている？」

「ええ。私が子供のときに亡くなった——まだバカじゃない血縁でしたね」

黎深にかかると、紅家を裏で専制支配していた影の女当主もそういう評価になるらしい。

「あの人は珍しく私より兄上贔屓《びいき》だったので、それだけでかなりの高評価です」

黎深の絶対基準がどこにあるのか如実にわかる言葉である。

「玉環大叔母様がいなかったら、紅家はかなり危うかったろうね。後宮から戻ってきて、紅家の舵取《かじと》りをしていたのは実質あの人だったから。綺麗《きれい》で頭がよくて先見の明にあふれていて、誇り高くて野心家で、……そしてとても琵琶のお上手なひとだった」

黎深は黙った。外の梢《こずえ》が風でざわめいた。

「……本当にもう、弾かないんですか」

主語が抜けていても、邵可は弟の言わんとすることがわかっていた。

「玖琅のバカは、子守歌を弾いていたのは私だと勘違いしたままですよ」

「嘘じゃないだろう。君も弾いてたし」

「私と兄上の音を聞き間違えるなんてありえませんよ。絶対教えてやりませんが」

ふん、と鼻を鳴らす。黎深は杯に口をつけた。

「……私が……もう一度聴きたいと言っても、ダメですか」

その願いを、邵可は茶化さなかった。

「――弾かないよ」

貫き通す鋼の意志。こうと決めたら決して退《ひ》かない。誰よりも黎深がよく知っている。

黎深の顔つきに邵可は微苦笑した。

「……まったく、どうして君は、そんなに私に懐いたのかな」

黎深が答える前に、邵可は人差し指でトン、と卓子を軽く打った。

黎深、と呼ぶ。

「君は私にだけは隠しごとができないし、嘘もつかない――というかつけない」

「はい」

「でも私は君に平気でどちらもしてきたし、これからも必要と思ったらする」

とん、ともう一度卓子を叩く。

「君は私のお願いを素直にきくけれど、私はきかない。琵琶を弾いてほしいというささやかな願いでさえ、叶《かな》えない」

「…………」

「もう二度と、〝黒狼〟の仕事をしないでほしいという優しい願いも、きかない。ずっと静かに暮らすことも、多分叶えてやれない。君がどんなに頑張って私を止めても、無駄だ。君は私に命令することはできないし、許さない。私は私のしたいことをする。今までと同じように、これからも」

優しい声音でも、それは否を許さぬ支配者の言葉だった。ほとんど知る者のない、大叔母をして最高の資質と言わしめた紅家直系長子たる声だった。

黎深は萎《しお》れた青菜のようにうなだれた。

「……はい」

「酷《ひど》い兄だね。それでも君は私が好き？」

「はい」

迷いのない即答に邵可はもう一度苦笑いした。

「どうして？」

「どうして…………。私は兄上に嘘はつけないですが、秘密にしていることはあります。それに関わることでもあるので、言えません」

「え、何？　秘密って何？」

「……話したら秘密じゃないでしょう」

黎深は口を割らない。珍しいこともあるものだ。

「へーえ。君が私に秘密ねぇ」

「兄上に比べればささやかなものですよ。だいたい兄上はですねぇ。昔っから一人で勝手なことしすぎなんですよ」

くだを巻きはじめた。

「フラッと出て行ったら両手におみやげたくさんもって唐突に帰ってきて。しばらく家にいるよとか言いながら次の日にはいなくなってるし。追いかけようにも玖琅みたいなお荷物を預けてくから追いかけもできやしない。嘘はつくし約束も破るし、笑顔とおみやげで色々ごまかすし」

「わぁ、最低の兄だねぇ。ますますなぜ君が私を好きなのか摩訶不思議《まかふしぎ》だよ」

我ながら邵可は呆《あき》れた。黎深の瞼《まぶた》がトロトロさがってきた。ようやく酒に混ぜた薬が効いてきたらしい。様々な薬に耐性《たいせい》をつけている黎深を眠らせるのは結構難しい。薬を混ぜたことを知っていても、黎深が杯を干すのは、邵可だけだろう。

「兄上……」

「ん？」

「わ、私のこと好きでしょう」

邵可は笑って、答えなかった。

「寝なさい。このところ茶州の情報を集めるために、ずっと寝ていないだろう」

「答えてくれるまで、寝ません」

「君の言うことなんかきかないよ。この世で一人くらいそんな人間がいないと、……きっと君はあんまり寂しくて、魔王になりかねないからね」

「なる前に、兄上をさがします……」

「途中で絳攸殿も拾ってね」

「まあ、オマケで拾ってもいいか……」

「悠舜殿も鳳珠殿も、君を見つけるよ。百合姫もね」

「そうして、また私と玖琅を置いて一人でどこかへ行くんですか」

「そうだね、行くかもしれない」

「紅家当主と名代を甘く見ないことですね……。この世の果ての虹《にじ》の滝《たき》にだって、さがしに行ける財力と権力をもってる」

「寝なさい。……愛してるよ。嘘だけどね」

黎深は卓子にうつぶせになる。

「……兄上、さっきの答えですが……『どうして』を知ってるからです」

「は？」

「『どうして』兄上がたくさんの嘘をつくのか」

邵可は目を丸くした。

「だから私も……玖琅も、性懲りもなく兄上の帰りを待ってたんです……今はもう待つまえに、迎えに……」

邵可の脳裏に、北斗の声が谺《こだま》する。

『お前、ナニ考えて家をおん出たわけ？』

寝入りかけの黎深の鼻を指ではじいた。

「黎深、君、お伽噺《とぎばなし》を信じてる？」

ほとんど閉じかけていた目が、ほんの少しだけひらいた。ポツッと呟《つぶや》く。

「……一つだけなら、信じてます……」

黎深は眠りに落ちた。

邵可は黙って酒をのんだ。

飲んでいないも同然の酒量なのに、どこか心地よい倦怠感《けんたいかん》があった。

「……やっぱり今日はおかしいな……」

ずいぶんと黎深をいじめてしまった。

謝るかわりに、黎深の頭を叩《たた》いた。

黎深は何も訊《き》かなかった。兄の不安定の原因がどこにあるのか、知っていたのだろう。

瓶子《とっくり》に残っていた酒を一人で空ける。

心を隠せずに黎深に意地悪するなんて、情けないにもほどがある。

「……昔の私のほうがよっぽど使える」

無事だとわかっているはずなのに、何度もそう言い聞かせているのに、秀麗の安否が心にかかる。飛んで行けたらどんなに楽だろう。

けれど、これは秀麗の戦いだった。

邵可は家を出たときの自分を思った。……秀麗は、昔の自分だ。

一人で考え、一人で道を選び、危険とわかっていても必要なら行く。

「……妻と私と、両方のいちばん頑固で譲らないところが似たのか……」

心配する人がいることを知っているから、身を守るための最善の布陣は敷く。それでも待つ者は、こうも不安になる。

生きることは不確かで、けれど死だけは必ず訪れることを知っているから。

邵可はもう一度弟の頭を叩いた。弟たちがどんな思いで、帰らない自分を待っていたのか、ようやく身にしみた。

言葉では謝らない。何度時を巻き戻しても邵可は同じ選択をする。必要ならこれからも。

同じことを繰《く》り返すなら、謝ることに意味はない。

ただ一つ、黎深と玖琅と二人で残してきて良かったと思う。二人なら寂しくない。

謝るかわりに、礼を言った。

「……待っててくれてありがとう」

変わらずに待ち続けることは、本当に難しいことを知っていたから。

＊　＊　＊

『兄上！』

「遊学」の名のもとに、父に家を出ろといわれた夜――。

邵可はその晩のうちに家を出ることにした。

引きずるように幼い玖琅の手を引っ張って、黎深が邵可のもとに駆けてきた。

『い……』

『い？』

行かないでという言葉を知った上で、邵可はすっとぼけた。聡《さと》い黎深は、それだけで何を言っても無駄だと気づく。

『い、行って、らっしゃいませ……』

我が儘《まま》で尊大な黎深が邵可にだけ折れるのは、何のことはない、昔から邵可が黎深以上に頑固で勝手だからだ。

『……玖琅！　お前もお送りしろ！』

　ようやくしゃべり始めたくらいの末弟は、真面目な顔で首を傾げた。

『おでかけするのですか、邵あにうえ。夜はあぶないです。雨もふっています』

邵可は腕に玖琅を抱き上げた。

『そうだね。でも、行かなきゃならないんだ。黎深と一緒に、元気でいるんだよ』

『いつおもどりになるのですか』

『そうだな……雨がやんで、お日様が毎日顔をのぞかせる頃になったら』

『じゃあ、てるてる坊主をたくさんつくって、おまちします。早く雨がやんで、邵あにうえが帰ってこられるように。そうしたら、またたくさんお伽噺と、びわを聞かせてください』

　舌っ足らずな優しい言葉に邵可は微笑み、玖琅を抱きしめた。黎深を引き寄せ、同じように片腕に抱いた。

『……行ってくるよ。黎深、玖琅を頼んだよ。私のかわりに琵琶《びわ》を弾いてね』

　……邵可は弟たちにたくさんの嘘をついた。邵可が次に紅家に戻ったのは晴れの日ではなく嵐の日だったし、一年以上の月日が経っていた。そして、もう二度と、弟たちのために琵琶を弾いてやることはできなかった。

「……玖琅に嫌われるのも、当然だな」

玖琅が今でも雨の日が嫌いなのは、多分あのときのせいだ。

……一年以上が過ぎて、邵可が家に帰ったとき——。

少し背の伸びた邵可を、弟二人は喜んで迎えてくれた。

つるされたたくさんのてるてる坊主。雨風を司《つかさど》る仙・雨師《うし》風伯《ふうはく》へ「雨を降らせないでください」と願いごとを書いた文の山。前よりずっとうまくなった黎深の琵琶。

変わらずに待ち続けてくれた弟たち。

邵可だけが、もうあの日のままではいられなかった。いや——家を出たあの日に、その道を自ら選んだ。

……家に帰ったとき、邵可はすでに先代黒狼の跡を継いでいた。

矍鑠《かくしゃく》としていた大叔母・玉環が急死したのは、邵可が戻ってすぐのこと。

……その日が、邵可が琵琶をかき鳴らした最後の夜になった。

四

「邵可様……」

仮眠室に黎深を寝かせにいくと、珠翠が目を覚ましていた。さっきの虚《うつ》ろな目とは違う、しっかりした双眸《そうぼう》だった。

　邵可は珠翠の顔をのぞきこみ、感情のともなった目に安堵《あんど》した。

「……どこか具合の悪いところは？」

「いえ……」

「もう少し休んでおいで。薬湯を煎《せん》じてある。いま持ってくるから、飲みなさい」

「いえ……起きられますから」

「では、卓子《つくえ》にきて飲みなさい」

　優しいけれど有無を言わせぬ邵可の声に、珠翠はハッとした。

（……怒、ってる……）

　珠翠は青くなった。オロオロした。北斗兄は邵可を怒らせるより怒るほうだったし、奥方様は一歩も退《ひ》かずに激戦を繰り広げたが、そんな真似は珠翠にはできない。どうしようどうしようとぐるぐる考えていたら、いつのまにか書庫で毛布にくるまり、薬湯をすすっていた。

　珠翠の体は鉛のように重かったが、邵可の薬湯は父茶と違って抜群に効き目がある。指先までじわじわと温まっていく。ちなみに茶のほうが遥《はる》かに不味《まず》いので、楽に飲める。

　邵可はひと言も口をきかない。

　珠翠は針のむしろの上でごくりと薬湯の最後の一口をすすりこんだ。——くる。

と思ったら本当にきた。

「――さて、もう異能《ちから》を使わないという約束を破った言い訳を聞こうか」

言い訳？

秀麗が発《た》ってからというもの、劉輝様は口数も睡眠時間も極端に減った。邵可はこうして連日府庫に泊まりこんで、茶州からの報が入ってくるのを待っている。奇病の件だけでもとんだ事件なのに、縹家が出張ってくるし、身を潜めていた珠翠も当主璃桜に見つかって、そのせいで黎深に素性がばれて見張りを付けられるし――。

色々たまっていた珠翠は、言い訳のひと言にかちーんときた。

「わ、私が！　秀麗様を心配してはいけませんか！　どうせこないだ璃桜様に見つかったんです。今さら異能を使おうが使うまいが同じことです。死なないように禊《みそ》ぎもしました！　相手は！」

「……縹家なんですよ……」

珠翠はへなへなと力が抜けた。

「不安にさせて、悪かった」

優しい声に、珠翠の鼻の奥がツンとした。

わかっている。珠翠がした無茶がただの自己満足に過ぎないことを。遅かれ早かれいずれ報が届く。珠翠が『視て』も、何の意味もない。

何かしなくてはいられなかっただけだ。昔を思い出して。不安で、怖くて、居ても立ってもいられず、自分の気が楽になるから、それだけで無茶をした。

「……ごめんなさい……」

「君に何かあったら、秀麗が悲しむ。劉輝様は呆然《ぼうぜん》とするよ。主上と後宮を支えているのは君だ。忘れないで。君はもう、多くの人に必要とされているんだよ」

珠翠は自信のない返事をする。

「……はい」

「いい子だね。じゃ、砂糖菓子《がし》をあげよう。箱にあった」

まるっきり子供扱《あつか》いだったが、珠翠は嬉《うれ》しかった。ふと、そわそわとカラの湯呑《ゆの》みをいじったあと、思い切って訊《き》いてみた。

「……あの、さっきのお話……私に何かあったら邵可様は……」

「相手を殺して川に流す」

邵可が砂糖菓子を箱から出してはじくと、珠翠の口におさまった。

「妻なら間違いなくホシニクにして、北斗なら間違いなくシオカラにするだろうけど、私がいちばん優しいからね」

砂糖菓子がとろけて、甘さが口に広がる。珠翠の胸にも。

だしぬけにある事実に気づいた。

自分の今の格好を見下ろす。着た覚えのない衣服の裾《すそ》を本物か確かめるように、おそるおそる叩《たた》いたり引っ張ったりした。

「珠翠？　虫でもいた？」

「……あの、私の……着物……」

「ああ、あのままじゃ凍死するから着替えさせたよ。さすがに私じゃまずいだろうと思って、黎深にいって――」

「！！！！」

「女の人と、替えの着物をこっそり寄こしてもらってねー。女官服も調達してもらったから、あとで着替えたらいいよ。弟が偉いとこういうときいいね」

安堵のあまり、珠翠は卓子にぺしゃんと突っ伏した。……心臓に悪い……。

「あ。藍将軍を呼んだほうがよかった？」

「冗談じゃありません!!　条件反射で瞬殺しないでいる自信がありません!!」

「……どっち？」

「します。酢《す》漬《づ》けに」

邵可は顎《あご》に手を当てた。

「うーん。彼は女性に甘いから結構いい勝負になるかもね。君と夫婦喧嘩《げんか》しても生きていられる男といったら、藍将軍くらいかな」

「邵可様っ!!　ごっ、誤解、ですっっ!!」

毎回あの節操のないボウフラ男を後宮から追っ払ううちに妙な噂が立っているのは知っていたが、よもや邵可様にまで――。

邵可は笑顔を引っ込めた。

「うん、藍将軍くらいの腕っ節は必要だけど、今の彼に君はやれないな」

「…………。…………え？」

「そろそろ釘《くぎ》をさしておこうか。本人は遊びでも、藍将軍と張り合える男はそういないから。でも本気じゃない男に、君をやるつもりはないからね」

少し困ったように——けれど真顔なところを見ると、冗談ではないらしい。

珠翠は混乱した。邵可様にこんなことを言ってもらえるなんて——。

(夢⁉　夢でも見てるのかしら——)

「え、いえ、あの、大丈夫、です。自分で撃退できますから」

「本当に困ったら言うんだよ。……珠翠？　熱でも出てきたかな。顔が真っ赤だよ」

珠翠は心の中でしくしく泣いた。……秀麗様の鈍さは絶対父親譲りだ。

「……黎深様といえば……私の見張りは解けたみたいですね」

「あの黎深があっさり引き下がるほどの根性のある無茶を君はしたわけだ」

「……申し訳ありません……」

「あとで霄太師にも一応礼を言っておくといい。一応ね。一応。一応だから」

忖度《そんたく》しろという口ぶり。珠翠は後程《のちほど》こっそり霄太師にお礼を言っておこうと思った。

「それと、私と秀麗を心配してくれて、ありがとう」

珠翠はもじもじした。無意味にがちゃがちゃと瓶子《へいじ》を片付けはじめた。ついでにお茶を淹《い》れようと思い立つと、邵可に急須《きゅうす》を押さえられた。

「お茶なら私が淹れるから」

珠翠は決死の笑顔で父茶に臨んだ。

（……お仕事の時は器用になんでもこなすのに、ナゼ……）

わざとしているわけではないだけに、謎は深まるばかりだ。

二人で一服していると邵可が懐かしい名を口にした。

「……北斗を思い出すね」

「え？」

「最初の頃、ものすごくこわごわ君のこと触ってたなぁって。君の遊び相手を頼んだときなんか、血相変えてすがりついてきてねー。『え、待て、何して遊ぶんだ!? 必殺生首飛ばしとかすりゃいーのか!? 喜ぶか!?』って。バカだよね」

「……泣きますよ……私でも」

生首飛ばし。怖すぎる。でも北斗は珠翠をいちばん可愛がってくれた。

「北斗が翔琳《しょうりん》くんたちをまっとうに育てられたのも、君のお陰だね」

珠翠は意外に思った。邵可が過去のことを話すのは珍しい。

「黎深様と昔話をされてましたね……」

聞く気はなくとも、あの距離なら珠翠の耳は無意識に拾ってしまう。

外で、鳥の聲《こえ》がした。暁闇《ぎょうあん》――。

夜の明ける前の闇を、駆け抜けた頃。

「そう。……あのころは先代〝黒狼〟が死ぬことも、先王陛下が死ぬことも、まったく考えられなかったな。どっちも殺しても死にそうにない二人でねぇ」

「先代黒狼……」

「うん……あの人を知っているのは、今ではもうほとんどいないな。北斗も知らない——」

王の傍《かたわ》らにあり、闇の戦陣を紅雨に染めた死の御使《みつか》い。

今でも邵可は、……考えるのだ。

『はてさて……君、あんまりうまくやりすぎたな。今はまだただのボンクラ若様がのうのうと生きられる時代じゃない。だから戩華に目を付けられるのだよ』

晴れた七夕の夜昊《よぞら》のような瞳《ひとみ》を邵可に向けて、鮮やかに笑ったひと。

『うん、戩華、決めた。この子にする。だから、殺すのはナシだ』

あの人が、もし、生きていてくれたら。

『戩華はバッカだろう？　いつなんどき何しでかすかわからないから、私がいないときは君が見張るのだよ。霄殿は当てにするなよ』

……先王は、変わっていたかもしれないと。あのひとが傍にいたなら、最後まで血の覇王と呼ばれることもなく——。

「……どんなかただったんですか？」

珠翠は無邪気に問いかける。

ともに過ごしたのは、一年と少し。

誰よりも強い人だった。だから、邵可は考えもしなかった。あの人が、……誰かに殺される日が来るなんて。

『守り抜きたい、大切なものはあるか、少年。そのために人を殺してもいいと思えるほど、大切なものが』

ある、と答えると、あの人は顔を険しくした。

『あるだと？　君は、君だけのために殺すんだ。この世の誰よりも大切な者を、人殺しの言い訳に使うな。墜ちるのは君だけだ』

短くて、長くて――忘れがたい鮮烈な記憶を、邵可の心に残して。

逝《い》ってしまった、ひと。

「……あの人はね、生まれて初めて、私を泣かせた人だったよ」

あの人がいなかったら、今の邵可はどこにもいない。

＊　＊　＊

『君が何を考えているか当てようか』

どうしてあの人はあんなにお見通しだったのだろうと邵可は今も不思議に思う。

『君、自分で自分のこと、冷たいのか優しいのかどこからどこまで計算なのかそうでないのか、よくわからない人間だ、とか思ってるだろう』

　邵可はぎょっとした。

『だろうね、わからなくても仕方ない』

『……どういうことですか』

『そうだね、あと三十年経ってもわからなかったら、答えを教えてあげようか』

　滅多に答えを教えてくれない人だった。

『……一つ、訊《き》いても？』

『いや、いい。わかる。——殺してたよ』

　決して嘘をつかない人だった。

『君が戩華のもとへこなかったら、君たち兄弟三人とも殺してただろう』

『……玖琅も、ですか』

『ああ。見逃すには君たちは仲が良すぎた。殺すなら三人一緒でないと後が面倒になる。跡継ぎは父君に新しくつくらせればいいことだ』

　最悪でも玖琅は助命されるだろうと思っていたので、邵可はついぼやいた。

『……読みが甘すぎました』

『読めても大して違わないさ。子供の君に打てる布石はもともと多くない。極悪非道な戩華のアホタレに会って殺されなかったのだから、上出来だ。君はよくやったよ』

　邵可は黒狼の綺麗《きれい》な横顔を見上げた。そのとき邵可と黒狼は草の吹きなびく野で、二人で座っていた。何をしていたのかは覚えていない。どこまでも遠く草の鳴る音と、地平線と、未来が目の前に広がっていた。

黒狼は膝《ひざ》に顔を半分うずめ、邵可の手をとった。泣いているように微笑む。

『……来てくれてありがとう。できるなら、子供は殺したくない。ただでさえ、子供が少ないのに……大人がバカだから、君みたいな子供に苦労をかけるね』

あのとき、邵可は生まれて初めて、『子供』になった気がした。

＊　＊　＊

「……優しい、優しい人だった。それなのに、おかしいね……あの人は誰よりも多くを殺さなくてはならなかった」

王のために兇刃《きょうじん》を振るいつづけた兇手。……誰かが殺すぶんを、すべてあの人が引き受けた。誰かが誰かを殺さなくてすむ時代をいちばん望んでいたひとが、誰よりも血にまみれて人を殺した。

「晴れた日を喜ぶことも、星月夜を眺めることも、子供を抱き上げてあやすことも、人の心を思いやることも、約束を守ることも、あの人は決して忘れなかった。他の誰もが忘れても。何より、笑うことを忘れなかった。……悲しいこともつらいことも、すべて自分の胸に秘めて笑う。そんな人だったのにね……」

黒狼の傍で過ごした日々は、邵可にとって不思議なものだった。初めて『どうしても敵《かな》わない大人たち』に囲まれて、時には対等に、時には子供に扱《あつか》われて。

「先王とか、もう無茶苦茶でねぇ。静蘭は自分が父親似と思ってるようだけど、及びもつかないよ。コイツ邪魔と思えば片っ端から殺しまくるし。なまじ顔が良くて腕が立って頭もやたら回るからタチが悪くってねぇ。先代黒狼が毎回懇々とお説教してなけりゃ、私も君も多分生まれる前に死んでたよ」

「そ、そういう方でしたっけ……？」

「そうか。君は、先代が死んだあとの王しか知らないからね」

寂しそうだった。珠翠は思わず口走った。

「邵可様は……」

「うん？」

「先代様が、お好きだったのですね。だって、先代様のご様子は、私の知っている邵可様とそっくり同じです」

邵可は戸惑った。

邵可は今も、『自分』を知らない。もうすぐ約束の三十年になるが、答えを教えてくれる人はいない。

たくさんの嘘をついてきた邵可は、どれが『真実』なのかももうわからない。けれど、自分と先代黒狼が違うことはわかる。

先代ならきっと、娘《むすめ》の危機にこうやってじっと座ってなどいなかったはずだ。

……自分はあの人のようにはなれなかったけれど。

「……そうだね、私は、あの人のことが好きだったよ」

あの人のように、なりたかった。
優しくて、厳しくて、どうしてか邵可より邵可のことを知っていたひと。
子供に殺人術を仕込み、兇手に育て上げる――。異様で、酷薄で、人の道に外れた行為だ。正義はどこにもない。正当化もしない。黎深は今でも先王と黒狼を憎んでいる。

でも邵可が知っていることがある。

『いつか誰かが、綺麗事をまっすぐに貫き通す、そんな日を見たいと思うよ』

残虐非道と懼《おそ》れられる〝黒狼〟が、願っていたこと。時々一人で泣いていたこと。戦乱の爪痕《つめあと》が色濃く残る村や里を見ては心を痛めていたこと。それは、邵可の凍った心さえ動かすほどに。

そう――邵可は、彼女が好きだった。
たくさんの宝物を、あふれるように邵可の掌《てのひら》にのせてくれた人。

「あの人のように、なりたかったよ」

彼女が死んだとき、自らの意思で跡を継ぐ道を選んだ。
遠い遠い――遥《はる》かな過去。

『陛下の仰《おっしゃ》ることはわかっています』

先代黒狼が落命したあと、王に呼び出された邵可は、自ら言った。

『致しましょう。即刻紅家に戻り、大叔母《おおおば》・玉環の速やかなる暗殺を。

――次代〝黒狼〟、私が継ぎます』

五

髪を結い上げ、筆頭女官の装いになった珠翠に、邵可は感慨《かんがい》を深くした。

「もう君なしでは後宮も立ちゆかないね」

珠翠は赤くなった顔を隠そうと、顔をうつむけた。ポツンと呟く。

「……主上は」

「うん？」

「とても、たくさんの我慢をしてらして」

……王の孤独に気づく者は少ない。

珠翠にしても、秀麗が貴妃としてやってきてから、ようやく知ったことだ。

秀麗が後宮を去ってから、王が過ごした日々を、珠翠は見てきた。少しずつ少しずつすり減っていくものがある。

頑張っているのに、誰もがそれを王ゆえに当然と思う。立派で当然。頑張って当然。なぜなら彼は王だから。

……彼に『ご褒美』をたくさんくれた、秀麗はいない。お饅頭《まんじゅう》、桜の手巾《てぬぐい》、二胡《にこ》の音、なかなか頑張ってるわね、偉いわよ、疲れてるんじゃないの――微笑んで、すり減ったものを補っていた少女は、もういない。

珠翠にできることは少ないけれど。

「……今は私自身の意思で、少しでもお助けできればと、思うのです……」

「……うん。ありがとう」

「今となっては私も、いつまで後宮にいられるか、わかりませんけれど……」

「守るよ」

邵可は約束した。

「縹家に手出しはさせない。妻と約束したことだ。北斗のぶんも、君を守るよ」

珠翠は泣き笑いの顔をした。……この人が愛しているのは、いつまでもたった一人。

(でも、それでいいの)

邵可も、邵可が愛した女性も、二人の間に生まれた秀麗も、珠翠は大好きで。

「ありがとうございます、邵可様。そのお言葉だけで充分です」

ちゃんと大切にされていることを知っているから、誰が何と言おうと珠翠はそれだけでいいと思える。『無能』だった珠翠にとって、誰かを好きになれるだけで幸せなのだ。

「――大丈夫です。戦えます」

そのとき、珠翠は嫌になるほど知っている足音に気づいた。邵可も気づいた。

「おや、藍将軍だね。ちょうどいいから後宮まで送っていってもら——」

珠翠は辞去も言わずすぐさま飛ぶように逃げた。が、さすが藍将軍、目敏《めざと》く珠翠をとらえたようで、追いかける声が聞こえた。こうなると『普通』を装わざるを得ない珠翠のほうが弱い。

（あ、でも凄《すご》い早足で逃げてる。技を身につけたな。でも藍将軍も負けてない）

遠ざかる押し問答を聞きながら、邵可は思わず笑ってしまった。

「若いっていいですね。そう思いませんか、櫂瑜様」

府庫に櫂瑜が入ってきた。

「君もまだ充分若いのですよ、邵可。……なんて顔をしているのです」

「櫂瑜様……」

今は亡き先代黒狼と、自分を知る人。

思わず漏れた。

「……あの人が、生きていたら……」

胸の古いひびわれがきしむ。失うはずのなかった人。死ぬはずがないと思っていた人。

はじめて地平線に自分の未来もあるのだと思えた。

「やめなさい」

櫂瑜は軽く邵可の頬を叩《たた》いた。

「生きていたら、彼女は〝薔薇姫〟の息の根を止めていた」

邵可は体を震わせた。

〝薔薇姫〟抹殺に失敗して縹家に殺された死の鬼姫《きひめ》。彼女が死んだからこそ邵可が跡を継ぎ、十年かけて腕を磨きに磨き、――殺すために妻と出会った。

どちらか一方しかありえない、螺旋《らせん》のような運命の輪。

『……泣いてるのか……。君は笑いはしても泣かないから心配してたが、ちょっと安心した……』

先代が息絶えたあのとき、邵可は生まれて初めて咽《むせ》び泣いた。

あのとき、確かに自分は心底〝薔薇姫〟を憎んだ。必ず殺してやると思った。それこそが邵可を稀代《きたい》の兇手《きょうしゅ》たらしめた。

〝薔薇姫〟と直接会える場所まで、忍び込めた二人目の兇手として。

……そして彼女の死は、もう一人の男の行く末をも狂わせた。

残虐非道な血の覇王。その心にただ一人、天空の月のように架かっていた女性を失ってから、王はもう二度と、誰も愛しはしなかった。

〝薔薇姫〟と邵可が出会わなければ、秀麗は生まれなかった。けれど先代が生きていたら、いつか王は彼女以外にも誰かを愛せることを知ったかもしれなかった。

『戩華……約束……。良い王に……子供が……泣かなくてすむような……国、を……』

あのあとの王は、その約束を果たすためだけに玉座に在った。いつだって、彼女の願いだけは渋々ながら聞き入れた冷酷な覇王。けれど彼女が死んだ以上、叶《かな》える約束に心をこめる必要もない。それはまるで、淡々と碁石を打つように。出来の悪い公子や妾妃《しょうひ》を一掃するために、民を巻き込むことさえ躊躇《ためら》わない。彼を本気で愛した妾妃を、顧みることもなく。

最後の最後まで残酷なまま。

もし、彼女が生きていたら――？

「彼女に、恋をしましたか、魁斗」と櫂瑜が言った。邵可は首を横に振った。

恋ではなかった。邵可は子供で、彼女は大人だった。慕う気持ちは姉のように。

（冥府《めいふ》の番犬みたいな王もいたし……）

けれどいつか。初めて誰かのために泣いたあのとき、心で砕けた淡い想いの名前を知る日が来たら。あの最強の戩華王を相手に三日三晩刃《やいば》を交えてでも頑張ろうと思う日も来たかもしれない。今となっては、すべて無意味な仮定。

「……魁斗、劉輝様のところへ行ってあげなさい。眠れずにいるようだから」

邵可はそうすることにした。

「……魁斗」

「はい？」

「華眞《かしん》殿が、黒州府へ私に会いにきました。あなたへの言づてを預かっています」

櫂瑜は伝言を伝えた。

「……『あとを頼みます』と」

夜の静寂《しじま》に、華眞の別れの言葉が落ちた。

戦場で出会った、邵可より少し年上の少年。けれど自分たちは正反対だった。邵可は殺し、彼は救った。日だまりのような彼の微笑を覚えている。

「櫂瑜様……彼は優しかったでしょう？」

優しいというのは、彼のことを指すのだと、思った。華眞に比べれば、自分のなんと紛いものなことか。

「『あなたはご自分を知らないのですね』」

つかのま櫂瑜と華眞が重なって見えた。

「『その答えを私は知っているけれど、多分あなたはまだ知らない。でも、教えません。わかるまで、こっちにきちゃダメですよ』そう伝えてくれと」

奇《く》しくも先代と同じ謎かけ……。

「……まあ、冷たいということだけは、知ってますけど」

華眞の生き方を知っても、邵可は変わらなかった。引き返さなかった。殺す道を歩み続けることを自ら選んだ。

誰が何と言おうと、自分に人を殺せるだけの闇があることを、邵可自身が知っている。

＊　＊　＊

『櫂瑜殿……魁斗の一番の問題は、あんまりにも許容範囲が広すぎることです』

鬼姫はある日、櫂瑜にそうこぼした。

『あれでは、自分で自分がどんな人間なのかわからないのも当たり前です。広すぎて自分でも把握できるわけがない』

茶が不味《まず》いんです、鬼姫は愚痴った。

『魁斗に茶を淹《い》れさせたら死ぬほど不味い地獄の茶が出てきまして。なんだこりゃと解析したら、漢方が山ほど入ってたんです。「お茶はもともと苦いから混じってもわからないでしょ、コレ一杯で一日元気、ご飯のかわりにもなるスグレモノ。特製健康茶です」なんてけろっと言ったんですよ。間違いなく普段のあの子は史上最悪の超適当少年です。天下泰平の世なら、書庫で好きな本読んで、一生自分の手抜き〝健康茶〟が悶絶《もんぜつ》モノなのにも気づかず人に淹れてまわっていいことしたとか思って、ヘラヘラ日向《ひなた》ぼっこする毎日だと断言できます』

彼女は真実邵可を理解していた。

『自分のためなら面倒がってごはんがわりに不味い茶を平気で飲んですませるくせに、弟たちのためなら人殺しもする。何でもできてしまうのに、自分のことはどうでもいい。だからあの子は自分が優しいことにも気づかない』

死ねないと、彼女は泣いた。

『あの子は〝黒狼〟にふさわしすぎる。万一を考えて後継を探してはいましたが、予想以上にできすぎだ。もっとバカで図太くて寿命も幸先もなさそうな戩華みたいなヤツに押しつけようと思っていたのに……あれでは遅かれ早かれ誰も彼もが魁斗を当てにするようになる。せめて、あの子がもう少し自分を知るまで傍にいて……いや、違う——早く〝薔薇姫〟を殺せば、あとは私一人で何とかなる——』

……それからまもなく、彼女は死んだ。

それは、邵可が知る必要のない話。

邵可は『もし』と言った。もし彼女が生きていたら、と。……櫂瑜も思う。

邵可を邵可以上に理解して、守ることのできた稀有《けう》な女性。もし彼女がもっと邵可の傍にいてやれていたら。

〝黒狼〟を継いだ少年は、何もかもうまくやり遂げた。必要な人間を必要なだけ殺して先王の治世を安定させ、少しずつ少しずつ〝風の狼〟を解体していった。

国の闇を一手に引き受けた少年は、今も自分を『冷たい』と思っている。

『櫂瑜様……いつか周りを見回す余裕ができたら、あの子はきっと気づく。自分で気づいて欲しいから、それまで内緒にしてください』

底抜けに許容範囲の広い彼の周りには、きっとたくさんの人が慕って集まってくるだろう。嘘つきの優しさに、人はいつまでも騙《だま》されはしない。

自分はどんな人間なのか？

いつかゆっくりと周りを見られるような、世の中になったなら、きっと。

周囲に集まる人が教えてくれるから。

戩華王と国のために、少女の頃からその手を汚しつづけた美しい姫を櫂瑜は思った。

……どうしてか、邵可は確かに取り残される。鬼姫も、北斗も、華眞も、〝薔薇姫〟も、先王も——彼の上を行ける『大人』は、次々と逝《い》った。

だから、せめて自分だけは、もう少し。

六

邵可は夜の庭院《にわ》をふらふらと歩く王を見つけた。

「劉輝様……眠れないのですか」

王は邵可を見ると、溜息《ためいき》をついた。

「……どうして……邵可はいつでも、私より私のことがわかるのだろう……」

どこかで聞いた言葉を王は口にした。

「……邵可……ずっと、王宮にいてくれて、ありがとう……」

王は酷《ひど》い顔色をしていた。

「すぐ傍にいてくれると思うだけで……踏みとどまれる……」

茶州だけが国ではない。バラバラになりそうな心を抱えて、彼は毎日、いつも通りに政務を執る。眠るのが怖くても、彼はもう昔のように誰かを寝台に引っ張り込んだりはしない。彼の悪夢はもう眠って消えるような過去ではなく、相対すべき現実だった。

「……眠りましょう。お体を壊します」

「……」

「お眠りになるまで傍におりますから」

劉輝は頷いた。邵可が彼の手を引くと、おとなしくついてくる。

公子の頃の彼にそうしたように劉輝を寝室まで送り、寝台に寝かせる。

「秀麗も静蘭も、大丈夫ですよ」

「邵可のほうが……つらいのに……」

「誰でも同じです」

「邵可……」

「はい？」

「いつか、琵琶《びわ》を弾いてくれ」

不意打ちに、邵可は取り繕えなかった。秀麗にさえ聴かせたことはない。王が知るはずのないことなのに——。

「……どう、して、それを」

　とろとろと、王がまどろみに沈む。

「父が……言ったことがある。邵可の琵琶は凄《すご》い。でも頑固でケチだから、頼んでもすっとぼけて絶対弾かない。弟たちの命が惜しけりゃ弾けクソガキって脅してようやく弾いたくらいだ。私が生きてる内にお前が聴く日はこないだろう。だがもし、お前が王になって、いつか頼んで弾いてくれる日がきたら」

「……きたら？」

「邵可が、思わず琵琶を弾くくらい暇でしょうがない世になったら、……お前は、史上最高の王になったという証《あかし》だ。聴きたければ、せいぜい頑張れ……って」

　自分が何を言ったのか、起きても王は覚えていないだろう。

　……残虐非道な血の覇王。

　朝廷三師を始め、誰もがその圧倒的な魅力に膝《ひざ》をついた。

　妾妃《しょうひ》たちには冷たかったが、公子たちのことはいつも見ていた。妾妃たちにまんまと陥れられた清苑を「甘い」などと鼻で笑いながら、邵可に気が向いたら拾いに行けと命じた。

　劉輝は覚えていないが、宋将軍のかわりにふらりと府庫にやってきては剣稽古《けんげいこ》をつけて泣かせていたりもした。他の公子たちも、そんな風に見ていた。

そう——優秀だろうが堕落しようが、先王は頓着しなかった。自分がそうであったように、すべからく自分の意思と足で道を歩けと思っていたのかもしれない。俺に期待するな、自分で何とかしろと、言っていた口癖そのままに。

……それもまた、邵可の仮定に過ぎない。先王を理解していた先代は死に、霄太師《くそじじい》は絶対何も言わない。

邵可は王の寝室を出た。ふと自らの手を見下ろす。血濡《ちぬ》れた手。

誰より多くの命を奪ってきた自分の娘《むすめ》が、誰一人殺させないと宣言して茶州へ駆けた。小さな村一つを救うために、国を動かし、惜しげもなく金を使い、むちゃくちゃに権力を行使して。

「…………」

自分が歩いてきた道を後悔はしない。

『いつか誰かが、綺麗事《きれいごと》をまっすぐに貫き通す、そんな日を見たいと思うよ』

「あなたの願いは、ようやく、叶《かな》いはじめていますよ……」

先代黒狼に居て欲しかったと思う。綺麗事が許されたあの瞬間に。

それでも、琵琶は弾けない。

「邵可」

心の宿敵・霄太師の声にムッと振り返った。

「『多分大丈夫』のかわりだ。やる」

反射的にそれを受け取ったときには、霄太師はとっとと踵《きびす》を返していた。

なんのこっちゃ、と思いつつ、投げられた書翰《しょかん》の朱色の封蠟《ふうろう》が目に入った。早文だ。

――茶州ノ疫・終息ニ向カウ。二州牧、トモニ無事州府ニ帰還ス。

そう書かれてあった。

(……霄太師がこんなに優しいなんて、不気味すぎる……なんかあったのか)

邵可は寝入ったばかりの王を起こしに引き返した。

そのあとで、珠翠と黎深にも、教えてあげようと、邵可は思った。

＊　＊　＊

『お前、ナニ考えて家をおん出たわけ？』

北斗の問いに、邵可は自分でも思いもよらぬ答えをポロッと返していた。

『上の弟がお伽噺《とぎばなし》を信じなくなって、下の弟はお伽噺を信じてたから』

『お伽噺ぃ？』

宿場の土産物屋で弟二人への土産物を選ぶ。邵可の隣で、北斗は樽《たる》の玩具《おもちゃ》で遊んでいた。

玩具の短剣で穴の一つを突き刺すと、中から血まみれの彩色をされた首っ玉がびょーんと飛び出る。大きな樽で呪いの札までべたべた貼られ、首っ玉も本物と同じ大きさだ。北斗は爆笑しながら遊びまくっているが、どう考えても土産物屋の選択を間違えた。不気味すぎる。

もっとまともなもんはないかと首を巡らした邵可は、ふと、小さな琵琶の置物を見つけた。昔、琵琶を弾きがてら、邵可は弟たちにいくつものお伽噺を聞かせたものだった。

幸せなお伽噺の終わりは、いつも同じ。

【そうして、みんな仲良く暮らしました、めでたしめでたし】

……けれどいつからだろう？　黎深がお伽噺を信じなくなり、玖琅が必死で信じようとしはじめたのは。

『庶民ってのは平和でいいですねぇ。おい玖琅、仙人から宝をもらったあと、この兄弟は財宝の取り分で喧嘩《けんか》して殺し合うんだ。骨肉の争いというヤツだ。そのあとも子供が遺産争いやって』

『ち、ちがうです黎兄上。兄弟みんなで仲良く暮らすのです。宝物は貧しい村人にあげて、ずっと感謝されるのです』

『ばか。そんなことしてみろ。村人に身ぐるみ剝《は》がされて殺されるだろうが』

『ぼ、ぼくは絶対あにうえたちころさないもん。仲良く暮らすのです。宝ものなんかいらないもの。ね、邵兄上』

玖琅がわーんと邵可に泣きつき、黎深がぷいっとそっぽを向く。

三人それぞれに親族が腹に一物抱えて寄ってきはじめたころ。黎深と玖琅は、自分たちがいずれ跡目争いに巻き込まれることを予感していたのかもしれない。

　めでたしめでたしのお伽噺。

　邵可もそんなものは存在しないと思っている。

『……それでもね、北斗、私は弟たちに、お伽噺を信じてほしいと思ったんだ』

　棚《たな》に戻した琵琶の置物が、寂しげな音を立てた。

　タダで幸せなんか転がっていないと思っていた。けれど、弟たちが生まれて。

　邵可が合間を見て適当にあやしていたら、いつのまにかコロコロ後をくっついてくるようになった不思議な生き物。

……タダで、幸せをくれるものがこの世にいるとは思わなかった。

『守ってあげられるなら、守ってあげたいと思ったんだ。お伽噺一つくらいなら、なんとかなるかなと思って』

　守らなければ儚《はかな》く壊れてしまうたくさんのもの。でも守り抜くことができたなら、真実のままでありつづける。あってくれればいいと思った。

『だから私は、家を出たんだよ』

　たくさんの嘘をついて。指切りしたいくつもの約束も破り。今も、これからも、邵可は多くの嘘をつきつづける。約束破りの長兄を、今や玖琅などは見放しつつある。幼い弟二人を傷つける自分の行為は、どんな理由があっても正当化はできないから、多分これは、単なる邵可の自己満足なのだろうと思う。

北斗はもう一度玩具の生首を飛ばした。

『ふーん、そーやってお前が信じてるお伽噺ってどんなヤツ？』

……邵可は押し黙った。おもむろに陳列棚のでんでん太鼓を取り上げると、北斗の後頭部を殴った。景気のいいデンデン音を響かせつつ太鼓は壊れ、さらに北斗が呪いの樽に詰め直していた怪奇の首っ玉も吹っ飛んで大路に転がり、それを見た通りすがりの子供が泣き出した。

『――てんめぇ、いきなり何しやがる！』

『本能で生きてる原始動物とは話したくない。あ、ここの修理代、君もちね』

邵可は北斗を置いてとっとと歩き出した。後ろで「あんたなんばすっとねー!?」と店主が絶叫しながら北斗を追いかける声が聞こえてきた。

【そうして、三人の兄弟はいつまでも仲良く暮らしました。めでたしめでたし】

たった一つのお伽噺。

いつか、人生の終わりまでそのお伽噺を守ることができたなら。

嘘つきで計算高くて冷たい自分の、数少ない『本当』になるだろう。

「……そうだよ北斗」

両手いっぱいのおみやげを買って、北斗に荷物ももちさせて、家に帰ろう。

「信じたかったのは、私だよ」

でも、北斗になんでもかんでもバレるのは腹が立つから、絶対言わない。

終

『よく戻りましたね、邵可……』

一年ぶりに紅家へ戻った邵可に、大叔母《おおおば》は微笑み、機嫌よく琵琶《びわ》をかき鳴らした。

『そろそろ、と思うておりました。次の紅家当主はそなたです、邵可。黎深は確かに頭が良いが、いかんせんそなたのように紅家を想ってはおらぬ』

大叔母の爪弾く琵琶に、邵可は聴き入る。

『あの蛮王め……おとなしく紅家が従うと思うている、今が絶好の機会です。そなたならあの王にも相対できましょう。今宵《こよい》一夜にて、一族はわたくしがまとめます。そなたもそろそろその知略を皆に示してよいころです。百合とそなたがいれば……』

玉環は邵可の手にある白刃《はくじん》に気付き、琵琶を弾く手を止めた。

『……何の真似です、邵可』

『大叔母様……だから、私は紅家へ戻ってきたのです』

邵可は答えた。

『あなたが、いつかそう言い出すことはわかっていました。だから私は、あなたに紅一族を守れと言われても、何も答えませんでした。今まで紅家を守ってきたのはあなたです。ですが、あなたのその言葉に従えば、紅一族はもろともに破滅する……』

まだ十かそこらでしかない少年は、すでに大人のような顔つきをしていた。

『どうして今まで王が紅家を放っておいたとお思いですか。あなたのような輩《やから》をいぶりだし、紅家を叩く理由をつくるため……だからこそ王は何もせずに待っていたのです』

玉環と邵可の眼差しがぶつかり合う。

『……だから、私は家を出ました。王に会い、紅家が潰《つぶ》されない道を選べるように』

玉環の手が小刻みに震える。

『紅家を守ろうなんて、私は露も思ったことはありません。私が守りたいものはもっと単純なもの……けれど、あなたの存在はそれを脅かす』

『――このばかめ！　目をかけてやったものを、戩華につきおったか！』

『そうです。あなたでは王に勝てない。大叔母様……あなたは正しい。私はいちばん紅一族らしい男なのだと思います。情など切って捨てる』

あなたの琵琶が好きでした――邵可は穏やかに告げると、手近な水差しをとって湯呑《ゆの》みに水をそそいだ。掌の小さな紙包みを広げて中の粉末を入れる。

『……あなたが明日も生きていたら、王は即座に攻めてくるそうです。五十年先まで紅家は立ち直れないほど完膚無きまで潰されます。ですから、これをどうぞ』

あなたは負けたのです、大叔母様――邵可はそう言った。

毒の杯をこともなく差しだした少年に、玉環はついには笑いだした。

『……確かに、見込み違いでした。そなたが権力にまったく興味を示さなかった時、気づくべきでした。――邵可』

『はい』

玉環は杯をつかんだ。

『わたくしが死んだあとの紅家は？　あの甥《おい》っ子――お前たちの父に当主がつとまりますか』

『少なくともあなたのように器量も才覚も野心もありすぎて、王に目をつけられる心配はありません。紅家は変わらず藍家と並んで筆頭名門の地位を維持し続けるでしょう。誇りも名誉も尊敬も充分すぎるほど受け、政事においても大きな影響力を及ぼすでしょう。……お約束します。私が生きている間なら、紅家が没落することはありません』

『――よろしい』

玉環はあでやかに笑うと、ひといきに毒杯を飲み干した。

少女時代は絢爛《けんらん》たる後宮にて妍《けん》を競い、権謀術数を身につけ、寵愛《ちょうあい》と栄華を誇った美貌《びぼう》の琵琶姫《びわひめ》。聡明で教養高く知略に富み、紅家を愛し、誇りとともに引き際も知る。

邵可は確かに、彼女が好きだった。

玉環は琵琶を指さした。

『弾きなさい、邵可。わたくしを葬送《おく》るのに、それくらいはなさい』

邵可はそうした。琵琶を抱きとり、かき鳴らして——ギクリとした。

寝椅子にねそべり、目を閉じていく玉環は、小さく嗤《わら》った。

『音は嘘をつきません……。邵可、それがそなたの音。わたくしとそっくり同じ、人を殺しつづけるがゆえの美音《あまね》。それこそが、紅家の死の琵琶……』

邵可は玉環が息絶えたあとも、琵琶を弾きつづけた。

誰もが、その晩離れで琵琶を弾きつづけたのは玉環と思った。

それを最後に、邵可は琵琶を封じた。

……人殺しの琵琶を聞けば、きっと嫌われてしまうから。

＊　　＊　　＊

黎深には小さな秘密がある。

『黎あにうえ……』

『バカ、静かにしていろ』

屏風《びょうぶ》にもたれて琵琶を聴きながら、黎深は玖琅がノコノコ邵可の許《もと》に這《は》っていかないように膝《ひざ》の間で抱いていた。

玖琅は怒って頬をふくらませた。

『どうして、邵兄上はさいしょにぼくたちのところにきてくれなかったんでしょう。おばあさまはもうおとなだから、子守歌は必要ないとおもいます』

　ピクリとも動かない大叔母は、確かに眠っている。二度と目覚めることのない永遠の眠りに。

『きれいな音だな、玖琅』

『はい。とっても。……でも、泣いているみたいにきこえます』

『兄上は泣かない。そう聞こえるとしたら、私とお前が兄上を泣かせてるんだ』

すべてを一人で背負って、一族を救った。紅一族は、明日自分たちが呑気《のんき》に生きているのが、ボンクラと嗤う長兄のお陰などと、知るよしもない。

『ぼくが、何か悪いことをしたから、邵あにうえが泣いてるんですか……？』

『違う。いいか、お前がのんきにてるてる坊主つくってる間、兄上は極悪非道な大妖怪《だいようかい》と山の向こうで戦ってたんだ』

　黎深はテキトーにまとめた。玖琅は目を丸くした。

『だから、邵あにうえは約束をまもれなかったんですか』

『そうだ。私とお前が弱いから、兄上は約束を守れないんだ。てるてる坊主つくりながらでいいから、強くなれ。いつか兄上が、ずっと家にいられるように』

　凄絶な琵琶。自分たちが屏風の裏にいるのも気づかず一心不乱に弾きつづける。

『……覚えておけ、玖琅。あの音は私とお前のために弾いているんだ。私とお前が、兄上に弾かせたんだ』

兄上は泣かない。兄上はたくさんの嘘をつく。約束だって破るし、絶対本当のことを言わない。今もこれからも。ずっと。

『……玖琅、兄上が好きか』

『はい。だいすきです』

『なら、あの琵琶をのぞいて、今日のことは一切忘れろ。説明が面倒だから、どうしてとか訊《き》くなよ。明日までに忘れてなかったら、お前は兄上が嫌いということにして、兄上は私が独り占めするからな』

むちゃくちゃな論理だったが、玖琅は鵜《う》呑《の》みにして、真剣に頷《うなず》いた。

……夜が明けて、琵琶の音が絶えるまで、二人はずっと屛風の裏で聴いていた。

翌日、玉環の急死に邸《やしき》中が騒然とするなか、まるで今帰ってきたかのように、おみやげを両手いっぱいに抱えて邵可がひょっこり現れた。

『おかえりなさいませ、邵あにうえ』

玖琅は、翌朝には本当にサッパリ忘れていた。よっぽど「兄上が嫌いということにする」が効いたらしい。

（ちっ……独り占めは先送りか）

『ただいま、黎深、玖琅。約束を破ってごめんね』

変わらない、長兄の優しい微笑。

邵可は何があっても、水を飲むように平気な顔をして、嘘をつく。

自分たちを変わらないまま守るために。

だから、玖琅に忘れさせた。家を出て行ったときのまま、何も知らずにてるてる坊主をつくって無邪気に帰りを待つ弟を、兄は守りたかったはずだから。

だから、自分は覚えている。兄が自分たちを守るために何をし、何を犠牲にしつづけるのか。「変わらずに」微笑むことの、どれほど難しいことか。

……兄上がたくさんの嘘をつくのは、誰のためなのか。

だから黎深は、どんなに嘘をつかれても、絶対兄を嫌いにならないのだ。

だから、一つだけなら、きっとお伽噺《とぎばなし》は叶《かな》うだろうと、今の黎深は思っている。

本書は、平成二十年五月、角川ビーンズ文庫より刊行された『彩雲国物語　黎明に琥珀はきらめく』を加筆修正したものです。「お伽噺のはじまりは」は平成十九年十一月に角川ビーンズ文庫から刊行された『彩雲国物語　隣の百合は白』より収録しました。

本文中、『新訂　孫子』（金谷治／訳注　岩波文庫）より一部引用しました。

彩《さい》雲《うん》国《こく》物《もの》語《がたり》

十三、黎明《れいめい》に琥珀《こはく》はきらめく

雪《ゆき》乃《の》紗《さ》衣《い》

令和３年　７月25日　初版発行
令和４年　５月25日　再版発行

発行者●堀内大示

発行●株式会社KADOKAWA
〒102-8177　東京都千代田区富士見2-13-3
電話　0570-002-301（ナビダイヤル）

角川文庫 22750

印刷所●株式会社KADOKAWA
製本所●株式会社KADOKAWA

表紙画●和田三造

●お問い合わせ
https://www.kadokawa.co.jp/（「お問い合わせ」へお進みください）
※内容によっては、お答えできない場合があります。
※サポートは日本国内のみとさせていただきます。
※Japanese text only

ISBN 978-4-04-111057-7　C0193

◆◇◇

角川文庫発刊に際して

角川源義

第二次世界大戦の敗北は、軍事力の敗北であった以上に、私たちの若い文化力の敗退であった。私たちの文化が戦争に対して如何に無力であり、単なるあだ花に過ぎなかったかを、私たちは身を以て体験し痛感した。西洋近代文化の摂取にとって、明治以後八十年の歳月は決して短かすぎたとは言えない。にもかかわらず、近代文化の伝統を確立し、自由な批判と柔軟な良識に富む文化層として自らを形成することに私たちは失敗して来た。そしてこれは、各層への文化の普及滲透を任務とする出版人の責任でもあった。

一九四五年以来、私たちは再び振出しに戻り、第一歩から踏み出すことを余儀なくされた。これは大きな不幸ではあるが、反面、これまでの混沌・未熟・歪曲の中にあった我が国の文化に秩序と確たる基礎を齎らすためには絶好の機会でもある。角川書店は、このような祖国の文化的危機にあたり、微力をも顧みず再建の礎石たるべき抱負と決意とをもって出発したが、ここに創立以来の念願を果すべく角川文庫を発刊する。これまで刊行されたあらゆる全集叢書文庫類の長所と短所とを検討し、古今東西の不朽の典籍を、良心的編集のもとに、廉価に、そして書架にふさわしい美本として、多くのひとびとに提供しようとする。しかし私たちは徒らに百科全書的な知識のジレッタントを作ることを目的とせず、あくまで祖国の文化に秩序と再建への道を示し、この文庫を角川書店の栄ある事業として、今後永久に継続発展せしめ、学芸と教養との殿堂として大成せんことを期したい。多くの読書子の愛情ある忠言と支持とによって、この希望と抱負とを完遂せしめられんことを願う。

一九四九年五月三日